천사
혈성

장담 新무협 장편 소설
FANTASTIC ORIENTAL HEROES

천사혈성 1

장담 新무협 판타지 소설

초판 1쇄 찍은 날 § 2007년 12월 26일
초판 1쇄 펴낸 날 § 2008년 1월 7일

지은이 § 장담
펴낸이 § 서경석

편집장 § 문혜영
편집책임 § 서지현
편집 § 유혜림

펴낸곳 § 도서출판 청어람
등록번호 § 제1081-1-89호
등록일자 § 1999. 5. 31
어람번호 § 제2-1381호

주소 § 경기도 부천시 원미구 심곡1동 350-1 남성B/D 3F (우) 420-011
전화 § 032-656-4452   팩스 § 032-656-4453
http://www.chungeoram.com
E-mail § eoram99@chollian.net

ISBN 978-89-251-1105-6 04810
ISBN 978-89-251-0862-9 (세트)

7

풍운고조(風雲高調)

천사혈성

장담 新무협 판타지 소설

FANTASTIC ORIENTAL HEROES

도서출판 청어람

目次

第一章
촉산의 형제들

日弟子趙孟頫敬書至大改元四月

道吉廣爲傳

長庭前再拜禮一天師輿

羊間技近天下 浮世如夢於空界

千秀芳景深爱榆雲露 雨間客董現投

死星
天血

1

짧은 침묵이 마치 억겁처럼 느껴졌다.

전무심의 무심한 목소리가 방 안을 울리는데도 누구 하나 입을 열지 못했다.

이를 악문 채 핏발 선 눈으로 전무심을 노려보는 팽독과 남궁수한이다.

처절한 독기가 서린 눈빛.

오기라 해도 하는 수 없었다. 죽어도 이대로 돌아갈 수는 없었다. 이제 강호에 갓 나온 애송이에게 치욕을 당하고 무슨 낯으로 돌아간단 말인가!

은은히 피어오르는 검기 도기가 서서히 푸른빛을 띠어간다.

일촉즉발!

낙숫물이 떨어지면 튕겨 나갈 것 같은 자세다.

숨소리조차 점점 낮아지고, 팽팽히 당겨진 실이 끊어질 것만 같은 긴장감이 대기를 지배했다.

제갈경은 얼어붙은 눈으로 세 사람의 대치를 바라보았다.

자신의 뜻과 완전히 다른 상황이 되어버렸다.

이러다가는 죽도 밥도 안 되고 정천무맹의 이름만 땅바닥에 팽개쳐질지 몰랐다.

더 큰 문제는, 전무심은 팽독과 남궁수한이 감당할 수 없는 자라는 것이다.

스스스스……

방 안인데도, 아무런 움직임이 없었는데도 허공이 쏠리며 회오리를 일으켰다.

팽독과 남궁수한의 눈빛에 광기가 어른거린 것은 바로 그때였다.

스윽! 후웅!

팽팽히 당겨진 실이 뚝 끊어졌다.

"아, 안 되네!"

제갈경이 자신도 모르게 버럭 소리쳤다.

하지만 그의 목소리가 마지막 발음을 마칠 즈음, 이미 두 사람의 신형과 도검에서 뿜어진 한 자 크기의 강기는 전무심을 쓸어가고 있었다.

순간 쫙 벌려진 두 손이 강기가 서린 도검을 그대로 덮는가 싶더니, 거짓말처럼 전무심의 신형이 죽 늘어났다.

단 한 걸음. 그거면 족했다.

떠더덩!

쇠말뚝조차 부러뜨릴 강력한 일수에 남궁수한의 검과 팽독의 도가 거세게 떨리며 튕겨졌다.

찰나간에 넉 자로 좁혀진 간격.

전무심의 신형이 좌우로 흔들렸다 싶은 순간, 두 사람의 가슴을 시퍼런 손 그림자가 덮어버렸다. 약간의 시간차가 있었지만 너무나 빨라 동시인 듯 보일 정도였다.

남궁수한과 팽독의 얼굴이 귀면탈처럼 일그러졌다.

나아가던 힘이 있어 물러서기도 쉽지 않고, 도검을 들어 막고 싶어도 그럴 시간이 없다. 게다가 저릿한 손도 마음대로 움직여 주지 않는다.

더 생각할 것도 없었다. 두 사람은 다급히 몸을 뒤로 눕히며 손에 들린 도검으로 전무심의 공격을 막았다.

그러나 철판교를 펼쳐 피하기에는 전무심의 공격이 너무나 빨랐다. 삼성의 공력이 깃든 도검으로 막기에는 천강벽월이 너무나 강력했다.

전무심의 시퍼런 손이 두 사람의 도검 위를 그대로 가격했다.

떠덩!

"크흡!"

"우욱!"

둔탁한 타격음과 동시에 터져 나오는 두 마디 신음.

튕겨지듯 밀려난 두 사람은 벽에 부딪치고서야 겨우 몸을 세우고는 재빨리 도검을 들어 올리고 앞을 노려보았다.

그러나 전무심은 처음 그 자리에 우뚝 서서 두 사람이 몸을 세우는 것을 바라보고만 있을 뿐이었다. 아무 일도 없었다는 듯.

일순간 두 사람의 눈에 어렸던 독기가 불신으로 변했다.

어떻게 이런 일이 있을 수 있단 말인가.

단 두어 번의 손짓에 이리도 참담하게 밀리다니.

자신들이 멀쩡하다는 것이 오히려 이상할 지경이었다.

전무심은 그런 두 사람에게서 천천히 고개를 돌려 제갈경을 주시했다.

"손에 사정을 두는 것은 한 번이면 족합니다. 더 하겠다면, 이번에는 목숨을 내 놓아야 할 겁니다."

바로 그때였다. 벽에 기대고 몸을 일으킨 황보진이 다급히 소리쳤다.

"자, 잠깐만!"

더듬거리는 목소리, 떨리는 눈빛.

전무심을 바라보는 그의 눈빛에는 분노도 아니고, 두려움도 아닌 오직 경악만이 담겨 있을 뿐이었다.

"혹시, 귀공이 사용한 무공이 전설의 패왕무(覇王武)가 아니오?"

제갈경은 그의 말뜻을 알아들은 듯 경악한 얼굴이 분칠한 것처럼 더욱 하얘졌다.

"패왕무? 그럼 전 공자가 패왕의 후예?"

"맞소, 군사. 내가 기억하고 있는 게 분명하다면, 조금 전의 그것은 분명 패왕의 천강탄천기였소."

천강탄천기(天剛彈天氣).

패왕의 성명절기, 천강벽월이라 불리는 천강파천공의 다섯 가지 수법 중 하나.

이백수십 년 전의 전설인 패왕에 대한 이야기는 까마득한 추억 속으로 사라져서 아는 자가 없다 해도 하등 이상할 것이 없었다.

그러나 수백 년의 전통을 지닌 구대문파와 오대세가는, 그 전통만큼이나 오랜 기간 동안 수많은 절대무공들을 지켜보며 연구해 왔다.

하기에 한 세대를 절대자로 군림했던 사왕(四王)의 무공을 알고 있었다. 비록 외형 정도에 불과했지만.

어쨌든 전무심이 패왕의 후예라면 이야기가 달라진다.

천동쌍마가 죽었다는 것도, 그의 힘만으로 천왕교와 대적하려 하는 것도 말짱 헛소리만은 아닌 것이다.

"정말 패왕의 무공을 이으셨소?"

제갈경이 확인하듯 물었다.

전무심은 고요히 서서 긍정도 부정도 하지 않았다. 지금 중요한 것은 그것이 아니었다. 또한 아직 알려져서도 안 되었다.

"내가 어떤 무공을 익혔는지는 중요합니까? 그보다는 가서서 귀 맹주께 내 말이나 전해주십시오. 천왕교를 제대로 상대하려거든, 적어도 현재보다 두 배의 힘을 모아야 할 거라고. 물론 그런다 해도 승부를 자신할 수는 없을 테지만."

"그 정도면 구파오가의 힘 중 오 할 이상을 모아야 하오. 그것이 얼마나 힘든 일인지 그대도 모르지는 않을 터."

"그것은 귀 맹이 알아서 할 일입니다. 솔직히 모든 힘을 끌어내라 하고 싶지만, 그것이 불가능한 일이라는 것 정도는 강호를 잘 모르는 나도 알고 있습니다. 내가 할 수 있는 말은, 최선을 다해야 한다는 것입니다. 그러지 않으면 구파오가의 이름이 사라질지도 모르니까."

마지막 말은 나직해서 음울하게 들리기까지 했다.

"구파오가의 이름이 사라진다?"

그 말을 되뇌는 제갈경의 얼굴이 납덩이처럼 굳어졌다.

전무심이 말을 이었다.

"내가 아는 것에 대해선 틈틈이 개방을 통해 전해주겠습니다. 물론 그들이 내 조건을 들어준다는 전제가 있어야 하지만."

제갈경의 굳었던 얼굴이 혈색이 돌았다.

"개방? 지금 개방이라고 하셨소? 그들에게 정보를 주기로 했단 말이오?"

"상부상조한다면 못할 것도 없지요."

"하면 왜 우리에게는? 개방 역시 정천무맹에 속한 곳이니 우리에게 주나 그들에게 주나 마찬가지라 생각하오만."

전무심이 냉랭히 답했다.

"귀하들은 애초에 그들과 같은 마음을 가지지 않았잖습니까?"

전무심의 질책에 제갈경이 어색한 표정을 지었다.

사실이 그러했다. 당연히 정천무맹의 일에 협조할 거라 생각했다. 그리고 안 하면 강제로 얻어낼 생각까지 했다.

대의, 정의라는 이름으로!

몇 사람이 대가에 대한 이야기를 꺼냈지만, 그것조차 뒤로 미루어 버렸다. 자신이 있었으니까.

물론 오는 도중에 천동쌍마에 대한 이야기를 듣고 불안한 마음이 들기는 했었다. 그래도 별다른 대책을 세우지 않고 이곳까지 온 그들이었다.

설마 정천무맹에 반기를 들랴!

그런 마음으로.

'처음부터 대가에 대한 이야기를 했으면 말이 통했을지도 모르거늘, 멍청한……!'

어쨌든 호박이 땅에 떨어져 박살이 난 마당에, 그나마 전무심이 개방을 통해 소식을 전한다고 하자 제갈경은 마음이 조금 놓였다.

마음에 걸리는 바가 전혀 없는 것은 아니었지만, 그것은 그것 나름대로 해결하면 될 터였다.

"부디 좋은 소식이 전해지길 바라겠소."

"그럼 멀리 나가보지 않겠습니다."

갑작스런 축객령.

제갈경은 움찔했지만, 순순히 고개를 끄덕이고 황보진과 팽독과 남궁수한을 바라보았다.

허탈한 표정을 짓고 있는 세 사람이다. 다행히 목숨을 걸고 싸우겠다며 날뛸 것 같지는 않다. 또 덤비면 이번에는 진짜 죽일지도 모르는 일.

제갈경은 속으로 안도의 한숨을 내쉬었다.

어찌 되었든 상대는 천동쌍마를 죽인 자.

조금 전만 해도 그 사실을 별것 아닌 걸로 치부했지만, 이제는 그로 인해 스스로를 위안하기에 충분했다.

"그럼 다음에 더 좋은 이야기를 나눌 수 있기만을 기대하겠소."

제갈경이 가볍게 포권을 취하고는 몸을 돌렸다.

그러자 나머지 세 사람도 이를 악물고 아무 말 없이 뒤를 따랐다.

그들의 등을 향해 전무심이 말했다.

"가는 길에 혈곡을 조심하시오."

멈칫한 제갈경이 의아한 표정으로 고개를 돌렸다.

"무슨 말이오?"

"혈곡도 천왕교와 관계되어 있으니 혹시 모를 위험에 대비하라는 말이외다."

당당하게 들어와 축 처진 모습으로 나간다.

사진옥은 제갈경 일행이 보이지 않자 전무심에게 물었다.

"왜 모욕적인 말을 들어가면서 혼자 그들을 맞이하신 겁니까?"

전무심의 입꼬리가 슬쩍 말려 올라갔다.

손호방이 혀를 차며 대신 답했다.

"쯔쯔쯔쯔, 만일 너희들이 그 자리에 있었으면 가만히 있었을까?"

그럴 리가 없다. 보나마나 대형을 모욕했다며 칼 빼 들고 죽이겠다고 설쳤을 것이다.

모두가 인정한다는 표정을 지었다.

그러자 손호방이 머쓱해진 사진옥을 향해 통통한 손가락을 흔들었다.

"그럼 이득은 없고 손해만 잔뜩 봤을 거다. 그리고 이 정도로 끝낸 것은 잘한 거야. 무시당하지 않고도 상대를 적으로 만들지 않았으니까."

그때 예종이 무슨 생각을 했는지 피식피식 웃었다.

"잔뜩 힘주고 들어왔다 축 처져서 나가는 게, 꼭 거시기 같네. 크흐흐······."

다른 사람은 아무도 웃지 않았다.

2

제갈경 일행이 돌아간 다음날.

마지막 기승을 부리는 거센 눈보라와 함께 제법 많은 사람들이 찾아왔다.

처음 그들을 본 사람은 정문의 위사인 조삼우였다.

그는 눈보라가 어찌나 거센지 나가지도 못하고, 수문위사장인 왕이의 명령 하에 닫힌 정문 안쪽에 기대어 서 있었다.

한데 밖에서 바람 소리에 섞여 사람들의 목소리가 들려오는 것이 아닌가.

'누구지? 누군데 이런 날씨에 아침부터 찾아온 거야?'

조삼우는 대문에 귀를 바짝 대고 밖에서 들려오는 소리에 뒤를 기울였다.

"이곳인 것 같은데?"

"굉장히 큰 집이군. 그가 정말 이 집에 사는 걸까?"

"그자가 우리에게 거짓말 할 리는 없잖은가?"

"그건 그런데… 그래도 우리더러 지낼 곳을 정해놓고 연락하라고만 해서 말이야."

"이곳에 일자리를 구했을지도 모르는 일이지. 그때도 비룡표국의 표행을 하고 있었잖아?"

"하긴, 아무리 강해도 먹고는 살아야 할 테니까."

그들의 말에 귀를 기울이던 조삼우는 쪽문 쪽으로 다가가 밖을 볼 수 있는 작은 구멍에 눈을 가져다 댔다.

하지만 작은 구멍은 이미 오래전부터 눈으로 막힌 상태였다.

'제기랄! 결국 열어야 하나?'

하는 수 없었다. 밖에 사람이 있는 것을 알고도 문을 열어주지 않으면 수문위사장인 왕이의 호통이 떨어질 게 분명했다. 그리고 하루에 한 번씩 늘어놓는 자랑을 또 들어야 할지 몰랐다.

"만약에 내가 그분을 안으로 들이지 않았으면, 지금의 천가장이 있었을 것 같나? 사람을 정확히 판단하고, 아무리 모르는 사람이라도 함부로 대하지 않는 것이 그만큼 중요하단 말일세. 수문위사는 아무나 되는 것이 아니다, 이 말이야."

그는 날씨도 추운데 그 지겨운 말을 또 듣고 싶지 않았다.

딸깍!

그런데 젠장, 고리를 풀고 힘껏 잡아당겼는데도 달라붙어 얼음처럼 얼어 있는 눈 때문인지 쪽문이 쉽게 열리지 않는다.

조삼우는 속으로 밖에 서 있는 자들을 욕하며 다시 한 번 쪽문을 힘껏 잡아당겼다.

끼이이익!

그제야 비명을 지르며 문이 열렸다.

순간 휘이잉! 눈보라가 거세게 휘몰아쳤다.

조삼우는 황급히 눈앞을 손으로 가리고 밖을 바라보며 물었다.

"어느 분이 방문하신 겁니까?"

하지만 그의 말이 끝나기도 전에 갑자기 두 사람이 코앞에 나타났다.

"헛!"

그가 다급히 한 걸음 물러서자, 코앞에 나타난 사람 중 선이 굵은 얼굴에 눈빛이 차분하게 가라앉은 자가 물었다.

"사람을 찾으러 왔소."

그래도 두 사람 덕분에 눈보라가 직접 얼굴을 때리지는 않는다.

조삼우는 정신을 차리고 두 사람을 바라보았다.

"사람? 어떤 사람 말이오?"

"혹시 여기에 전무심이라는 사람이 살지 않소?"

그 말에 조삼우의 눈이 잔뜩 찌푸려졌다.

천가장의 수호신이나 다름없는 전무심을 마치 지나가는 사람 이름 부르듯 하지 않는가 말이다.

"그분을 왜 찾으시는 거요?"

조삼우가 툭 쏘듯이 물었다.

그때 두 장한의 뒤쪽으로 청수한 기품을 지닌 노인이 다가오며 대답했다.

"촉산의 약속을 지키기 위해 왔다고 전해주게나."

그였다, 백은 장초량.

마침내 그가 촉산을 떠나 전무심을 찾아온 것이었다.

전무심은 뜻밖의 손님을 맞이하고 반가움을 금할 수 없었다.

"장 노사께서 오실 줄은 미처 생각하지 못했습니다."

"허허허허, 아이들만 내보내려니 혼자 살 것이 걱정되지 뭔가. 빈집 지키는 늙은이처럼 처량한 꼴이 어디 있겠나?"

"혼자 계셨으면 적적하셨을 텐데 잘 오셨습니다."

한편 궁사한과 소미하란을 제외한 별원의 모두가 놀람을 금치 못했다. 이미 촉산의 사람들에 대해 말을 들었던 사진옥 등도 놀란 것은 마찬가지였다.

촉산에서 왔다는 스물세 명 중 반수에 가까운 사람이 절정고수였고, 나머지도 일류 중의 일류고수들이었던 것이다.

그러나 그들은 놀람보다 반가운 마음이 더했다.

고수들이 많아졌다는 것. 그것은 곧 자신들의 힘이 강해졌다는 말이 아닌가.

천왕교와의 싸움을 앞둔 마당에 살아날 확률이 일 푼은 더 늘어난 셈. 반갑지 않을 수가 없었다.

그때 놀란 사람들 틈에서 빠져나온 척우진이 전무심의 옆으로 다가갔다.

"뉘신가? 나에게도 소개 좀 시켜주게나."

전무심이 조용히 웃으며 장초량을 소개했다.

"인사하시죠. 백은(伯隱) 장 노사십니다."

그러고는 눈을 크게 뜨는 척우진에게서 고개를 들려 장초량에게 말했다.

"이쪽 분은 대천도 척우진이라는 분입니다."

이번에는 장초량의 노안에 놀람이 떠올랐다.

아무리 강호사에 관여를 하지 않았다 해도, 몇 년에 한 번씩은 한중을 오가며 강호의 소문을 들은 장초량이었다 하기에 근래 십여 년 사이 강호를 뒤흔든 칠절의 이름을 모르지 않았다.

"허! 도절을 이런 곳에서 만나다니, 정말 반갑구먼."

"척우진이 백은 노선배님을 뵙습니다."

급히 고개를 숙여 인사하는 척우진을 보고 장초량이 고개를 갸웃거렸다.

"자네 칼을 보니 한 사람이 생각나는데, 맞을지 모르겠군."

장초량의 말에 척우진이 곧바로 대답했다.

"아마 맞으실 겁니다. 사부님께서도 살아계실 적, 노선배님에 대한 이야기를 자주 하셨었습니다."

"하아, 역시 그랬군. 내 생각대로 적 형의 제자였구먼."

"제자라고는 달랑 저 하나만 거두셨지요."

"그래도 저승에서 웃고 있겠군. 제자가 이렇듯 강호의 기둥이 되었으니 말일세."

"별말씀을. 며칠 전 죽다 살아난 것을 생각하면 오히려 죄스럽기만 합니다."

장초량의 하얀 눈썹이 위로 치켜 올라갔다.

"응? 죽다 살아났다고? 대체 무슨 일이 있었기에, 자네 같은 고수가 죽을 뻔했단 말인가?"

그는 아직 모르고 있었다.

촉산의 화전민촌을 나서자마자 곧바로 장안으로 왔는데, 눈으로 인해 사람들의 왕래가 적다 보니 미처 소식을 듣지 못한 것이다.

게다가 천동쌍마의 죽음에 대해, 장안 밖에서는 반쯤 헛소문으로 치부되고 있던 터였다. 그러니 설령 들었다 해도 반신

반의했을 것이다.

"그게……."

척우진이 간단하게 지난 일을 설명했다.

순간 장초량의 눈이 홉떠졌다.

"뭐라! 공지 대선사가 죽었어? 그리고 전 공자와 자네가 천동쌍마를 죽였다고?"

"그렇습니다, 노선배님. 뭣도 모르고 저 혼자 달려들었으면 지금쯤 땅속에 묻혀 있을 겁니다."

"맙소사! 그런 일이 있었다니."

어깨를 으쓱 치켜 올린 척우진의 몸이 부르르 떨렸다. 그날의 일은 그에게 있어 인생 최대의 위기라 할 수 있었다. 생각하는 것만으로 몸이 떨릴 정도로.

"정말 굉장했지요. 제 평생 그런 싸움을 다시 할 수 있을지 모르겠습니다. 한데……."

척우진은 말꼬리를 늘이며 장초량의 뒤를 바라보았다.

"저 뒤의 친구들은 노선배님의 제자들입니까?"

"제자라 할 수는 없지만, 내가 가르친 아이들임에는 분명하지."

"대단하군요. 저 나이에 절정의 경지를 이루었다니."

"허허허, 과찬이네. 내 보기에는 이곳에 있는 청년들이 더 대단하이."

장초량의 눈이 사진옥 등을 향한다.

전무심은 그 모습을 보며 조용히 웃었다.

사진옥은 나이가 다섯 살 이상 차이 나는데도 초중암과 연비감에 비해 한 수 위의 고수였다. 거기다 고후명과 상유상, 예종도 두 사람에 비해 조금도 뒤지지 않았다.

장초량이라면 그것을 알아봤을 터. 놀라지 않으면 그것이 더 이상했다.

'다행히 제때에 왔군.'

예상보다 빨랐다.

그러나 급변하는 상황을 생각하면 기분 좋은 어긋남이었다. 더구나 오지 않을 줄 알았던 장초량마저 왔지 않은가.

'이제 국지전 정도는 해볼 만하겠어.'

전무심의 눈 깊은 곳에서 잔잔한 물결이 쳤다.

그날 저녁, 삼족개로부터 또 한 가지 좋은 소식이 전해졌다.

"우리 개방은 전 공자의 요청을 받아들이기로 했네. 지금 이 시간부터."

손해 볼 것이 없는 거래다. 정천무맹에 소외당하고 있는 개방으로서는 오히려 기회라 생각하고 적극적으로 추진할 일이었다.

천왕교에 대한 정보는 정천무맹조차 군사를 직접 보낼 정도로 탐을 내고 있는 것이 아니던가.

그것은 당금 천하에서 그 어떤 정보보다 값진 정보였다. 자신들이 전해줄 정보에 비하면, 주먹만 한 금덩이와 길가에 굴러다니는 돌멩이 정도의 차이였다.

"에……. 그리고 당분간 내가 그 일에 대한 책임을 맡게 되었네."

"자네가?"

척우진의 반문에 삼족개가 어깨를 으쓱했다.

"대천도가 천가장에 있다니까, 나에게 모든 것을 떠맡기더군."

"흠, 그러니까 내 덕분에 다른 감투까지 썼다 이거군. 그럼 오늘 자네가 술 한잔 사야겠구만."

"이제부터 다리 사이에서 방울 소리 나게 생겼는계, 감투는 개뿔이나."

투덜거리긴 해도 그리 싫은 눈치는 아니었다.

싫기는커녕 솔직히 삼족개는 정천무맹에 한 방 먹여줄 것을 생각하면 입이 찢어질 정도로 기분이 좋았다.

같은 동료면서도 개방을 무시하는 정천무맹의 행사에 얼마나 속이 상했던가.

아무리 냄새가 나도 그렇지, 총단에 개방의 제자들을 상주하지 못하게 하면서도 시시콜콜 개방을 부려먹던 그들이 아니던가.

'흐흐흐. 이놈들, 약 좀 오를 거다!'

미친놈마냥 실실 웃는 그를 향해 전무심이 말했다.

"좋소. 그럼 이제부터 천왕교에 대한 것을 알려주겠소."

第二章
구해야 할 가치가 있는 사람들

死星
天血

1

붉은 물감으로 채색된 은백색 설원.

엉겨 붙은 핏덩이에서 풍기는 비릿한 혈향이 코를 찌른다.

복부가 갈라지고, 머리가 터지고, 사지가 잘린 채 널브러진
시신의 숫자는 모두 삼십여 구.

뒤늦게 도착해 시신을 바라보는 혈의인들의 눈자위가 붉게
물들어 있다.

핏발 선 눈에서 뿜어지는 것은 살기!

야수의 냉혹함과도 같은 지독한 살기였다.

"놈들의 도주 방향은?"

붉은 전포를 입고 거부(巨斧)를 등에 맨 거한이 물었다. 그
의 눈은 붉은 선이 그어진 설원의 저 너머를 향하고 있었다.

그가 묻자마자 기다렸다는 듯 옆에서 곧바로 대답이 나왔다.

"동남쪽으로 도주했습니다."

"현재 누가 추적하고 있지?"

"혈양기가 쫓고 있습니다."

"거리 차이는?"

"놈들과는 대략 삼십 리 정도, 혈양기와는 이십 리 정도 떨어진 것으로 보입니다."

얼굴이 긴 장한의 말에 거한이 다시 물었다.

"얼마나 걸릴 것 같으냐?"

"두 시진이면……."

대답을 하는 장한의 등에 거한의 칼날 같은 눈빛이 꽂혔다.

"그 시간이면 상황이 끝났을지도 모른다."

얼굴이 긴 장한이 즉시 말을 바꿨다.

"한 시진이면 따라잡을 수 있을 것입니다, 기주!"

"좋아, 우리가 놈들을 잡는다! 결코 혈양기에 공을 넘겨주지 않을 것이다!"

"걱정 마십시오. 혈양기의 멍청이들은 그들을 잡을 수 없을 것입니다!"

그제야 만족한 듯 거한이 몸을 돌렸다.

그의 뒤쪽에는 십여 명의 흑의인이 말없이 서 있었다.

거한은 흑의인 중 뒷짐을 진 채 고요히 서 있는 중년인을 향해 말했다.

"가시지요. 곧 놈들을 잡을 수 있을 겁니다."

"놈들 중에 상당한 실력을 지닌 자들이 있는 것 같군."

"그래 봐야 이빨 빠진 고양이일 뿐입니다."

"하긴……. 가지."

2

날이 풀리자 두텁게 쌓인 눈이 빠르게 녹기 시작했다.

햇빛을 받아 잠시 바라보기가 힘들 정도로 온 세상이 하얗게 빛나던 그날, 유시가 되기도 전에 무화단의 수하 하나가 거친 숨을 몰아쉬며 천가장을 찾아왔다.

"전 공자께 급히 전할 게 있소!"

제갈경이 떠난 지 사흘째 되던 날의 일이었다.

전무심은 별원에서 차를 마시다 서신을 받았다. 그리고 반각, 별원의 주요인물들이 전무심의 방으로 모여들었다.

마지막으로 장초량이 초중암과 연비강을 데리고 들어오자 전무심이 단도직입적으로 입을 떼었다.

"정천무맹으로 돌아가던 제갈 군사 일행들이 상주(商州) 부근에서 혈곡의 공격을 받은 것 같습니다."

순간 분위기가 무겁게 가라앉았다.

전쟁의 서막을 알리는 말처럼 들리는 것이다.

"개방의 제자들이 삼십여 구의 시신을 발견했는데, 그 시신들 중에 제갈경 일행이 여덟이나 섞여 있었다고 합니다."

손호방이 눈살을 찌푸렸다. 그래 봐야 표도 거의 나지 않았지만.

"전 공자가 그렇게 말해줬는데도 돌아가지 않고 상주 쪽으로 가다니. 쯔쯔쯔……."

"일단 무화단의 수하로 하여금 종남에 소식을 전하게 했습니다만……."

전무심이 말을 흐리며 사람들을 둘러보았다.

종남이 바로 움직일 수 있을지는 미지수였다. 정예제자들을 정천무맹으로 보낸 종남이 얼마나 많을 제자들을 내려 보낼지 그것 역시 확실치 않았다. 하기에 그는 결정을 내리지 않을 수 없었다.

"아무래도 우리가 먼저 움직여야 할 것 같습니다."

척우진이 침중하게 군은 표정으로 기억을 더듬어 말했다.

"상주까지 이곳에서 사백 리 길이네. 눈 때문에 하루는 걸릴 텐데, 남은 자들이 그때까지 버틸 수 있을지 모르겠군."

그 말에 전무심은 거승을 바라보았다.

"그 일대에 대해 아시는 것이 있을 것 같소만. 상주 근처에서 제갈 군사 일행이 도움을 청할 만한 곳이 있소?"

상황이 상황인 만큼 거승이 곤혹스런 표정을 지었다.

"상주면 당장 화산의 도움을 기대하기도 어려운 곳이오. 물론 그 미친놈들이 계획적으로 벌인 일이라면, 북쪽으로 올라갈 길을 철저히 차단하고 일을 벌였을 테지만. 그리고 설령 있다 해도 혈곡과 대적하려 하지 않을 것이오. 그 일대에서 제일 큰 곳인 동천장원조차 정천무맹보다는 혈곡과 더 가까운 사이니까 말이오."

곤혹한 표정을 짓고 있던 진성자가 웅얼거리듯 말했다.

"제갈 군사가 지휘하고 있으니 그래도 그리 쉽게 당하지는 않을걸?"

그럴 것이다. 비록 전무심에게 형편없이 졌다고는 하지만, 누가 뭐래도 그들은 정천무맹의 최정예 고수들이 아니던가.

그러나 위기에 몰릴 것은 기정사실. 문제는 시간이었다. 혈곡이 과거의 혈곡이 아닌 이상은 그들을 쫓는 자들이 모두 혈곡의 무사들이라고만 볼 수가 없는 상황이니까.

그때 손호방이 그러잖아도 가느다란 눈을 거의 보이지 않을 정도로 좁혀 뜨고 의문을 표했다.

"의외로군. 겨울이 지나기도 전에 먼저 일을 벌이다니."

"그들이 뭘 노리고 있다 생각하십니까?"

전무심 말에 손호방의 실처럼 가늘어진 눈이 반짝였다.

"글쎄, 일단은 두 가지 정도로 봐야겠지. 하나는 움직일 때가 되었다는 것. 또 다른 하나는, 다른 사람의 눈을 돌리고 뭔가 엉뚱한 일을 꾸미려고 한다는 것."

"제 생각으로는 두 번째일 것 같습니다만."

손호방이 두터운 볼살을 부풀리며 씩 웃었다.

"나도 같은 생각이네."

옆에서 두 사람의 말을 듣고만 있던 장초량이 조용히 물었다.

"어떻게 할 생각인가?"

전무심의 무심한 표정에 한줄기 냉소가 스쳤다.

"놈들이 북을 울렸으니 일단 장단은 맞춰줄 생각입니다."

"그래야 놈들이 일을 진행시키겠지?"

손호방이 한마디 거들었다.

"거기다 잘하면 정천무맹에 빚을 하나 얹을 수도 있겠지요."

와중에 챙길 것은 챙기겠다는 전무심이다.

사람들이 내심 고개를 끄덕일 때다. 전무심이 생각을 정리하고 결정을 내렸다.

어차피 시간이 문제라면, 망설일 시간도 아까웠던 것이다.

"장 노사님과 손 노인은 부상자들과 함께 이곳에 남도록 하고, 나머지 사람들만 가도록 하지요."

"우리도 가겠소."

거승과 홍곽열이 벌떡 일어나 굳은 표정으로 전무심을 쳐다보았다.

"아직 완전히 낫지는 않았지만, 남에게 피해를 줄 정도는 아니오. 그러니 함께 갈 수 있도록 해주시오."

하긴 죽을 때 죽더라도 혈곡의 일에 빠지고 싶지 않을 터. 전무심도 거승과 홍곽열의 마음을 충분히 이해할 수 있었다.

전무심은 가볍게 고개를 끄덕이고는 상유상을 바라보았다.

"유상, 지금 바로 청양루에 가서 오십 인이 세끼 먹을 수 있는 건량을 각각 낱개로 싸서 달라고 해라."

"예, 대형!"

상유상이 큰 소리로 대답하고 방을 나가자, 전무심은 방 안에 모인 사람들을 둘러보았다.

이미 끝난 상황일지도 몰랐다. 그럼에도 그곳으로 가려는 이유는 단순했다.

기선을 제압하겠다는 것!

구할 수 있으면 좋고, 제갈경 등이 모두 당했다던 그는 돌아가려는 혈곡의 무리들을 칠 생각이었다. 정천무맹의 군사를 잡겠다면서 소수를 보내지는 않았을 것이 아닌가 말이다.

그리고 그들의 복수를 하겠다고 더 많은 고수를 움직이면 그거야말로 반가운 일이었다. 직접 혈곡까지 찾아가지 않고도 적의 예봉을 꺾을 수 있을 테니까.

'한두 번 그러다 보면 움츠러들 수밖에 없겠지.'

그 또한 백리군악이 바라는 바는 아닐 것이다. 그는 섬서 전체를 전장으로 삼으려 생각하고 있을 테니까.

사람들을 둘러보는 전무심의 눈빛이 북해의 저녁 하늘만큼이나 차갑게 가라앉았다.

"어쩌면 한 번의 싸움으로 끝나지 않을지도 모릅니다. 혹시나 흩어지게 되거든, 동료에 대한 소식을 듣지 못하면 바로 장안으로 돌아오시기 바랍니다."

떠날 준비를 하느라 부산을 떠는 별원으로 천소령이 찾아왔다.

그녀는 방문에 기대어 전무심의 등을 바라보았다.

딱히 할 말은 없었다. 아니, 많았던 것 같은데도 막상 전무심의 넓은 등을 보자 입이 열리지 않았다.

그렇게 한참이 지났다.

천소령이 들어왔음을 알면서도 전무심은 묵묵히 자신의 작은 보따리를 정리했다.

옷 한 벌, 은자, 황경에게서 얻은 응급으로 쓸 금창약…….

그런데 챙겨 넣다 보니 금방이다.

전무심은 다시 옷을 꺼내 말끔히 접어볼까 하는 생각을 하다 쓴웃음을 지으며 돌아섰다.

"왔소?"

"피이, 그런 인사가 어디 있어요? 온 지가 언젠데."

"무슨 일이오?"

전무심이 멋대가리없이 물었다.

자신이 생각해도 너무 뻔한 물음이라 어색한 생각이 들 정도였다.

그런데도 천소령은 물어봐 준 것이 고맙기만 했다. 입이 떨어지지 않았는데 그 바람에 말을 할 수가 있게 된 것이다.

"얼마나 걸릴 거 같아요?"

"제갈경을 구하는 거 말이오, 아니면 돌아오는 거 말이오?"

"둘 다요."

전무심은 잠시 생각하는 듯하더니 담담히 말했다.

"그가 죽었으면 열흘 정도, 살았다면 보름 정도 걸리지 않을까 싶소. 앞뒤로 며칠 정도는 차이가 날 것 같고 말이오."

"돌아오실 거죠?"

그걸 묻는 천소령의 눈이 짧게 흔들렸다.

전무심은 보따리를 어깨에 걸치고는 고개를 끄덕였다.

"낙오한 사람들에게 이곳으로 오라 했소. 그러니 나도 돌아와야 하지 않겠소?"

그것 말고도 와야 할 이유는 있었다. 그러나 아직 말할 수는 없었다.

그때 천소령이 전무심 앞으로 다가왔다.

이전 날 갑작스런 기습에 당할 뻔한 적이 있는 전무심은 긴장한 눈으로 천소령을 바라보았다.

"꼭…… 오셔야 해요. 다치지 말고……. 알았죠?"

전무심이 까닥, 고개를 짧게 끄덕였다.

그 순간 천소령이 몸을 던졌다. 전무심이 몸을 뒤로 빼려 했을 때는 이미 천소령의 봉긋한 가슴이 그의 딱딱한 가슴에 짓눌려지고 있었다.

물론 피하려 하면 피하지 못할 것은 없었다.

하지만 그다음 뒷감당을 하려면 몇 배나 더 힘들 터였다.

그래도 입술까지 당할 수는 없는 일. 전무심이 저빨리 입을 열었다.

"장주에게 너무 심하게 움직이지는 말라고 전해주시오. 아직은 무리니까."

천소령의 눈이 글썽거렸다.

"예, 알아요. 좌우간 고마워요. 전 공자가 아니었으면 일어나시지도 못했을 텐데……."

'끄응, 말을 잘못 택했군.'

공연한 말을 해서 울린 것만 같았다. 게다가 그 핑계로 가슴에 얼굴을 기대는 천소령은 눈마저 감고 행복해하고 있지를 않은가.

전무심은 천소령의 어깨를 잡고 고개를 숙였다.

밖에서 웅성거리는 소리가 들리는 것이 사람들이 모두 모여든 듯했다. 떠날 때가 된 것이다.

"그럼 이만……."

순간 천소령의 얼굴이 갑자기 커졌다.

쪽!

분명 다가오는 것을 보았다. 그런데 눈물로 얼룩진 눈과 마주치자 차마 피할 수가 없었다.

전무심은 푹 고개를 숙인 천소령을 바라보았다. 급습을 성공시킨 그녀의 얼굴이 발갛게 달아올라 있었다.

'나중에 후회할 것을…….'

자신이 오라비라는 것을 알면 어떤 표정을 지을까?

죄없는 천소령이 가슴 아파할까 봐 미안하기만 했다.

'후우, 소령에게만 말할까?'

자꾸 미루면 조부와 자신의 관계가 정립되기 전에는 말하기가 쉽지 않을 터였다.

그때 밖에서 사진옥이 소리쳤다.

"대형! 준비가 다 되었습니다!"

예종의 쏘아붙이는 목소리까지.

"이런, 눈치도 없이! 지금 대형이 소령 낭자와 함께 있잖아, 이 멍청아!"

금방이라도 방문이 열리고 떼를 지어 들어올 것만 같다.

전무심은 천소령의 어깨를 잡아 떼어놓고 방문을 바라보았다.

"지금 나간다."

그런 전무심을 향해 천소령이 기어들어 가는 목소리로 말했다.

"다녀오세요."

꼭, 일 나가는 남편을 배웅하는 표정이었다.

3

밤바람이 유난히도 차가워 옷깃을 여미어도 비웃듯이 파고든다.

하지만 제갈경은 추운 줄도 모르고 멍한 눈으로 동굴 밖을 쳐다보았다.

어이가 없다. 이런 일이 있을 줄 누가 알았으랴.

전무심이 경고할 때만 해도, 솔직히 조금은 혈극을 가소롭게 생각했었다.

천왕교처럼 미친놈들이 아니고서야 누가 감히 정천무맹을

건드린단 말인가!

그러나 자만이었다.

뼈가 부스러지도록 후회스런 자만!

그때 조금만 더 깊게 생각했다면 이런 상황에 처하지는 않았을 것을. 하다못해 반나절 정도만 돌아갈 생각을 했어도 혈곡의 무리들과 조우하지는 않았을 것을.

제갈경은 피눈물을 흘리며 통곡이라도 하고 싶었다.

악귀 같은 놈들에게 함께 왔던 열다섯 명 중 여덟 명이 죽었다. 그중에는 자신의 친조카도 섞여 있었고, 십여 년 세월을 자신의 손발처럼 살아온 사람도 있었다.

일순간의 판단 실수가 가져온 결과치고는 너무도 참혹한 상황. 제갈경은 추위를 느낄 정신도 없었다. 자신 때문에 죽은 사람들은 지금도 백여 리 떨어진 곳의 눈 덮인 허허벌판에 누워 있을 것이 아닌가.

'최소한 개방분타나 종남에 들러 정보만 얻었어도 이리 되지는 않았을 텐데……. 어리석은 놈, 멍청한 놈! 네까짓 게 무슨 정천무맹의 군사란 말이냐!'

그때 동굴의 입구에서 희미한 달빛을 등에 지고 팽독이 묻는다.

"어찌하실 생각이오, 군사?"

벽에 기대어 앉아 있던 남궁수한이 대답을 재촉한다.

"날이 밝으면 놈들이 추격을 다시 시작할 것이오. 아니, 어쩌면 이미 가까이 왔을지도 모르오. 당장은 동굴 입구 주위에 진을 설치해서 놈들의 눈을 피할 수 있다지만, 이곳을 나서면 진세의 도움조차 받을 수가 없소. 뭔가 특단의 대책을 세우지 않고선 우리 모두가 이곳에서 뼈를 묻어야 한단 말이외다. 정녕 방법이 없겠소?"

어둠 속에서 반짝이는 눈빛들이 일제히 자신을 향한다.

―대답해라, 제갈경! 말해봐! 우리를 살릴 수 있는 방법이 뭐냔 말이다!

모두가 그렇게 외치는 것만 같다.

―당신 때문에 우리 형제들이 죽었어!

모두가 그렇게 생각하고 있는 것처럼 보인다.

제갈경은 턱뼈가 으스러지도록 이를 앙다물고 자신을 바라보는 사람들의 눈과 하나하나 마주쳤다.

방법이 전혀 없는 것은 아니다. 하나 그러기 위히선 누군가가 희생되어야 한다.

대체 저들 중 누구를 희생시킨단 말인가. 몇 사람이 살기 위해서 다른 몇 사람을 죽음으로 내모는 일을 어찌한단 말인가!

그러나 하지 않을 수도 없다. 그래서 그는 선뜻 입을 열 수가 없는 것이다.

한참이 지나고, 그의 입에서 이지러진 목소리가 새어 나왔다.

"일단 적의 눈을 다른 곳으로 돌려볼 생각이오. 가까운 화산에 연락을 하려 해도 왕복 이틀이 걸리는 현재로선 달리 방법이 없을 것 같소."

어렴풋이 그 말 뒤에 도사린 뜻을 깨달은 남궁수한이 굳은 표정으로 말했다.

"그럼 누군가가 그들의 시선을 돌리는 일을 맡아야겠구려."

제갈경은 천천히 고개를 끄덕였다. 알고 있는 일을 돌려 말하는 것은 역효과만 가져올 뿐이었다.

순간 그러잖아도 냉기만 감돌던 동굴 안이 빙동처럼 얼어붙었다.

사람이라고 해봐야 일곱이다.

제갈경을 살리기 위함이니, 그를 뺀 나머지는 여섯. 누가 살고 누가 죽음을 택할 것인가.

바깥의 찬바람보다 더 차갑게 느껴지는 침묵이 오래도록 지속되었다.

그렇게 얼마나 지났을까.

침묵을 깬 사람은, 옷자락을 찢어 살점이 떨어져 나간 어깨를 감싼 황보진이었다.

"언제까지 이러고 있을 수는 없소. 내가 여기 호위무사 세 사람과 함께 저들의 시선을 돌려보겠소. 팽 형과 남궁 형은 그 사이 군사를 보필하고 맹으로 돌아가시오."

담담한 목소리에 제갈경의 눈매가 떨렸다.

"황보 아우……."

남궁수한이 머뭇거리며 말했다.

"황보 형, 굳이 황보 형이 남을 필요는……."

황보진이 손을 들어 안타까워하는 사람들의 입을 막았다.

어차피 작정한 것. 이야기가 길어져 봐야 좋을 지 없었다.

"꽤나 긴 밤이 될 것 같구려. 촌각이라도 헛되이 낭비할 시간이 없소. 일단 쉬면서 체력을 보충합시다."

한데 그때였다.

휘이익! 휘이이이익!

날카로운 호각 소리가 바람 소리에 섞여 들렸다.

이곳까지 도망 오면서 두어 번 들었던 소리, 혈곡의 무사들이 자기들끼리 연락하는 신호음이었다.

"지독한 놈들! 쉴 틈을 안 주는군."

팽독이 이를 갈며 밖을 바라보았다.

아직 적의 기운이 느껴지지는 않았다. 그러나 흐각 소리로 봐서는 그리 멀지 않은 곳에 있는 듯했다.

그때 황보진이 자리에서 일어났다.

"가세. 우리의 손에 군사의 목숨이 달려 있네. 힘들겠지만 혹시 또 아는가? 최선을 다하다 보면 우리도 살 수 있을지."

그의 말에 군사 직속의 호위무사 세 사람이 비장한 표정으로 몸을 일으켰다.

그들 중 열 명의 호위무사를 이끌고 온 호중청이 깊이 허리를 숙였다.

"군사! 더 이상 모시지 못할 것 같습니다. 부디 무사히 돌아가시기 바랍니다!"

제갈경은 그 모습을 보고 천천히 고개를 끄덕였다.

호중천은 십수 년간 자신과 함께 동고동락한 사람이다. 한데 자신 때문에 죽음의 길을 가야만 한다.

위로라도 하고 싶었다. 그러나 무슨 말로 위로를 한단 말인가.

비참한 심정!

제갈경은 마치 자신의 손으로 호중청을 죽이는 기분에 입술을 깨물었다.

'혈곡! 혈곡이여! 내 절대로 용서하지 않겠다!'

제갈경의 깨문 입술에서 방울진 피가 턱을 타고 흐를 즈음, 황보진은 세 사람을 데리고 동굴을 나섰다.

제갈경은 그들이 보이지 않을 때까지 동굴 입구에 서서 어둠 속을 응시했다.

그러다 그들이 완전히 어둠 속으로 사라져 보이지 않자, 천천히 고개를 쳐들고 냉기 서린 목소리를 내뱉었다.

"일각 후 출발하겠소. 몸을 최대한 추스르도록 하시오. 저들을 위해서라도… 꼭 살아서 돌아가야 하니까 말이오."

이토록 살고자 하는 마음이 절실한 적은 처음이었다.

그는 팔다리가 다 떨어져 나가는 한이 있어도 목숨만큼은 부지하고 싶었다.

피의 대가를 받아내기 위해서라도!

4

적막감이 유난히 가슴을 짓누르는 밤, 전무심 일행은 한겨울 찬바람을 가슴에 안고 백색의 산등성이에 올라섰다.

하늘에선 새 울음소리조차 들리지 않고, 저 멀리 냉기 서린 평온 속에 끝없이 펼쳐진 눈 덮인 평원이 한눈에 들어온다.

전무심은 일억 냥짜리 금두처럼 거대한 황금달을 머리에 이고, 산등성이에 우뚝 서서 백색의 눈밭을 길게 가르지른 굵은 선을 바라보았다.

적어도 수십 명 이상이 지나간 흔적이었다.

언뜻 짐승들의 발자국처럼 보이는 것은 발끝만으로 탄력을 받아 나아갔다는 뜻이었다. 그만큼 지나간 자들의 경신공부가 뛰어나다는 말.

그리고 바람에 눈가루가 흩날리는 데도 선명한 발자국들은 그들이 지나간 지 그리 오래되지 않았음을 말해주고 있었다.

'그리 멀지 않은 것 같군.'

장안에서부터 거의 쉬지도 않고 달려왔다.

볼일 볼 때를 빼고는 심지어 식사도 달리면서 해야만 했다. 어릴 적 지옥십관에서 수련할 때처럼.

덕분에 어스름이 찾아오기도 전, 마침내 제갈경 일행을 쫓는 혈곡 무사들의 꼬리를 잡고야 만 것이다.

다행이라면 다행이었다. 아직까지도 제갈경 일행이 쫓기고 있다는 말인 즉 상황이 끝나지 않았다는 뜻이 아닌가.

전무심이 어둠 속으로 사라진 발자국을 바라보며 물었다.

"아직은 살아 있는 것 같소. 도주 경로를 예상할 수 있겠소?"

거승이 대답 대신 눈살을 찌푸렸다. 뭔가 이해할 수 없다는 눈빛이었다.

그의 뜻을 짐작했는지 홍곽열이 대답했다.

"이상하오. 이대로 가면 영목산이라는 곳이 나오는데, 그곳은 너무 험해서 한겨울에는 넘을 수가 없는 곳이오."

"길을 모르면 그럴 수도 있지 뭐."

진성자가 당연한 걸 심각하게 생각한다는 투로 중얼거렸다.

그러자 거승이 눈에 힘을 주고 말했다.

"길도 모르는 사람들이 혈곡의 추적을 이틀이 넘도록 피할 수 있었다고 생각하시오?"

진성자도 고집을 꺾지 않았다.

"피하지 못할 것은 또 뭐야? 명색이 정천무맹의 군산데 그 정도도 못할 거라 생각하는 건가?"

"오면서 들은 정보대로라면, 팔기 중 적어도 세 곳이 출동했소. 한마디로 제갈 군사를 잡으려고 작정했다는 말이외다. 설마 혈곡이 정천무맹의 군사를 잡으려 하면서 아무런 계획도 세우지 않았다 생각하는 것은 아니겠지요?"

진성자는 뜨끔한 표정으로 슬며시 고개를 돌렸다.

"그래도 머리 쓰는 거는 제갈 군사를 따라가지 못할걸?"

"그렇게 잘 아는 분이, 제갈 군사가 길도 모른 채 도망 다니고 있다고 생각한단 말이오? 그리고 혈곡이 눈먼 봉산 줄 아시오? 길도 모른 채 도망 다니는 사람들을 이틀간이나 놓치게? 거 말도 안 되는 소리 좀 하지 마시오!"

한 살 어리다는 이유로 진성자의 반말을 들어야간 했던 거승이다. 그는 그동안 쌓인 울화를 풀려는 듯 진성자를 거세게 몰아붙였다.

하지만 진성자는 끄떡도 하지 않고, 말도 안 되는 소리를 서슴없이 했다.

"봉산가 보지 뭐. 아니면 멍청이들이던가."

"뭐요?!"

그때 곡초운이 나섰다.

"막다른 길인 줄을 알고 가는지도 모르오."

"뭔 소립니까?"

진성자의 동그래진 눈을 바라보며 곡초운이 말했다.

"어떤 짐승은 사냥꾼에게서 쫓길 때, 암컷과 새끼들을 숨겨 놓고 사냥꾼을 유인한다 들었소. 자신은 죽더라도 암컷과 새끼들을 살리기 위해서 말이오."

간단하면서도 확실한 비유였다.

"아!"

"흠! 그게 그렇게 되나?"

여기저기서 짧은 감탄성이 터져 나왔다.

진성자가 확인하듯이 물었다.

"그럼 누군가가 제갈 군사 대신 적들을 유인하고 있단 말입니까?"

"아마… 그들 일행 중 일부일 거라는 생각이 드오.'

전무심도 동의하는지 고개를 끄덕였다.

"현재로선 그게 가장 가능성이 높은 추측 같소."

"하면, 저들을 추적하지 말고 뒤쪽을 살펴봐야겠군."

뒤질세라 진성자가 자신있는 목소리로 의견을 내놓았다.

그러나 전무심은 진성자의 손을 들어주지 않았다.

"추적은 계속될 거요."

진성자가 눈을 크게 떴다.

"제갈 군사를 구하려면 그들을 추적해 봐야 소용없을 것이 아닌가?"

"당장 위험에 처한 사람은 몸을 던져 적을 유인하는 사람들 이지 제갈경이 아니잖소?"

진성자가 고개를 갸웃거렸다.

"그게 그렇게 되나?"

전무심이 전면을 직시한 채 나직이 말했다.

"설령 제갈경이 다시 위험에 처한다 해도, 나는 자신의 목숨을 던져 동료를 구하려는 자들을 먼저 구할 것이오. 그들은 구할 만한 가치가 있는 자들이니까."

그러고는 말을 끝내자마자 땅을 박차고 앞으로 나아갔다. 백색의 대지에 죽 그어진 선을 따라서.

"캬아! 내가 이래서 전 도우를 따라다닌다니까!"

진성자가 방정맞은 탄성을 터뜨리는 사이 모두가 전무심을 쫓아 몸을 날렸다.

"어? 같이 가자고!"

"크읍!"

황보진은 어깨에서 부러진 칼날을 잡아 빼며 신음을 억눌렀다.

적들은 철저하고도 끈질겼다.

동굴을 떠난 지 단 이각 만에 첫 번째 적과 조우했다. 본래부터 드러나기 위해 움직였지만, 그래도 이각은 너무나 빨랐다.

그나마 다행이라면 적이 십여 명에 불과했다는 것이다. 와중에 호위무사 한 사람이 죽고, 자신을 비롯한 나거지도 부상을 당하긴 했지만 어쨌든 목숨은 구했으니까.

이후 그는 호중천과 또 다른 호위무사 진문과 함께 악착같이 달렸다.

그렇게 영목산에 들어설 즈음, 마침내 적의 주력 중 일부가 모습을 드러내기 시작했다. 자신들의 계획이 성공했다는 뜻이었다.

그리고 반 시진이 지난 지금 목이 잘린 진문은 내장마저 드러낸 채 바닥에 엎어져 있고, 한 팔을 잃은 호중천든 절벽에 몸을 기댄 채 숨을 헐떡거리고 있었다.

뒤쪽은 절벽, 앞에는 이십여 명의 무사가 빙 둘러서 있는 상황.

이제 더 갈 곳도 없고, 갈 수도 없는 상태였다.

'끝인가?'

황보진은 어깨에서 빼낸 부러진 칼날을 바닥에 내던졌다.

쨍그랑!

"지금 네놈들이 무슨 짓을 했는지 아는가!"

그는 입에서 피가 튀는 것도 아랑곳하지 않고 악을 쓰듯 소리쳤다.

죽더라도 비굴하게 죽기는 싫었다. 어쩌면 마지막 자존심일지도 몰랐다.

"혈곡 따위가 감히 본 맹을 건드리다니! 후회할 것이다! 네놈들은 오늘 우리가 흘린 피의 백배, 천 배의 피를 흘려야만 할 것이다!"

입에서 흘러나온 핏물이 가슴을 적신다.

갈라진 옆구리에선 내장이 쏟아져 나오는 것만 같다.

당장이라도 주저앉아 피 구덩이에 고개를 처박고 쉬고 싶은 마음뿐이다.

하지만 그럴 수는 없었다.

자신이 서 있는 시간만큼 제갈경이 더 멀리 도망갈 수 있을 테니까.

한데 그가 떨리는 다리에 힘을 주고 전면을 노려볼 때다. 전면에 서 있던 자들 중 피가 뚝뚝 떨어지는 기형도를 들고 있던 자가 입가에 비릿한 조소를 머금고 말했다.

"황보진, 혹시라도 제갈경이 빠져나갔을 거라 생각하고 있다면 꿈에서 깨어나라."

황보진은 그를 알고 있었다. 그가 바로 혈곡 최강의 무력단체라는 혈산팔기(血山八旗)의 팔대기주 중 혈수기주 한회민이었다.

하지만 지금 중요한 것은, 그가 한회민이냐 아니냐가 아니었다.

"무, 무슨 소리냐, 한회민!"

"설마 이곳에 온 사람들이 전부라 생각한 것은 아니겠지?"

"그, 그럼······?"

"정천무맹의 군사를 잡는 일이야. 그것도 정천무맹의 장로 세 사람과 군사 직속의 호위무사 열한 명이 보호하고 있는 군사를 말이야."

"네놈들이 설마······?"

"물론 처음에는 우리도 속았다네. 속아서 백 리 길을 따라왔지."

그는 입가의 조소를 지우지 않고 천천히 황보진을 향해 걸음을 옮겼다.

"아마 그대들이 이곳으로 향하지만 않았어도 더 오랜 시간을 속아야 했을 거야. 물론 그대들이야 최대한 멀리 떨어지려고 했을 테지만."

"이곳으로 온 것이 실수라고?"

"맞아. 천하의 정세와 지리를 꿰뚫고 있다는 제갈경이 아닌가? 그러면 험난하기가 화산과 쌍벽을 이룬다는 영목산을 모를 리 없을 텐데, 그런 그가 막다른 길로 간다? 그거야말로 웃기는 일이지. 크크크크."

치링!

그는 손에 들려 있던, 낫처럼 안쪽으로 구부러진 기형도로 바위를 훑었다. 진철호의 목을 자른 바로 그 칼이었다.

"이번에 본 곡에서 삼대기주가 이번 일에 투입되었다네. 지금 혈양기와 혈사기가 그를 쫓고 있지. 어디 그뿐인가? 우리보다 더 무서운 사람들이 그를 잡기 위해 나왔지."

그의 말이 끝남과 동시였다.

쉬익!

한회민의 기형도가 허공을 무지개처럼 둥글게 갈랐다.

순간 황보진은 몸을 뒤로 눕히며 두 주먹을 휘둘렀다. 어깨와 옆구리의 상처로 인해 전보다 느린 동작이었지만, 일도를 피하는 것은 그리 어렵지 않았다.

그러나 한회민의 두 번째 공격이 이어지자, 그는 이를 악물고 몸을 굴려야만 했다.

헛손질을 한 한회민의 조소가 더욱 짙어졌다.

"천하의 파운신권 황보진이 뇌려타곤이라니, 천하인이 웃겠구나!"

다섯 바퀴를 구른 후 절벽을 잡고 몸을 세운 황보진은 핏발 선 눈으로 한회민을 노려보았다.

"세 사람을 죽이기 위해 떼거리로 몰려온 놈이 무슨 자격으로 나를 비웃는단 말이냐!"

"크크크크, 꼴에 자존심은 살아 있단 말이지? 하나 그것도 오늘로 끝이다, 황보진!"

느닷없이 한회민의 신형이 황보진을 향해 팅기듯 날아갔다. 새파란 도기가 넘실거리는 기형도를 앞세운 채!

황보진도 마지막이라는 심정으로 쌍권을 내질렀다.

은은한 백색 기운이 그의 쌍권에서 회오리치며 흘러나왔다.

하지만 황보진은 알고 있었다. 자신의 현재 힘으로는 한회민의 이번 공격을 막을 수 없다는 것을.

아니나 다를까, 번쩍이는 세 줄기 도기가 그의 권력을 파고든다. 뒤는 절벽. 물러설 수 없는 상황. 그렇다고 옆으로 피하기에는 몸상태가 좋지 않다.

'오너라! 내 죽을 때 죽더라도 네놈의 뼈 몇 개 정도는 부러뜨리고 죽을 것이다!'

그는 눈을 부릅뜨고서 자신의 목을 베어오는 한회민의 기형도를 향해 거꾸로 달려들었다.

"이노오옴!!"

적어도 황보가의 남자가 뒤를 보이며 죽었다는 말은 남기고 싶지 않은 그였다.

뜻밖이었는지 황보진의 어깨를 찍어가던 한회민의 눈에 당혹이 떠올랐다.

하나 기호지세! 그는 망설이지 않고 어깨를 찍어가던 칼을 비틀어 목을 베어갔다.

목이 잘린 자의 주먹은 무서울 것이 없었다. 그것이 주먹으로는 천하에서 제일 강맹하다는 황보가의 주먹이라 해도.

피가 튀고 목이 잘린 황보진을 상상한 그의 입가에 살소가 그어졌다.

한데 바로 그때 기이한 일이 벌어졌다.

갑자기 칼이 옆으로 밀린다. 황보진이 전설의 호신강기를 익힌 것도 아닐 텐데.

당황한 그가 재차 칼을 비틀어 황보진의 목을 베려는 순간!

쩡!

칼날이 울음을 터뜨리더니 손이 저릿해지고,

쾅!

무언가에 두들겨 맞은 가슴이 먹먹해졌다.

동시에 황보진의 혼신을 다한 일 권이 어깨를 후려친다.

"크윽!"

주르륵 물러선 한회민은 눈을 부릅뜨고 앞을 노려보았다.

"우웩!"

황보진이 허리를 구부리고 피를 게워낸다.

하지만 그의 눈은 황보진을 보고 있는 것이 아니었다.

황보진의 바로 옆, 언제 나타났는지 그곳에는 한사람이 서 있었다.

큰 키, 먹물처럼 검은 흑의, 옆구리에 짧은 검.

처음 보는 자였다.

"네놈은 누구⋯⋯?"

한데 그가 입을 염과 동시.

"웬 놈이냐!"

느긋이 지켜보고 있던 혈수기의 수하들이 그저 야 소리치며 달려왔다.

그는 불길한 느낌에 수하들을 말리려 했다.

그러나 그가 말릴 틈도 없이 하늘에서 수십 명이 떨어져 내리더니, 제일 먼저 떨어져 내린 두 사람이 신이 난 악동들처럼 수하들을 향해 달려든다.

"이놈들! 네놈들은 이 도장 어른이 상대해 주마!"

"엉터리 도장보다 내가 더 잘 패니까, 이리와!"

추풍낙엽!

중년 도장의 검이 춤을 출 때마다 비명을 지르며 수하들이 거꾸러지고, 거구의 청년이 휘두르는 쇠몽둥이에 수하들이 대항도 못해보고 허리가 부러진다.

한데, 그런 자들이 무려 수십 명이다.

머릿속이 텅 빈 기분. 한회민의 안색이 흙빛으로 물들었다.

'마, 맙소사! 대체 저들이 누구기에……?'

한회민이 반쯤 넋 나간 표정으로 진성자와 상유상을 바라볼 때다.

전무심은 황보진의 등을 탁 쳐서 막힌 기혈을 뚫어주고는, 황보진이 다시 한 움큼의 피를 토하자 한회민을 향해 발을 내딛었다.

단 한 걸음. 삼 장의 거리가 좁혀지고 두 사람의 간격이 일 장 이내로 줄어들었다.

한회민은 자신도 모르게 주춤거리며 물러섰다.

하지만 그뿐이었다. 전무심이 다시 걸음을 옮기자 오히려 두 사람 사이가 여섯 자 간격으로 좁혀졌다.

숨조차 쉬기 힘들 정도의 압박감!

한회민이 발악하듯이 도를 올려쳤다.

"이놈! 죽어!"

혼신을 다한 일격!

시퍼런 도기가 길게 호선을 그리며 금방이라도 전무심을 두 동강 낼 듯했다.

하지만 전무심은 한 자가량 옆으로 미끄러지더니 마주 손을 들어 올렸다. 그리고는 우수로 기형도를 걷어내고, 좌수를 뻗어 허공을 쥐었다 폈다.

순간 한회민의 입이 쩍 벌어졌다.

"커억!"

전무심은 커다란 손으로 한회민의 목을 움켜쥐고는 그대로 바닥에 메다꽂았다.

쾅!

그야말로 순식간에 벌어진 일이었다.

바닥에 쌓였던 눈이 분분히 휘날리는 가운데, 전무심은 한회민의 목을 잡고 허공으로 들어 올렸다.

미처 정신을 차릴 틈도 없이 한회민의 눈을 마주 보며 전무심이 물었다.

"천왕교의 무사들도 나왔는가?"

목이 잡힌 한회민은 대답할 정신이 없었다. 더구나 눈이 마주치자 오금이 저리고 몸이 덜덜 떨렸다.

그는 전무심이 다시 손을 번쩍 들어 올리자 자신도 모르게 황급히 대답했다.

"그…… 나왔…… 끄으으……."

목이 잡혀 있으니 제대로 된 대답이 나올 리 만무했다.

그런데도 전무심은 한회민을 다시 바닥에 메다꽂았다.

"대답이 늦어."

퍽!

"끄으으으!!"

공포에 질린 한회민의 눈이 튀어나올 듯이 커졌다.

그런 한회민을 향해 전무심이 물었다.

"몇 명이나 나왔지?"

이번에는 질문이 떨어지자마자 답이 나왔다.

"여… 다서……."

열다섯, 생각보다 적은 숫자다.

그만큼 강한 자들만 나왔다는 건가? 아니면 다른 꿍꿍이라도?

"어디로 갔지?"

"사나… 으로……."

옆에 있던 거승이 즉시 되물었다.

"상남 말인가?"

거승을 알아봤는지 한회민이 놀란 눈을 크게 떴다.

그러다 전무심이 손을 슬쩍 들어 올리자 정신없이 눈을 깜박였다. 맞다는 말 같았다.

전무심이 다시 물었다.

"제갈경이 그곳으로 도망갔나?"

"그……."

또다시 눈을 깜박이는 한회민이다.

전무심은 고개를 돌려 거승을 바라보았다.

일행 중 거승과 홍곽열만이 싸움에 가담하지 않고, 참담한 표정을 지은 채 서 있었다.

"이자는 당신들이 처리하시오. 죽이든, 살리든."

전무심은 거승과 홍곽열을 향해 한회민을 휙 내던지고는, 거의 마무리가 다 된 싸움터를 훑어보았다.

애당초 상대가 되지 않는 자들이었다.

그 짧은 순간에 대부분이 바닥을 기고 있다.

자신이 끼어들 필요도 없는 상황. 전무심은 그들을 놔둔 채 황보진에게 다가갔다.

엉긴 피를 토하고 나자 어느 정도 안정이 되었는지, 그는 옷을 찢어서 호중천의 잘린 팔 부위를 감싸주고 있었다.

"괜찮소?"

전무심이 묻자 황보진이 고개를 돌리고 다급히 말했다.

"도와주시오, 전 공자."

자신을 도와달라는 말은 아닌 듯했다. 이미 죽음을 각오하고 이곳까지 적을 유인한 사람이 아니던가.

"제갈 군사를 구해달라는 말씀이오?"

"그렇소. 놈들이 그분을 쫓아갔다고 했소."

전무심도 알고 있는 일이었다. 오면서 한회민의 말을 들은 것이다.

"이미 늦었을지도 모르오."

"군사는 그리 쉽게 당할 분이 아니오. 더구나 남궁 형과 팽형이 함께 있으니, 정 급하면 자신의 몸 하나는 빼낼 수 있을 것이외다."

전무심은 황보진의 말을 들으며 천천히 몸을 돌렸다.

그사이 상황은 깨끗이 정리되어, 이십여 명의 흩수기 무사는 죽거나 혈도가 제압당한 상태로 바닥에 널브러진 상태였다.

"왜 내 말을 듣지 않았소?"

뒤도 돌아보지 않고 하는 전무심의 말에, 전무심의 등을 바라보며 황보진이 참담한 표정으로 말했다.

"그 일을 군사께서도 후회하고 계셨소이다."

"후회라……. 결국 그의 자존심 때문에 열 명이 넘는 사람이 죽거나 다쳤다는 말이군."

전무심은 나직이 제갈경을 질타하고는 초중암을 불렀다.

그의 얼굴은 붉게 달아 있었다. 처음으로 실전을 치르며 흥건한 피를 본 탓이었다.

전무심은 그에게 일행들을 시켜 황보진과 호중천을 보살피라 이르고는 거승에게 물었다.

"여기에서 상남까지 얼마나 되오?"

거승이 다그치던 한회민을 홍곽열에게 넘기고 고개를 돌렸다.

"족히 이백오십 리는 될 것이오."

"그들이 무사히 빠져나갔을 거라 생각하시오?"

"혈곡은 무작정 뒤만 쫓을 정도로 무지하지 않소. 전서로 연락이 오갔다면 분명 앞이 막혔을 것이니, 제아무리 제갈경이라 해도 쉽게 빠져나갈 수는 없을 것이오."

결국 쉽게 잡히지도 않을 테지만, 쉽게 빠져나가지도 못한다는 말이다.

전무심은 간단히 상황을 정리했다.

"우리는 영천으로 갈 테니, 이곳은 당신이 맡으시오."

이번에는 거승도 따라가겠다고 우기지 못했다.

혈수기의 수하들 중 산 자는 십여 명. 두고 갈 수도 없고, 그렇다고 숨통을 끊을 수도 없는 일이었다. 죽일 놈은 위에서 수하들을 사지로 내몬 놈들이지 애꿎은 수하들이 아닌 것이다.

거승이 입술을 짓씹으며 말했다.

"최대한 빨리 정리하고 뒤따라 가겠소."

5

전서구 한 마리가 정천무맹의 첩밀각에 날아 내린 것은 제갈경이 쫓긴 지 만 이틀이 지나서였다.

그러나 자시가 넘어서인지 아무도 살펴보지 않았다.

다음날 아침, 첩밀각의 부각주 제갈명이 기지개를 켜고 업무를 시작하려다 긴급을 뜻하는 빨간 매듭을 단 전서구를 발견했다. 지저분한데다 꾀죄죄한 전서구의 겉모습으로 봐서 개방에서 보낸 듯했다.

"하여간 누가 거지들 아니랄까 봐. 에잉, 쯔쯔쯔……."

지저분한 것이 손에 묻으면 큰일이라도 나는지, 그는 두 손가락만으로 조심스럽게 전서구의 발에서 전서통을 떼어냈다. 그러고는 느긋이 차를 마시며 서신을 펼쳐 보았다.

하지만 그의 평온이 깨어지는 데는 촌각도 걸리지 않았다.

미처 한 줄을 다 읽기도 전, 그의 손에 들려 있던 찻잔이 툭 떨어졌다.

"어헉! 뭐야?!"

빠르게 서신을 읽은 그의 몸이 덜덜덜 떨렸다.

"가, 각주님이……?"

찻물이 허벅지를 적시는 것도 느껴지지 않았다.

그의 머릿속에는 온통 한 가지 생각뿐이었다.

'시간이 없어! 형님이 돌아가시면 자칫 엉뚱한 곳에서 전쟁이 터진다!'

천왕교로 인해 긴장이 고조된 지금, 그것은 누구도 바라지 않는 일이었다.

그는 벌떡 일어서서 문을 박차고 방을 나섰다.

"무슨 일입니까, 숙부님?"

회랑을 건너오던 제갈호가 의아한 표정으로 묻자, 그는 빠르게 몇 마디 내뱉었다.

"형님께서 혈곡 놈들에게 쫓기고 있다! 나는 맹주님을 찾아뵐 것이니, 네가 잠시 이곳을 지키고 있어라!"

제갈명은 그 말만을 던지고는, 지나가던 시비와 무사들이 미친놈 쳐다보듯 하는 것도 아랑곳하지 않고 맹주전을 향해서 날 듯이 달려갔다.

그리고 한 시진 후.

정천무맹의 정문이 열리고, 정천무맹의 정예무사 이백여 명이 남양을 떠나 북서쪽으로 달려갔다.

*   *   *

소식은 천왕곡에도 전해졌다.

석양으로 천왕곡이 붉게 물들어갈 무렵이었다. 하루에 이천 리도 날아갈 수 있다는 천리전응이, 마치 제 집을 찾아가듯 천기선원의 지붕에 난 은밀한 구멍 속으로 들어갔다.

그러자 한 사람이 기다렸다는 듯 매의 발에 걸린 전서통을 떼어냈다.

잠시 후.

백리군악은 공오로부터 서신을 전해 받고, 다시 보면 내용이 바뀌기라도 하는 듯 두 번 세 번 거듭 반복해 읽었다.

"마침내 그가 장안에서 나왔군."

"혈곡의 힘으로는 그를 막을 수 없을 겁니다. 그대로 놔두실 겁니까?"

"그는 어리석은 사람이 아니다. 결코 혈곡을 직접 칠 리가 없다."

"하오면……?"

공오가 의아한 표정을 짓자 백리군악의 입가로 기느다란 웃음이 번졌다.

"어쩌면 잘된 일인지도 모르겠군. 공오, 즉시 천리전웅을 석천으로 보내라. 노괴들을 움직여야겠다. 그리고 현으량에게는 전무심을 발견하는 즉시 그의 위치를 노괴들에게 알려주라고 해라."

"너무 빠르지 않겠습니까?"

"봄이 되기 전에 천외비각에서 더 많은 힘을 끌어내야 한다. 아주 좋은 기회야. 물론 그들에겐 불행이지만."

천외비각을 움직이기 위해선 그들이 죽어야 한다.

천동쌍마에 이어 그들마저 죽으면, 천외비각이 본격적으로 움직일 것이다. 또한 그리 되면 천왕대전도 그들을 견제하기 위해 신경을 분산시킬 수밖에 없을 터.

백리군악은 그 정도가 되어야 겨우 승산이 일할 정도는 올라갈 거라 생각했다.

"천왕이 조급해하고 있다. 예상보다 출곡 시기가 앞당겨질지도 모르니, 그 점 유의해서 준비를 하도록 해라."

"알겠습니다, 주군."

"공오, 우리에게는 아군이 없다는 점을 잊지 말아라."

공오는 고개를 들어 백리군악을 바라보았다.

백리군악은 눈을 감고 있었다. 그런 백리군악을 바라보는 공오의 두 눈이 파르르 떨렸다.

'제가 어찌 모르겠습니까? 명심하겠습니다.'

6

다음날 아침.

상황을 주시하며 단강(丹江) 일대를 오르내리던 개방의 제자가 영천 동남쪽 삼십 리 지점에서 한 사람의 시신을 발견했다. 그는 십여 명의 혈곡무사와 함께 죽어 있었는데, 개방의 제자는 그의 복장과 무기를 보고 그가 누군지 바로 알아챘다.

남궁세가의 장로이자 제갈 군사와 함께 움직였다는 남궁수한의 시신을 발견했음.

급전이 상주로 전해지자, 상주에 머물고 있던 삼족개가 제자들을 풀어 전무심에게 연락을 취했다.

그리고 사시 초, 연락을 받은 전무심 일행이 단강에 당도했다. 영목산을 출발한 지 두 시진 만이었다.

단강 가에는 개방의 거지 둘이 추위를 피하기 위해 불을 피워놓고 있었다.

전무심 일행이 그들에게 다가가자, 이십대 후반의 거지가 불안한 표정으로 물었다.

"상주에서 오셨수?"

전무심이 가볍게 고개를 끄덕였다.

"그렇소. 시신은 어디에 있소?"

그제야 불안한 표정을 지운 거지는 모닥불 곁을 떠나는 게 아쉬운지 두어 번 더 불을 향해 손을 비비고 획 몸을 돌렸다.

"따라오시구랴."

남궁수한의 시신이 있는 곳은 그곳에서 그리 멀지 않았다.

단강을 삼백 장가량 거슬러 올라가 우거진 숲이 보이자, 거지는 망설이지 않고 숲 속으로 들어갔다.

그렇게 이십여 장을 더 갔을 때다. 거지가 걸음을 멈추더니 손으로 안쪽을 가리켰다.

"저기 있수."

남궁수한은 전신이 난도질당한 채 팔마저 하나 브이지 않았다.

피 구덩이에 널브러진 그를 보고 누가 며칠 전의 남궁수한을 떠올릴 수 있을까.

벌겋게 물든 채 아직도 적을 노려보는 듯한 눈.

살점이 뜯긴 입술 안쪽은 핏물로 가득 차 있다.

얼마나 처절하게 싸웠는지 직접 보지 않았어도 알 수 있을 듯했다.

"남궁수한이 이 정도로 당했다면 팽독과 제갈경도 무사하지 못하다고 봐야겠군."

척우진이 침중한 얼굴로 고개를 저으며 말했다.

그럴지도 몰랐다. 그러나 아직 확실한 것은 아무것도 없었다.

전무심은 한쪽에서 추위에 달달 떨고 있는 개방의 제자를 바라보았다.

"다른 소식은 들은 것이 없소?"

입술이 새파래진 이십대 후반의 거지는 전무심과 척우진 뒤에 늘어선 사람들을 힐끔거리며 쳐다봤다.

날씨가 추운 것보다도 그들의 기세에 몸이 더 떨렸다.

'이 새끼들 뭐야? 어떤 새끼들인데 이렇게 살벌해?'

그래도 겉으로는 최대한 공손하게 대답했다.

"공자께서 오시기 직전에, 새끼거지들이 상남으로 가는 길목에서 혈곡의 무사들을 봤다고 했습니다요."

"여기서 얼마나 되오?"

"남쪽으로 오십 리 정도 됩죠."

"오십 리라……."

전무심이 나름대로 상황을 추측하고 있을 때다. 척우진이 개방의 거지에게 물었다.

"삼족개가 지금 어디 있는 줄 아는가?"

"상주에 계셨는데, 지금은 정확한 위치를 잘 모르겠습니다요."

"그 친구, 동작 되게 굼뜨군. 그래 가지고 어디 빌어먹고 살겠나?"

척우진의 투덜거림에 개방 거지가 눈을 흘겼다.

'씨발, 우리가 밥 빌어먹는데 보태준 적이라도 있어? 꼭 산적같이 생겨 가지고 말이야.'

그때 척우진이 말했다.

"오거든 바로 상남으로 오라고 하게. 내가 기다린다고."

속으로야 '당신이 뭔데?' 하는 마음이었지만, 그래도 겉으로는 정중히 물었다.

"뉘시라고 하면 됩니까?"

"응? 아, 나? 나는 척우진이라 하네."

개방 거지의 눈이 조금씩 커지더니, 얼마 지나지 않아 왕방울만 해졌다.

"대, 대천도? 그럼… 저 공자가……!"

삼족개가 보낸 답신에는 간단한 말만 적혀 있었다.

곧 사람을 보내마. 그들에게 최대한 협조해라.

그래서 상주의 그저 그런 무사들이 남궁수한의 시신을 수거하러 오는 줄 알았다. 아니면 종남이나 화산의 제자들이 복수를 하겠다며 달려오든지.

그런데 세상에, 삼족개가 보냈다는 사람들이 대천도 척우진과 천동쌍마를 죽였다는 전무심이라니!

'어쩐지 살벌한 놈들이다 했더니……. 이 빌어먹을 양반이 누구 죽이려고 작정했나? 왜 이들의 정체를 말해주지 않은 거야!'

만일 자신의 성격대로 불퉁대고 대들었으면 어떻게 되었을까?

'쓰불, 하마터면 큰일 날 뻔했군.'

第三章

급변

死星
天血

1

마존궁 마접당의 제삼향주 유곡은 공손세가에서 나오는 흑의인들을 보고 젓가락을 놓았다.

공손세가를 나온 흑의인은 모두 삼십여 명.

유람이라도 가는 듯 느긋한 표정, 조금도 서두를 거 없다는 듯 여유로운 걸음걸이.

그들은 결코 공손세가의 무사들이 아니었다. 자신의 예상이 틀리지 않다면, 흑의인들은 공손세가에 머무르고 있다는 천왕교의 고수들이었다.

특히 선두의 두 노인은, 자신조차 그 능력을 추측할 수 없는 경지에 다다른 진정한 고수였다.

유곡은 거리를 두고 그들의 뒤를 쫓았다. 그러다 그들이 곧

바로 석천을 벗어나 동쪽으로 향하자 급히 서신을 써서 전서구에 매달았다.

'대체 저놈들이 어디로 가는 거지?'

전에 없던 갑작스런 움직임이 왠지 불안했다.

그나마 다행이라면 숫자가 얼마 되지 않는 것이었다.

길을 떠난 자들은 공손세가에 있는 오백여 명 중 기껏 삼십 명 정도에 불과했으니까.

유곡의 서신은 곧바로 석천에서 이백여 리 떨어진 마존궁 우하(雨河) 지부에 전해졌다.

우하 지부에는 마존궁의 사대무력 중 하나인 멸위전이 은밀하게 머물고 있었는데, 멸위전의 삭검당주 원소평은 수하로부터 서신을 받자마자 즉시 전주인 동목원에게 달려갔다.

"수상한 무리들이 공손세가를 나와 동쪽으로 향했다 합니다, 전주."

커다란 의자에 몸을 묻고 있던 동목원은 칼날 같은 눈빛을 번뜩이며 턱밑의 수염을 비비꼬았다.

"수상한 무리?"

"예, 전주. 천왕교의 무사들이라 합니다."

"그래? 흠, 천왕교라……. 몇 명이나 된다 하더냐?"

"삼십여 명 정도라 합니다."

동목원은 원소평의 말에 수염을 꼬던 손을 멈췄다.

"그 정도면 그리 많지 않군. 흠, 심심한데 한번 움직여 볼까?"

"예?"

원소평이 번쩍 고개를 쳐들었다.

동시에 동목원이 몸을 세우며 결정했다는 듯 말했다.

"좋아! 그들은 우리가 알아서 처리한다!"

우리가 알아서?

묘한 어감이 느껴지는 말이었다.

"하오면 전무심이라는 자에게는 알리지 않을 생각이십니까?"

"홍! 본 궁이 언제부터 남의 손을 빌려 일을 처리했단 말이냐? 걱정 말아라. 본 단의 정예 삼백이면 공손세가 전체와 맞붙어도 밀리지 않을 것이다. 굳이 그자에게 알릴 필요도 없다."

"그럼 총단에 지원 요청이라도……."

"지원은 무슨! 기껏해야 삼십여 명에 불과한 천왕교의 무사들을 상대하는데 무슨 지원이란 말이냐?"

일리있는 말이었다.

천왕교의 무사들이 아무리 강하다 해도 십 대 일이 아닌가.

지원을 청한다는 것 자체가 강호의 웃음거리가 될 일이었다.

"즉시 수하들을 집결시켜라! 놈들을 추격한다!"

자신에 찬 동목원의 말에 원소평은 허리를 숙였다.

동목원이 결정을 내린 이상, 궁주인 사문천 외에는 아무도 그의 결정을 뒤집을 수 없었다.

"예! 전주!"

원소평은 비장한 표정을 지으며 큰 소리로 대답했다.

그도 철패단주 모용창의 이야기를 듣긴 들었다.

그러나 천왕교의 무사들이 얼마나 강한지 실감이 나지 않았다. 더구나 이미 결정된 것, 피하고 싶은 마음도 없었다.

까짓 거 죽을 때 죽더라도, 싸워보지도 않고 꼬리를 말 수는 없잖은가 말이다!

다만, 공손세가에서 천왕교의 움직임이 있거든 장안의 전무심이란 자에게 전하라 했던 낙우릉의 말을 어기는 것이 약간 찜찜할 뿐이었다.

'놈들을 다 때려잡으면 이해해 주시겠지.'

멸위전의 삼백 무사가 우하 지부를 떠난 다음날, 작수에서 마존궁과 천가장 간의 정보전달 역할을 하던 모용창이 그 소식을 들었다.

동목원이 바로 전했다면 전날 저녁에 들었을 소식을 날이 새고 나서야 들은 것이다.

그는 멸위전이 천왕교의 무사들을 치기 위해 움직였다는 말을 듣고 대경해 소리쳤다.

"뭐야? 동 전주가 독단적으로 움직여? 우리에게 소식도 전하지 않고?"

철패단 제이조장 나문혁이 침착하게 대답했다.

"이미 신석을 거쳐 인하구 쪽으로 갔다 합니다."

"천왕교의 무리들은? 그들은 어디쯤 있느냐?!"

"정확하지는 않사오나 지금쯤 소하에 있지 않나 싶습니다, 단주!"

"소하? 젠장! 그럼 언제 부딪칠지 모른다는 말인 아닌가!"

"어쩌면 이미 부딪쳤을지도 모릅니다."

"광문은 어디 있는가? 즉시 광문을 찾고 수하들을 모두 모아라!"

"단주, 하오면?"

"미우나 고우나 동료인데 보고만 있을 수는 없잖은가?"

"그럼 천가장에는……?"

"전 공자에게 직접 연락해! 놈들이 움직였다고 말이다! 빨리!"

모용창은 나문혁이 부리나케 뛰어나가자 쾅! 탁자를 내려쳤다.

"대체 그 영감태기가 무슨 생각을 하고 있는 거야?! 제기랄, 낙 장로께 나만 한 소리 듣는 것 아닌지 모르겠군."

하지만 그것은 나중 문제였다.

멸위전이 아무리 숫자가 많다 해도 상대는 천왕교다. 천왕교를 상대하면서 수적인 우세는 그리 중요하지 않았다.

더군다나 전무심이 공손세가의 천왕교 무리에 대해 바짝 신경을 쓸 때는 그만한 이유가 있을 터.

모용창은 아무래도 불안했다.

"여호!"

그가 밖을 향해 소리치자 즉시 대답이 들렸다.

"예, 단주!"

"궁에 계신 낙 장로께 이곳의 상황을 지급으로 알려라!"

일단 궁에 소식을 전하면 어떤 조치가 있을 것이었다. 그때까지만 별일이 없다면 무사히 넘어갈 수 있을지 몰랐다.

그때까지만 견딜 수 있다면.

그러나 그도, 동목원도 공손세가에서 나온 삼십여 명에 섞인 두 노인이 누군지 꿈에도 몰랐다.

2

전무심이 죽어가는 팽독을 발견한 것은 단강을 건너 상남을 칠십여 리 남겨두었을 때였다.

그는 피로 얼룩진 숲 속의 소나무에 등을 기대고 앉아 있었다.

검 한 자루가 그의 복부를 관통한 채 소나무에 박혀 있었는데, 그는 그로 인해 쓰러지지도 못한 채 그르렁거리며 가느다란 숨만 내쉴 뿐이었다.

반쯤 잘린 팔, 허연 뼈가 보이는 다리.

쩍쩍 벌어진 상처에서 흘러나온 피로 시뻘겋게 물든 몸은 숨만 쉬고 있을 뿐 죽은 거와 다름없었다. 아직까지 살아 있다는 것이 이상할 정도였다.

일순간, 팽독의 처참한 몸을 바라보던 전무심의 눈에 싸늘한 광채가 스치고 지나갔다.

눈에 익은 흔적이 보인 것이다.

"대형, 패천단 놈들의 짓입니다."

사진옥도 알아봤는지 싸늘하게 굳은 표정으로 조무심을 바라보았다.

전무심은 고개를 끄덕이고는, 그의 복부에 박힌 검을 잡고 최대한 충격이 가지 않도록 천천히 잡아 뽑았다.

파르르 떨리는 팽독의 눈이 살짝 뜨였다 감겼다.

정신이 드는 듯했다.

척우진이 그의 뒤로 돌아가 명문에 진기를 넣어주자, 겨우 정신을 차린 그가 힘들게 몇 마디를 뱉어냈다.

"군사…… 도주……. 구해야……."

그러고는 다시 정신을 잃었다.

손을 뗀 척우진이 고개를 흔들며 말했다.

"어려울 것 같네. 완전히 속이 뭉개진 데다 피를 너무 많이 흘렸어."

그러더니 살기 띤 눈빛으로 숲 너머를 바라보았다.

"그리 멀리 가지는 못했을 거네. 추적하면 곧 따라잡을 수 있을 거야."

척우진의 말대로였다. 아직 피가 굳지도 않은 상황. 멀어봐야 이삼십 리 안팎에 있을 게 분명했다.

전무심은 고개를 끄덕이고는 천천히 돌아섰다.

솔직히 천가장에서만 해도 이들의 행동이 마음에 들지 않았었다.

말은 명문정파인데, 하는 행동들은 마도문파 사람들이 하는 행동이나 별반 다르지 않게 보였던 것이다.

한데 꼭 그렇지만도 않은 것 같았다.

군사인 제갈경을 살리기 위해 일파의 장로라는 사람들이 하나하나 목숨을 내놓고 있질 않은가 말이다.

그것은 보이지 않는 또 다른 힘이었다. 굳이 말한다면 정도문파가 가진 정신의 힘이라고나 할까?

'정천무맹이 전력을 다하지 않는 한 천왕교를 상대할 수 없을지 모른다 생각했는데, 어쩌면 내 생각을 수정해야 할지도 모르겠군.'

그는 처음으로 제갈경의 목숨을 구해야겠다는 생각이 들었다.

정천무맹의 힘이 겉으로 보이는 것만이 다가 아니라면, 그가 살아 있는 것이 더 나을 거라는 생각이 든 것이다.

"내가 앞장서겠소. 갑시다."

제갈경을 추적하는 자들의 흔적을 쫓아가는 것은 그리 어렵지 않았다.

보란 듯이 드러난 흔적은 한곳을 향해 뻗어 있었다. 다른 사람은 한참을 찾아야 할 흔적도, 그에게는 흰 종이에 붓질을 해놓은 것마냥 선명하게 보였다.

전무심이 적의 위치를 미리 알고 있는 것처럼 빠르게 그들을 추적해 가자, 오히려 뒤쫓아가는 사람들이 따라가기가 힘들 정도였다.

'뭘 알고 가는 거야, 아니면 그냥 무작정 가는 거야?'

모두가 그렇게 생각할 지경이었다.

그러나 이각이 지났을 즈음, 사람들은 전무심을 믿지 않을 수 없었다.

마침내 전무심이 혈곡의 무리들을 찾아낸 것이다.

*　　　*　　　*

혈양기주 기염고는 환장할 것만 같았다.

깎아지른 절벽 아래 세워진 허름한 산신당을 둘러싼 지 일각째. 산신당으로 들어간 네 명의 수하가 딱 네 번의 비명과 함께 흔적도 없이 사라졌다.

물론 원인을 모르지는 않았다. 그걸 알기에 더 화가 나는 것인지도 몰랐다.

빌어먹을 제갈경이 산신당 바깥쪽에 기문진을 설치했는데, 자신은 기문진의 '진' 자만 들어도 속이 울렁거릴 정도로 진을 싫어했던 것이다.

'좌우간 대갈통 속에 먹물 든 새끼들은 마빡을 쪼개 버려야돼!'

그나마 위안이라면 진을 싫어하는, 아니, 모르는 사람이 혼자만이 아니라는 것이었다.

꼴 보기 싫은 혈사기주 양하전도 몰랐고, 무게 잡고 서 있는 천왕교의 장로라는 놈도 몰랐다.

'개새끼들, 잘난 척은 다 하더니만……'

어쨌든 제갈경이 진을 설치하자, 모든 상황이 정지되어 버렸다.

기문진에 대해 조금 배웠다고 깝죽거리며 안으로 들어간 놈도, 눈을 감고 들어가면 되지 않겠냐며, 마치 기발한 생각이라도 한 것처럼 어깨를 으쓱이고 들어갔던 놈도, 딱 한 번씩의 비명만 내지르고 소식이 없었다.

이후로 누구도 들어가 볼 엄두를 내지 못했다.

더구나 진이 밖에 설치된 터라 산신당은 부서지지도 않았다. 아마도 부술지 모른다는 생각에 미리 밖에 설치한 듯했다.

'너구리 같은 새끼!'

그로선 지난 사흘간 자신들을 골탕을 먹이고, 마지막까지 발악하는 제갈경을 짝짝 찢어 죽이고 싶은 마음뿐이었다.

기염고는 이를 으드득 갈고 산신당을 향해 소리쳤다.

"제갈경! 절대로 죽이지 않을 것이니 순순히 진을 해제하고 나와라!"

순전히 거짓말이었다. 기염고는 제갈경이 나오기만 하면 열두 조각으로 잘라 죽일 생각이었다.

그런데 아무런 대답도 들리지 않았다.

"그런다고 나올 놈이 아니오."

더구나 옆에서 혈사기주 양하전이 불난 집에 부채질을 한다.

'싸움질밖에 모르는 어린놈이 어디서!'

하지만 대놓고 말할 수는 없었다.

양하전의 도끼는 나이가 많다고 봐주는 법이 없었다.

그는 숨을 한 번 몰아쉬고 다시 산신당을 향해 말했다.

"곧 본 곡에서 진을 해제할 수 있는 사람이 올 것이다! 어차피 잡힐 것, 추위에 고생하지 말고 순순히 잡히는 것이 서로 낫지 않겠느냐!"

이번에는 대답이 들렸다.

"안에 있는 나보다 밖에 있는 자네들이 더 고생일 텐데, 그만들 돌아가지 그러나? 나는 피곤하니 잠 좀 자야겠네."

듣지 않은 것만도 못한 대답이었다.

결국 분을 못 이긴 기염고가 버럭버럭 소리쳤다.

"제갈경! 이 찢어 죽일 놈! 기름을 부어서 모조리 태워 버리기 전에 나와라!"

산신당 안에서 몸을 다스리던 제갈경은 흠칫했지만 곧 마음을 가라앉혔다.

그의 말대로 불을 지른다면 죽는 수밖에 없었다. 진세에 보호받는 산신당은 불에 타지 않는다 해도, 자신은 열기와 희박해진 공기로 인해 질식해 죽을 수밖에 없는 것이다.

다행이라면 저들이 자신을 살려서 데려가려고 한다는 것이었다.

그렇다면 누군가가 진세를 깨뜨릴 때까지 시간이 있었다.

하루가 될지 이틀이 될지 모르지만.

그가 더 도주를 하지 않고 진을 펼친 것도 그 시간 때문이었다. 어차피 저들의 손을 벗어날 수 없다면, 시간이라도 벌어서 구해줄 사람이 올 때까지 기다리기로 한 것이다. 물론 그 안에 진이 깨진다면 잡히는 것이고.

'개방이 이 일을 모를 리 없다. 그들이 맹에 연락을 넣었다면 지금쯤 맹에서 무사들을 파견했을 것이다. 맹에서 이곳까지 사흘거리. 화산이나 종남이라면 하루 반의 거리다. 후우……. 일단은 그들이 오기 전에 혼돈무원진이 깨지지 않기만을 바라는 수밖에…….'

그는 천천히 눈을 감고 진기를 끌어올렸다.

누군가가 자신을 구하러 올 때까지 최대한 몸을 추슬러야만 했다.

구출될 가능성을 조금이라도 높일 수 있다면, 무슨 짓이라도 해야만 했다.

그래야 자신 때문에 죽은 사람들의 한을 풀어줄 수 있을 터였다.

제갈경은 이를 악물고, 기염고가 밖에서 떠들든 말든 자신을 무아지경으로 몰아넣었다.

'기문진?!'

절벽을 등에 진 산신당까지는 칠십여 장의 거리. 그리 가깝지 않은 거리지만 알아보는 것은 그리 어렵지 않았다.

인위적인 힘에 의해 비틀린 대기의 흐름이 보는 순간 느껴진 것이다.

펼쳐진 진세가 멀쩡한데다 혈곡의 무사들이 둘러싸고 있다는 것은 제갈경이 무사하다는 말.

전무심은 걸음을 늦추고 상황을 살펴보았다.

산신당을 둘러싼 적들의 수효는 오십여 명. 그중에는 천왕교의 무사들도 섞여 있었는데, 복장이 혈곡의 무사들과 같아서 어느 곳에서 나왔는지 바로 알아보기는 힘들었다.

하지만 전무심은 그들이 어느 곳의 수하들인지 별다른 고민을 하지 않았다.

어차피 상관없는 일이었다.

천왕의 율을 어긴 자들!

그들은 모두 이곳에서 죽을 테니까!

전무심이 걸음을 늦추자 다른 사람들도 보조를 맞추었다.

너무도 자연스러워 마치 사전에 그리하기로 약속이라도 한 것 같은 움직임이다.

사진옥과 고후명과 상유상이 예종과 함께 좌측으로, 척우진과 궁사한과 소미하란이 진성자와 함께 우측으로 날개를 편다.

무공이 상대적으로 낮은 곡초운은 뒤로 처지고, 초중암과 연비감이 눈짓을 하더니 촉산의 형제들을 열 명씩 데리고 좌우측을 둘러간다.

마치 거대한 독수리가 먹이를 노리며 지상으로 내리꽂히는 듯하다.

독수리의 부리처럼 앞장섰던 전무심이 산신당이 정면으로 보이는 길로 들어섰을 때다. 뒤늦게 전무심을 발견한 무사 하나가 소리쳤다.

"웬 놈이냐!"

몇 사람이 뒤를 돌아다보았다. 개중에는 혈양기주 기염고도 있었다.

그는 열불이 받쳐 있던 터라 깊게 생각하지 않았다.

"너, 너! 가서 처리해!"

그의 명령이 떨어지자 좌측에 서 있던 두 명의 무사가 돌아섰다.

바로 그때였다. 그동안 한쪽에서 묵묵히 돌아가는 상황만 주시하고 있던, 위아래 입술에 칼자국이 있는 중년인이 눈살을 찌푸리며 말문을 열었다.

"잠깐! 한둘이 아니다. 그리고 저자는 그대들이 해결할 수 있는 자가 아니야."

그는 말을 하면서도 전무심에게서 눈을 떼지 않았다.

그러다 어느 순간 전무심과 눈이 마주치자 표정이 딱딱하게 굳어졌다.

왠지 모를 압박감, 답답해지는 가슴, 심장이 급격히 고동쳤다.

난생처음 느껴보는 감정, 그것은 두려움이었다.

그가 이를 앙다문 채 잇새로 물었다.

"저자가 누군지 아나?"

기염고가 툭 쏘듯이 대답했다.

"처음 보는 자요. 들어본 적도 없고."

그가 다시 옆을 보고 물었다.

"자네도 모르나?"

조용히 서 있던 혈사기주 양하전이 고개를 저었다.

"모르오."

그사이 전무심의 좌우로 십여 명이 모습을 드러냈다.

입술에 칼자국이 있는 중년인, 조온양은 갈라진 입술을 깨물었다.

"모두 죽을 각오를 하고 싸워야 할 거다. 정 안되겠으면 뒤돌아보지 말고 도망가도록."

자존심이 상하는지 기염고의 인상이 와락 구겨졌다.

그렇다고 조온양을 향해 불만을 토해낼 수도 없는 일.

'지미, 천왕교의 장로라는 놈이 겁만 많아 가지고……'

그는 때마침 십여 명이 길 위에 나타나자 눈썹을 역팔자로 꺾으며 그들에게 화살을 돌렸다.

"씨앙, 뭐 하는 새끼들이 날도 추운데 떼거리로 다니는 거야? 죽고 싶어 환장했나?"

그때 산신당 앞의 공터로 들어선 전무심이 조온양을 향해 입을 열었다.

"다 도망가도 그대들은 도망갈 수 없다."

그 말에 기염고가 버럭 소리치며 끝이 두 갈래로 갈라진 기형검을 뽑아 들었다.

"미친 새끼! 도망가긴 누가 도망간다는 거야! 도망갈 놈들은 네놈들이지 우리가 아니다!"

제갈경으로 인해 분노가 머리꼭대기까지 솟은 그는 조온양의 말쯤은 가볍게 무시해 버렸다.

자신들이 누군가. 혈곡의 혈산팔기 중 혈양기의 무사들이 아니던가! 대정천무맹의 장로들과 호위무사들을 죽이고, 군사인 제갈경을 빠져나갈 수 없는 궁지로 몰아넣은 불굴의 투사들 말이다!

'씨발 놈! 천왕교에서 왔으면 다야? 지가 뭔데 감히 우리에게 명령이야, 명령은? 겁쟁이 자식이!'

그는 오기로 수하들을 다그쳤다.

"가라! 가서 저 새끼들 모가지를 따버려!"

눈을 가늘게 뜬 조온양은 그런 기염고를 막지 않고 내버려 두었다.

'죽고 싶다면 하는 수 없지. 아니, 차라리 잘된 건가? 저들의 죽음으로 적의 실력을 정확히 알 수만 있다면야……'

그가 기염고를 막지 않자 양하전이 싸늘한 목소리로 말문을 열었다.

"그냥 놔둬도 되겠습니까?"

그는 알고 있었다. 조온양이 얼마나 강한 사람인지.

겁도 없이 도전했다가 십 초 만에 죽을 뻔한 적이 있었으니까.

하기에 조온양이 극단적으로 도망치라는 말을 뱉을 때는 그만한 이유가 있다 생각했다.

한편으로는 그토록 강한 조온양이 그런 말을 했다는 것에 놀라지 않을 수 없었다.

"이미 늦었다. 도망가든, 끝까지 싸우든 판단은 그대가 알아서 해라."

말을 맺은 조온양은 다가오는 전무심을 바라보며 옆구리의 검을 뽑았다.

뒤쪽에 있던 천왕교의 무사 십여 명은 그의 그런 행동에 몸을 경직시켰다. 그때 누군가가 참지 못하고 조심스럽게 물었다.

"조 장로님, 저자가 그리도 무서운 잡니까?"

그의 질문은 전무심이 직접 몸으로 보여줬다.

전무심은 도검과 기형병기를 들고 덮쳐 오는 혈양기의 무사들을 향해 여전히 똑같은 걸음걸이로 나아갔다.

그러던 어느 순간이었다.

전무심의 몸이 바람에 너울거리는 나비처럼 흔들리는가 싶더니, 찰나간에 혈양기의 무사들 사이로 파고들었다.

순간, 보는 이의 숨을 막히게 하는 광경이 펼쳐졌다.

좌수가 흔들리면서 검이 부러지고, 부러진 검이 다른 자의 가슴을 꿰뚫는다. 일수에 목이 꺾이고, 일지가 뻗으면 머리에 구멍이 뚫린다.

그야말로 눈 한 번 깜박이는 사이에 칠팔 명이 튕겨지고,

"크억!"

"케에엑!"

뒤늦은 비명이 산신당 앞의 공터에 울려 퍼졌다.

한 발 늦게 달려들던 자들은 달려들 때보다 배는 빠르게 뒤로 물러섰다.

전무심은 그들을 쫓지 않고 피로 얼룩진 공터에 고요히 서서 조온양을 응시했다.

쏴아아아!

동시에 좌우로 날개를 편 채 다가들던 일행들이 일제히 산신당의 공터를 에워쌌다.

조온양은 십 장 앞에 우뚝 서 있는 전무심을 응시하며 탄식을 내뱉었다.

"하아……. 이런이런, 멍청하게도 이제야 생각났다."

"예?"

천왕교의 무사들은 물론이고 양하전마저 조온양을 바라보았다.

조온양이 갈라진 입술을 씹으며 말했다.

"전무심, 저자가 바로 전무심이다. 본 교의 제일 적. 천하에서 제일 무서운 자."

천왕교의 무사들은 경악한 표정으로 전무심을 주시했다.

그러나 양하전은 여전히 그가 말한 뜻을 이해할 수 없었다.

"저자가 그렇게 강한 잡니까?"

양하전의 질문에 조온양은 자조의 웃음을 터뜨렸다.

"큭, 크크큭, 강한 자냐고? 글쎄, 얼마나 강한지는 나도 잘 모르겠네. 말만 들었으니까. 하지만 이거 한 가지단 알아두게. 내가 들은 이야기가 사실이라면, 저자가 마음먹고 죽이려 들 경우 여기 있는 누구도 살아날 수 없네."

바로 그때였다. 수하들의 죽음에 이성을 잃은 기염고가 노성을 빽 내지르며 전무심을 향해 달려들었다.

"이 개자식! 죽어!"

그는 굳이 전무심이 상대할 필요도 없었다.

사진옥이 훌쩍 날아들더니 그를 덮쳐 갔다.

쩌저저정!

격렬한 쇳소리가 산신당의 공터에 울려 퍼지고, 수십, 수백의 도영이 두 사람의 몸을 감쌌다.

그렇게 공방이 오 초를 넘어갈 때다.

"컥!"

답답한 신음을 토해낸 기염고가 튕기듯이 뒤로 물러섰다.

동시에 사진옥의 도가 그를 쓸어갔다.

스스스스!

낙엽이 쓸리는 소리와 함께 시퍼런 도기가 파도처럼 밀려간다.

"설마, 표… 향귀도?!"

조온양이 사진옥의 도법을 알아보고는 대경해 소리쳤다.

대체 저자가 누구기에 천왕교의 무공을 쓴단 말인가!

그것도 오래전에 사라진 절세의 도법, 표향귀도를!

그가 혼란을 겪는 사이, 기염고의 가슴과 목덜미에서 피분수가 솟구쳤다.

사진옥은 비명도 지르지 못한 채 뒤로 천천히 쓰러지는 기염고를 놔두고 조온양을 노려보았다.

"그냥 천왕곡에서 편히 살 것이지, 뭐 먹을 게 있다고 여기까지 나왔소?"

조온양의 표정이 딱딱하게 굳어졌다.

"네놈은 누구냐!"

그때 전무심이 무심히 입을 열었다.

"시간을 끌 필요는 없겠지. 어차피 죽여야 할 거라면."

그러고는 옆구리에서 무정을 빼 들고 사선으로 내려 들었다.

후우웅!

찰나 전무심의 무정 끝에서 한줄기 회오리바람이 휘돌더니, 전무심이 한 걸음 앞으로 나아감과 동시 시퍼런 검강이 쭉 뻗었다.

흠칫한 조온양도 사진옥에게서 눈을 떼고 검을 뽑아 들었다.

그러고는 자신이 지닌 공력을 모조리 끌어올렸다.

어차피 기회는 많지 않았다.

상대가 자신을 제대로 모를 때 타격을 줘야 했다.

현재로서는 그것만이 한 가닥 희망이었다.

"타아앗!"

그는 전무심이 이 장 거리에 접어들자 검과 하나가 되어 몸을 날렸다.

그러나 전무심은 너무나 쉽게 그의 희망을 짓밟아 버렸다.

조온양의 검신에서 세 자가량의 검강이 쭉 뻗어 나오는데도, 전무심은 조금도 망설이지 않고 무정을 들어 내려쳤다.

콰앙!

"크윽!"

조온양의 몸이 주르륵 밀려나면서 바닥에 깊게 골이 파였다.

그게 신호라도 되는 듯, 반원의 형태로 주위를 감싸고 있던 사람들이 일제히 공격을 시작했다.

소리없는 압박. 숨쉬기조차 힘들 정도다.

"전력을 다해 놈들을 막아라!"

양하전은 딱딱하게 굳은 표정으로 대갈을 내지르고 앞을 노려보았다. 덩치가 곰 같은 놈이 씩 웃으며 그를 향해 달려오고 있었다.

"흐흐흐, 네놈은 나하고 놀자!"

붕붕 소리를 내며 그의 손에서 휘도는 철곤이 족히 백 근은 되어 보인다. 게다가 은은하게 뿌연 기운이 휘도는 걸 보아하니 곤에 실린 힘이 장난이 아니다.

'저런 자와 정면 대결을 하는 것은 어리석은 일!'

그렇게 판단한 양하전은 이를 악물고 도끼를 움켜쥐었다.

곰 같은 놈치고 머리가 제대로 돌아가는 놈을 보지 못한 그였다. 상대가 단순무식한 놈이라면 상대할 방법을 바꿔야 했다.

'치고 빠지면서 기회를 본다!'

하지만 그가 미처 모르는 사실이 있었다.

상유상이 비록 단순하기는 해도 그렇게 무식하지는 않았다. 그리고 사진옥과 고후명과 수년간 비무를 한 상유상은 그런 수에 이골이 나 있었다.

그는 그 사실을 오 초도 걸리지 않아 뼈저리게 느껴야만 했다.

"어쭈? 이 자식이 누구 흉내 내려고 하네? 에라이, 누구처럼 미꾸라지 같은 놈!"

상유상은 힘껏 내려치던 곤을 옆으로 비틀며 패왕의 곤, 패왕척천의 일식을 펼쳤다.

"헉!"

곤끝이 급격한 변화를 일으키며 옆구리를 후려쳐 오자 양하전의 얼굴이 누렇게 떴다.

피하기에는 이미 늦은 상황. 그는 하는 수 없이 도끼를 휘둘러 곤과 마주쳐 갔다.

쾅!

"으음……."

손끝에서 시작된 진동이 팔을 타고 어깨까지 뒤흔들었다. 재빨리 뒤로 물러선 양하전은 이마를 찡그리며 상유상을 노려보았다.

상유상이 그런 양하전을 향해 두 눈을 크게 뜨고 소리쳤다.

"제법인데? 좋아! 이제부터 본격적으로 싸워보자고!"

'제기랄! 잘못 생각했군.'

양하전도 입술을 깨물고 도끼를 잡은 손에 힘을 주었다. 이제는 둘 중 누가 깨지든 결정이 날 때까지 싸우는 수밖에 없었다.

하긴 자신의 성격에 머리를 굴리며 싸우려 한 것 자체가 잘못된 것인지도 몰랐다.

"와라! 곰 같은 새끼!"

그렇게 두 사람이 서로를 죽이지 못해 아옹다옹하는 사이, 산신당의 공터에선 비명과 신음이 흘러넘쳤다.

고후명이 절뚝거리는 묘한 걸음걸이로 혈사기의 수하들에게 다가가며 비홍을 뻗는다.

한 번 뻗을 때마다 한 명.

세 명째 희생자가 생기자, 멋모르고 달려들던 자들이 질린 안색으로 주춤거린다. 그들을 향해 여전한 걸음걸이로 다가가는 고후명이다.

"그대들은 행복한 줄 알도록. 나만큼 깨끗하게 죽이는 사람 있으면 나와보라고 그래."

한쪽에서는 혈사기의 무사들이 궁사한의 칼질에 피를 뿌리고, 소미하란의 비도가 날 때마다 목을, 가슴을 움켜쥐고 거꾸러진다. 두 사람에게 무너진 자들만 해도 벌써 다섯 명째다.

반면에 진성자는 천왕교의 무사들 셋을 상대하면서 동분서

주했다. 생각대로 되지 않는지 그의 입에서는 그가 도사라는 것이 믿어지지 않을 정도로 거친 말들이 쏟아졌다.

"이 개 같은 도우들! 확 머리를 쪼개기 전에 피하지만 말고 덤벼! 덤벼!"

그래도 여전히 자신과의 싸움을 회피하자 좌우를 쓸어보며 씩씩거리는 진성자다.

"겁쟁이 같은 도우들! 달린 것이 아깝다, 아까워!"

천왕교의 무사들은 분노하면서도 쉽게 달려들지 못했다.

진성자가 무서워서가 아니었다. 혈양기와 혈사기의 무사들을 볏단처럼 쓰러뜨리고 있는 촉산의 형제들 때문이었다.

그들의 공격을 받은 곳에선 여지없이 피가 튀고 뼈가 잘리며 처절한 비명과 신음이 이어진다.

저항다운 저항조차 하지 못하고 무너져 내리는 혈양기와 혈사기의 무사들이다.

언제 자신들도 그들의 공격을 받을지 모르는 일.

때마침 혈양기가 무너지자 그들 중 일부는 혈사기의 남은 수하들을 덮쳐 가고, 초중암과 연비감을 비롯한 몇 명은 천왕교의 무사들을 향해 몸을 돌린다.

그때까지도 싸움에 가담하지 않고 있던 천왕교 무사들 여섯이 비장한 표정으로 손에 든 무기를 힘껏 움켜쥐었다.

순간 초중암과 연비감이 네 명의 형제들과 함께 그들을 공격했다.

바로 그때였다.

쾅!

전무심과 조온양이 있는 곳에서 굉음이 울렸다.

하지만 조온양과 맞선 이는 전무심이 아닌 척우진이었다.

그는 도를 내려쳐 조온양과 일격을 나누고는, 상대를 직시한 채 전무심에게 말했다.

"내가 한번 상대해 보고 싶네."

전무심은 이채 띤 눈으로 척우진을 바라보았다.

아직 완쾌되지 않은 척우진이었다. 그런데도 그가 천왕교의 고수를 상대하겠다고 나선 것은 아마도 궁금하기 때문일 터였다. 천왕교의 장로가 얼마나 강한지 말이다.

'그것도 나쁘지는 않겠지.'

지피지기백전불태(知彼知己百戰不殆)라 하지 않던가.

더구나 싸움은 막바지를 향해 치달리고 있는 상황. 천왕교의 무사들도 사진옥을 비롯한 자신의 형제들과 촉산의 형제들에 의해 죽거나 완벽히 둘러싸인 상태였다.

전무심은 살짝 고개를 끄덕이고 한 걸음 물러섰다. 그러자 척우진이 늘어뜨린 도를 반쯤 치켜들고 앞으로 나섰다.

"천왕교의 검이 얼마나 강한지 한번 보고 싶군."

조온양은 갑작스런 상황에 눈살을 찌푸렸다.

저만치 앞에 목이 잘리고 가슴이 함몰된 채 쓰러져 있는 세 명의 천왕교 무사는 이미 숨이 끊어진 상태였다. 자신에게 다가오는 전무심을 가로막다 단 몇 초 만에 죽은 것이다.

솔직히 그는 가슴이 떨렸다.

전무심의 가공할 손속은 결코 자신이 흉내 낼 수 있는 것이 아니었다. 생각했던 것보다 훨씬 강한 전무심의 무공은, 그에게 난생처음으로 두려움과 열망을 동시에 느끼게 할 정도였다.

그런데 그가 물러서고 산적 같은 자가 자신을 상대하겠다며 앞으로 나서질 않는가.

그는 스스로도 이해할 수 없는 감정에 속이 쓰렸다. 심장에 불붙은 꼬챙이가 쑤셔 박힌 것처럼 가슴이 뜨거워졌다. 천왕교의 장로가 된 이후 처음으로 겪는 불쾌함이었다.

그때 척우진이 물었다.

"나는 척우진이라 하오만, 귀하는 누구신가!"

척우진이 이름을 밝히자, 조온양은 불쾌한 감정을 떨치고 곤혹스런 표정을 지었다. 어디선가 들어본 이름 같았다.

"나는 조온양이라 하네. 어디서 들어본 이름 같은데, 아직 강호 경험이 얕아서 잘 생각이 나지 않는군."

척우진이 피식 웃으며 한 걸음 앞으로 나아갔다.

"강호의 친구들은 나를 대천도라 부르오. 그래도 모른다면 할 수 없소만."

그제야 조온양의 눈이 커졌다.

"대천도? 아! 그대가 바로 도절 대천도 척우진이었군."

그렇다면 불쾌할 것도 없었다.

오히려 가슴이 뜨겁게 타올랐다.

조금 전과는 다른 상쾌한 불길. 그것은 투지였다!

"강호의 절대고수 중 한 사람을 이런 곳에서 만나다니, 운이 좋군."

"글쎄, 운이 좋은 건지, 나쁜 건지는 해봐야 알지 않겠소?"

쩡.

척우진이 도를 비틀자 도명(刀鳴)이 울렸다.

그걸 본 조온양의 눈빛이 신중하게 가라앉았다.

가벼운 동작만으로 대기를 진동시키며 도명을 울린다는 것. 그것은 자신도 쉽지 않은 일이었다.

그는 손에 쥔 검을 중단으로 끌어올리고는 천천히 늘어뜨렸다.

"천왕교의 무사들은 강한 적을 만난 것을 영광으로 안다네. 그러니 분명 나는 운이 좋은 것이지."

전무심은 조온양을 보며 눈빛을 싸늘히 빛냈다.

분명 전에는 그랬었다. 예전에는 말이다.

그러나 지금은 그런 자가 그리 많지 않다. 강한 자는 죽음을 겁내고, 권력을 쥔 자는 더 큰 권력을 탐한다. 하기에 지금처럼 중원을 욕심내는 상황이 벌어진 것이다.

전무심은 검을 늘어뜨리고 완벽하게 자세를 잡은 조온양을 잠시 바라보고는 천천히 몸을 돌렸다.

'그걸 알았다면, 그대는 나오지 말았어야 했다. 천왕의 율을 어긴 자는 모두 죽을 테니까!'

"시작합시다!"

척우진의 호기에 찬 목소리를 들으며 전무심은 신신당을 바라보았다.

곧이어 뒤에서 벼락이 떨어지고, 뇌성벽력이 울렸지만, 그는 돌아보지도 않고 산신당을 향해 걸음을 옮겼다.

그와 산신당 사이는 삼십여 명의 무사가 흘린 피로 백색의 대지가 붉게 물들어 있었다.

얼굴이 상기된 채 척우진과 조온양의 싸움을 관전하는 촉산의 형제들. 여전히 씨근덕거리며 부상당한 천왕교의 무사 하나를 붙잡고 다그치는 진성자.

"말해봐, 혈곡에 천왕교의 무사들이 몇 놈이나 있냐? 백 명? 이백 명? 말하면 내가 직접 상제께 편안하게 데려다 준다니까?"

그리고 둔탁한 소리와 함께 터져 나오는 상유상의 커다란 웃음소리.

"음하하! 좋아, 좋아! 진작 그렇게 했어야지!"

상유상과 양하전의 싸움은 아직도 끝을 보지 못하고 있었다. 눈에 불을 켜고 드잡이질을 벌이는 두 사람의 표정은 정반대였다. 상유상은 신이 나서 웃는 얼굴이고, 양하전은 곰이 아니라 거머리에게 걸렸다는 듯 똥 씹은 표정이었다.

그런 두 사람을 보며 예종이 가끔씩 고개를 주억거리고, 사진옥은 뒷짐을 진 채, 고후명은 바위에 엉덩이를 걸친 채 눈을 돌려 척우진과 조온양의 싸움을 주시한다.

언뜻 보면 한가한 듯 보이는 광경이었다.

척우진과 조온양의 격전을 제외하면 긴장감이라고는 눈곱

만큼도 보이지 않았다.

한편, 운기행공에서 깨어난 제갈경은 밖에서 벌어진 상황을
제대로 알지 못했다.

무아지경에 빠져 밖의 소리를 제대로 못 들은 탓도 있었지
만, 상황이 워낙 빨리 진행되었기 때문이다.

다만 짐작되는 것은 상황이 완전히 뒤바뀐 것 같다는 것 정
도였다.

'대체 어떤 자들이 혈곡의 무리들을 물리쳤단 말인가?'

정천무맹에서 구원을 나오기에는 시간이 너무 이르다. 아무
리 빨라도 하루는 더 있어야 한다.

그렇다고 종남이나 화산의 제자들도 아닌 듯했다. 백 명 이
상의 제자들이 와야 놈들을 상대할 수 있을 텐데, 그나마도 그
정도로는 혈곡의 무리들을 상대할 수 있을 뿐, 천왕교의 무사
들을 상대할 수는 없을 터였다.

더구나 자신이 운기를 마치기도 전에 싸움이 끝나 버렸지
않은가 말이다.

혹시 이놈들이 자신을 끌어내기 위해 거짓 싸움을 벌인 것
이 아닐까?

충분히 가능한 일이긴 했다. 다만 혼란스러운 것은, 들린 비
명이나 신음이 너무 사실적이라는 것이었다.

문을 열어야 하나, 말아야 하나?

문을 열면 진세가 그만큼 약해진다. 자칫 스스로 적을 끌어

들이는 결과를 초래할지도 모르는 일.

그가 결론을 내리지 못하고 혼란을 겪고 있을 때다. 밖에서 나직하면서도 힘있는 목소리가 들려왔다.

"제갈 군사, 무사하시다면 진을 해제해 주시오."

언젠가 들어본 목소리다. 절대로 잊을 수 없는 목소리!

제갈경의 눈이 휘둥그레졌다.

'그다! 전무심!'

덜컹!

산신당의 문이 열리자 진세가 요동치면서 내부가 흐릿하게 보였다.

'무령풍을 펼치면 충분히 들어갈 수 있겠군.'

문이 열리면서 진세가 확연히 약해진 것 같았다. 이 정도라면 전무심 정도의 고수가 아니라 해도, 일반 절정고수 두어 명이 힘을 합하면 충분히 힘으로 진세를 뚫을 수 있을 듯했다.

하지만 전무심은 안으로 들어가지 않고 제갈경이 진세를 해제할 때까지 기다렸다.

그 시간은 그리 오래 걸리지 않았다.

흐릿한 내부에서 제갈경의 모습이 보이는가 싶더니, 문밖으로 나온 그가 양쪽 문기둥 아래에 꽂혀 있는 산대를 바닥에서 뽑자 대기가 너울거렸다.

그것도 잠시, 대기가 안정됨과 동시 흐릿하던 산신당의 내부가 뚜렷이 보였다.

산대를 쥔 제갈경은 밖의 상황을 둘러보고는 놀란 표정을 지었다.

널따란 공터가 온통 시신과 피로 뒤덮였다.

제아무리 간이 큰 그라 해도 놀라지 않을 수 없는 광경이었다.

더구나 아직도 격전이 끝나지 않은 곳이 있지를 않은가.

"저들은……?"

"곧 끝날 것이오."

그의 말이 떨어짐과 동시였다.

"크억!"

양하전이 상유상의 철곤에 옆구리를 격타당하그 이 장 밖으로 나가떨어졌다.

"그만 끝내자고. 이제 대형이 대화를 나눌 시간이 되었거든."

원없이 몸을 푼 상유상이 흡족한 표정을 지으며 돌아설 때다.

콰광!

대기가 터져 나가는 굉음이 일더니 척우진과 조온양이 동시에 뒤로 튕겨졌다.

이 장의 거리를 둔 채 서로를 노려보는 두 사람이다.

척우진은 싸늘한 눈빛을 빛내며 조온양을 응시하고, 조온양은 검을 잡은 우수를 늘어뜨린 채 얼굴 근육을 실룩였다.

"대단하군. 하지만… 그 정도로는…… 본 교를 각지… 못할 거……. 웩!"

그의 말은 덩어리진 선지피와 조각난 내장이 쏟아져 나오며
끝이 났다.

쿵!

앞으로 꼬꾸라진 조온양의 몸이 두어 번 들썩이더니 곧 잠
잠해졌다.

입가의 핏줄기를 쓱 닦아낸 척우진이 전무심을 바라보았다.

"대체 천왕교에는 이러한 자들이 몇 명이나 있는가?"

전무심은 묵묵히 조온양의 주검을 바라보며 무심한 목소리
로 말했다.

"드러난 대로라면 오십 명 정도요. 하나 드러나지 않은 자들
까지 합하면…… 글쎄요, 한 백 명 정도? 아니, 어쩌면 더 될지
도……."

물론 조온양보다 강한 자도 수십 명은 된다. 더구나 천왕가
의 사람들에 대해선 전무심조차 확실하게 알지 못하는 상황.

그러나 그것만으로도 산신당 앞이 조용해졌다.

진성자가 천왕교 무사를 다그치는 소리만이 산신당 앞에 울
려 퍼질 뿐.

"좋은 말 할 때 쓰라니까?"

그는 옷자락을 찢어 바닥에 깔고, 천왕교 무사의 손바닥에
피를 흥건히 묻히고는 끈질기게 독촉했다.

전무심이 이수인에게 하던 방법대로 상대의 왼손을 부러뜨
리고. 그가 왼손잡이인 줄은 생각조차 못한 채.

"다리까지 전부 다 부러뜨려야 할 거요."

그러다 전무심의 말이 들리고,

"쓰, 쓰……."

악착같이 버티던 천왕교의 무사가 겨우 고개를 끄덕이자, 진성자의 인상이 와락 일그러졌다.

"이 씨이이발 도우 같으니라고! 왜 내가 말할 때는 안 듣고……. 에라이!"

와직!

결국 악착같이 버티던 무사는 다리 하나가 부러지고 나서야 옷자락에 삐뚤빼뚤 몇 글자를 썼다.

백오십(白五十)…….

그가 다 쓰고 손을 치우자 진성자가 옷자락을 집어 들었다.

"썩을, 이것도 글자라고……. 세 살짜리가 써도 이보다는 낫겠다. 쯔쯔쯔……."

그 말에 고개를 땅바닥에 처박고 있던 무사가 눈을 흘겼다.

'개새끼! 그러게 왜 왼손을 부러뜨려! 오른손을 부러뜨렸으면 진작 써줬지!'

3

전보산(全寶山) 일곱 개의 봉우리에 둘러싸인 혈곡의 총단

내에 아침부터 긴장이 흘렀다.

계곡 전체를 짓누른 긴장의 근원은 제일 대전인 혈무전에서부터 시작되고 있었다.

아침을 먹자마자 혈무전으로 모여든 혈곡의 중심 고수들. 말없이 앉아 있는 그들의 몸에서 흘러나온 기운이 계곡 전체를 긴장으로 몰아넣고 있는 것이다.

그들이 나가는 순간, 그렇게 염원하던 일이 시작될 테니까.

현오량은 혈무전의 드넓은 대전에 앉아 있는 사람들을 천천히 둘러보고는, 천천히 말문을 열었다.

"마침내 정천무맹의 무사들이 움직였다."

그의 말이 떨어지자 고요하던 장내가 술렁였다. 그러나 혈곡의 고수들 누구도 먼저 나서서 입을 열지 않았다.

아무도 입을 열지 않자 구석에 앉아 있던 중년인이 굵은 목소리로 입을 열었다.

"제군께서는 제갈경을 구하기 위해 그들이 나오거든 망설이지 말고 치라 하셨소. 우리는 제군의 명대로 그들을 칠 생각이오. 하니 혈곡의 의중을 말해주시오."

그는 천왕교의 장로, 한택숭이라는 자였다.

그가 입을 열자 현오량이 가느다란 수염을 쓰다듬으며 조용히 웃음을 지었다.

"이번 일은 우리 일이나 마찬가지네. 당연히 참가해야지."

"너무 위험하지 않겠습니까?"

좌측 바로 아래쪽에 앉아 있던 핏빛 혈의를 입은 초로인이 이마를 좁히고 물었다.

혈곡의 원로 중 한 사람, 혈심귀마 역산화였다.

"허허허, 역 아우는 너무 소심해서 탈이야. 피를 보지 않고는 천하로 나아갈 수 없다네. 더구나 이미 제갈경을 잡으려다가 남궁수한과 팽독과 황보진을 비롯해 열 명이 넘는 사람을 죽였네. 이미 뒤로 물러날 수조차 없는 상황이야."

"소제가 어찌 태상의 말씀을 모르겠습니까? 다만 신중을 기하자는 것일 뿐입니다."

"나도 아우의 마음을 잘 아네. 해서 하는 말이네만, 이번 일에 자네가 좀 나서줬으면 싶네. 본 곡에 자네만큼 병법에 뛰어난 사람이 누가 있겠나?"

"제가요?"

역산화가 흠칫하자 현오량이 진한 웃음을 지었다

"자네도 알다시피, 이제 곧 본 곡의 본격적인 섬서 진출이 시작될 것이네. 그때 자네에게 섬서의 총책임을 맡길 생각이야. 물론 그전에 몇 가지 처리할 일이 있긴 하네만 ……. 나는 그 일을 자네가 맡아주었으면 싶네."

역산화의 눈에 희열이 떠올랐다 사그라졌다.

자신에게 떠맡기려 하는 일이 뭔지 모를 그가 아니었다. 하지만 거부하기에는 너무 큰 유혹이었다.

섬서의 총책임자!

그것은 현재의 곡주와 대등한 위치가 된다는 거와도 같았다.

게다가 어차피 현오량이 맡기기로 한 이상 그리 결정될 일. 역산화는 오래 고민하지 않고 고개를 숙였다.

"영광이옵니다, 태상!"

"허허허, 영광은 무슨. 자네의 역량이 뛰어나서 그런 건데. 그럼 그 일은 자네가 맡는 것으로 하고……. 종지명."

현오량이 눈을 돌리고 한 사람을 지명했다.

우측에 있던 중년인이 고개를 숙이고 즉시 대답했다.

"예, 태상."

"자네가 역 장로를 도와주게. 자네라면 손발이 잘 맞을 거네."

"알겠사옵니다."

역산화도 마웅당주 종지명이 마음에 드는지 별다른 거부를 하지 않고 고개를 끄덕였다.

"나머지 필요한 인원은 자네가 알아서 뽑아보게나."

"알겠습니다, 태상!"

현오량은 역산화가 고개를 숙이는 것을 보지도 않고 구석의 중년인을 향했다.

"그리고…… 한 장로, 제군께선 이차 전력을 언제 보내주신다고 하시던가?"

"날이 풀리는 대로 일천의 무사들이 나올 것이외다. 그중 반은 혈곡을 돕기 위한 전력이라는 것이 제군의 말씀이셨소이다."

"호오! 오백이나!"

한 장로라는 자의 대답에 현오량이 자리에서 일어났다.

그는 자리에 앉아 있는 이십여 명의 혈곡 원로와 간부들을 바라보고는 카랑카랑한 목소리로 그들을 독려했다.

"거승과 홍곽열이 몇 명의 간부들을 꼬드겨 반란을 일으키는 바람에 약간의 손해를 입기는 했지만, 아직 본 곡의 힘은 막강하다! 더구나 천왕교에서 본 곡을 도와주고 있는 상황이 아닌가! 이때가 아니면 언제 구파를 누르고 떳떳하니 양지에 자리를 잡을 수 있겠는가! 천왕교가 천하를 차지하면, 우리 혈곡은 공손세가와 함께 섬서를 나눌 수 있을 것이다. 그때가 되면 정천무맹이라 해도 두려울 것이 없을 것이니 모두 힘을 내라! 혈곡의 영광이 눈앞에 있음이니!"

그의 목소리가 커지자 앉아 있던 혈곡의 간부들 중 반수 정도가 벌떡 일어나 외쳤다.

"혈곡의 영광을 위하여!"

그러자 나머지도 어정쩡한 자세로 일어나 함께 외쳤다.

"위대한 혈곡을 위하여!"

그 일이 있고, 한 시진가량이 지났을 때다. 혈곡의 입구를 통해 삼백여 명의 무사가 빠져나왔다.

그들은 오십여 리 지점에서 두 무리로 갈라지더니, 이백여 명의 무사는 남서쪽으로, 나머지 백여 명의 무사는 남쪽으로 내려갔다.

천왕교 은형루의 무사들 오십 명도 혈곡 무사와 같은 복장을 한 채 남쪽으로 가는 무리에 섞였다.

  그리고 같은 시각, 현오량은 전서구를 통해 날아온 서신을
전해 받고 노성을 내질렀다.
  "대체 이게 무슨 말이야! 다 잡은 대어를 놓치다니! 게다가
뭐? 혈산팔기 중 삼기가 놈들에 의해 전멸을 해?"
  "갑자기 나타난 천가장 놈들에 의해 함께 간 천왕교의 무사
들도 모두 죽었다 합니다, 태상!"
  혈사 위홍의 말에 으드득, 이를 간 현오량은 세모꼴 눈에서
새파란 살기를 발했다.
  그러다 한 사람의 이름이 떠오르자 움켜쥔 주먹에 땀이 찼
다.
  "천가장이라면… 혹시 전무심이라는 그놈?"
  혈곡의 전력 중 일 할에 달하는 전력이 하루아침에 무너져
버리고, 거기다 장로 한 사람을 포함한 천왕교의 무사 열다섯
도 모두가 고혼이 되어버렸다.
  웬만한 중소문파쯤은 단번에 쓸어버릴 수 있는 전력이 갑자
기 손가락 사이로 빠져나간 것이다.
  믿을 수 없는 일이지만, 전무심이라는 놈이 끼어들었다면
가능한 일이었다.
  '대체 그놈의 한계는 어디까지란 말인가?'
  현오량은 왠지 날벌레가 귓속으로 들어간 것처럼 신경이 쓰
였다.

놔두자니 껄끄럽고, 제거하기 위해 사람을 보내자니 확신이 없다. 그놈의 손에 대여섯 명의 장로 급 고수가 죽고, 끝내는 천동쌍마저 죽지를 않았던가.

비록 대천도 척우진이 함께 손을 썼다지만, 천동쌍마가 공지 대선사에게 부상을 입은 상태였다지만, 그것만으로 놈에 대한 평가를 깎아내릴 수는 없는 일이었다.

'제기랄! 그 빌어먹을 놈이 왜 이곳까지 온 거야!'

한데 그때다. 머리를 조아리고 있던 혈사 위홍이 한 장의 서신을 내밀었다.

"하옵고, 천왕곡에서 전서가 하나 왔습니다, 태상."

"천왕곡에서?"

현오량은 분노를 가라앉히고 서신을 건네받았다.

서신을 반쯤 읽었을 때다. 현오량의 입술이 위로 말려 올라갔다.

"위홍, 즉시 공손강에게 연락을 해서 천가장 놈들의 움직임을 알려줘라. 놈들 중에 전무심이라는 놈이 있다는 걸도."

"예, 태상!"

현오량은 힘차게 대답하는 위홍의 뒤통수를 바라보고는 천천히 고개를 들었다. 입가에 하얀 웃음을 떠올린 채

"그 괴물들이 움직이기 시작했다고? 어디 이번에도 빠져나가는가 보자, 이놈! 클클클……."

진한 살기가 깃든 웃음이었다.

뒤늦게 천동쌍마의 죽음이 전해지고, 그가 천외비각의 사람이라는 것이 알려지자 은천비원에 비상이 걸렸다.

"소식 들으셨습니까? 천외비각이 열렸다 합니다!"

호리호리한 복면인의 나직한 말 몇 마디에 여덟 복면인의 몸이 딱딱하게 굳어졌다.

하지만 그것도 잠시, 날카로운 눈의 복면인이 탁자를 두드리며 불만을 토해냈다.

"미쳤군, 미쳤어! 대체 어쩌자고 그곳의 괴물들을 끌어냈단 말인가?"

"문제는 그것이 아니오, 칠호. 천외비각이 열렸다면 천왕도 보고만 있지는 않을 거라는 거외다. 결국 우리의 입지만 좁아졌소이다."

"이러다가는 죽도 밥도 안 되오. 우리도 뭔가 수를 내야만 하오."

키 작은 복면인이 허리를 펴고 속삭이듯이 말했다.

힘이 담긴 굵은 목소리. 모두가 키 작은 복면인을 바라보며 기대에 찬 눈빛을 빛냈다.

"이호께선 어떤 복안이라도 있습니까?"

키 작은 복면인이 사람들을 둘러보았다. 그리고 여전히 속삭이듯이 말했다.

"봄이 되면 천왕과 제군이 본격적으로 중원 진출을 할 것이오. 그리되면 우리도 그들의 움직임에 따르지 않을 수 없을 터이니, 자칫 본 원의 존재자체도 사라질지 모르는 상황이 되오."

모두가 염려하는 바였다.

내부에서 움직이는 것과 외부로 나가 움직이는 것은 분명 다를 수밖에 없었다. 내부에서야 천왕교의 안녕을 위해 일한다는 명분이라도 있지만, 외부에 나가면 결국 천왕교를 위해 검을 들어야 한다.

결국 그러한 상황이 지속되면, 은천비원의 사람들조차 천왕과 제군 쪽으로 기우는 사람들이 많아질 것이었다.

"그러니 우리로선 자구책을 찾아야 하오. 최후의 경우……. 천왕과 제군과 결별할 생각을 해야 할지도 모르니까."

장내가 조용해졌다.

천왕과 제군과의 결별. 그것은 곧 반역을 이르는 말이었다.

혈풍을 원하지 않기에, 강호와의 전쟁을 원치 않기에 최후의 순간에 선택할 방법이 그것밖에 없을지 몰라도 당장은 두려울 수밖에 없었다.

아무도 그에 대해 입을 열지 않자 키 작은 복면인기 말을 이었다.

"해서 본인은 한 가지 의견을 제안하고자 하오."

호리호리한 복면인이 굳은 목소리로 다음 말을 재촉했다.

"말씀해 보시지요."

"이미 아시다시피 천비각의 천동쌍마가 죽었소. 장안에서 전무심이라는 자에게 말이오. 사실 당금 천하에서 천외비각의 괴물들을 상대할 수 있는 사람이 몇이나 있겠소? 그리고 그중에서 정도나 마도의 대문파에 속하지 않은 자가 그 누구겠소? 하지만 전무심이라는 자는 그 어디에도 속하지 않은 자요. 전에 본 교에도 들어왔을 정도로 본 교에 대해 잘 알고 있는 자이고 말이오. 해서 하는 말이오만, 나는 우리 은천비원이 그자와 손을 잡았으면 하오."

전무심.

그 이름이 나오자 장내가 술렁거렸다.

어쩌면 당연한 일이었다. 장내의 누가 그 이름을 모를까.

덩치가 커다란 복면인, 사호가 우렁거리는 목소리로 말문을 열었다.

"하나 그의 정체에 대해 알려진 것이 없다는 것 또한 문제입니다. 자칫 범을 끌어들이는 결과가 되지는 않겠습니까?"

"만일 그가 내가 생각하고 있는 사람이 맞다면, 우리의 선택은 결코 잘못된 것이 아닐 거라 생각하오."

"생각하는 사람이라니요? 대체 그를 누구라 생각한단 말입니까?"

"그것에 대해선 더 조사해 보고 말씀드리겠소. 아직 확실한 것은 아니니까."

그때 조용히 앉아 있던 복면노인, 구호가 가래 끓는 목소리로 입을 열었다.

"그자라면 일단 실력에 대해선 더 의심할 것이 없소. 그리고 그가 본 교를 잘 안다면 그 또한 나쁜 일은 아닌 것 같고. 일단 접촉해 보고 판단해도 늦지는 않을 것 같소만."

복면노인의 말에 호리호리한 복면인이 자리에서 일어났다.

"무작정 기다리기에는 시간이 없습니다. 일단 사람을 보내 보도록 하지요. 그가 우리와 협력할 수 있는 사람인지, 아니면 또 다른 적이 될 사람인지 그걸 판단하는 것이 급선무일 듯합니다."

그 말에 복면노인이 바로 말을 이었다.

"일단은 우리가 해줄 수 있는 것과 우리가 그에게 뭘 요구할 것인지를 먼저 생각해 보는 게 어떻겠소?"

설왕설래하는 와중에도 몇 가지 안건이 채택되었다.

그리고 그 일을 추진하는 것은 키 작은 복면인, 혀천광이 맡기로 했다.

그렇게 회의가 마무리되고 사람들이 나가자, 황촛불이 조용히 타오르는 석실 안에는 호리호리한 복면인과 정체 모를 복면노인, 일호와 구호, 두 사람만이 남았다.

먼저 복면노인이 천천히 복면을 벗으며 입을 열었다.

"의외로구나. 천동쌍마가 그렇게 쉽게 죽다니."

쭈글쭈글한 얼굴. 회색에 가까운 백발과 백염.

어린아이처럼 맑은 눈만 아니었다면 촌노라 해도 과언이 아닐 정도로 평범한 모습이었다.

호리호리한 복면인도 복면을 벗었다.

차갑게 보일 정도의 하얀 얼굴에 살짝 치켜 올라간 눈. 이제 이십대로 보이는 잘생긴 청년의 얼굴이 황촛불의 불빛 아래 드러났다.

그는 복면을 탁자 위에 올려놓고는, 잠시 생각하는 듯하더니 조심스럽게 입을 열었다. 회의를 할 때보다도 훨씬 맑은 목소리가 그의 입에서 흘러나왔다.

"강호의 고수들이 저희가 생각했던 것보다 강한 듯합니다."

"으음, 그렇다면 다행이다만……."

"어르신, 천외비각에 그들보다 강한 자들이 얼마나 됩니까?"

"그에 대해선 나조차 정확히 모른다. 그러나 한 가지만은 알고 있지. 천외비각의 주인인 그 악마와 같은 놈이 얼마나 강한지……."

"어르신보다 강합니까?"

그 질문에 노인의 눈빛이 찰나간 흔들렸다.

어찌 보면 자존심이 상한 듯도 했고, 또 어찌 보면 자괴감처럼도 느껴졌다.

청년인은 노인의 반응에 경악을 금치 못했다.

눈앞의 노인에 대해 정확히 알고 있는 사람은 천왕교에도 거의 없었다. 하다못해 하천광도 알지 못했다. 만일 자신이 무조건적으로 비호하지 않았다면, 은천비원의 나머지 일곱 수뇌가 그의 정체를 의심했을지도 몰랐다.

그러나 그가 알고 있는 한, 노인은 하늘 아래에서 가장 강한 사람 중에 하나였다.

자신의 아버지도, 심지어 천왕조차 노인의 상대가 되지 못할 거라는 생각마저 할 정도로 강했다.

한데 그런 절대강자가 흔들리고 있다.

'대체 천외비각의 각주가 얼마나 강하기에 이 어르신이 저리도 흔들린단 말인가?'

그때 노인이 대답했다.

"삼십여 년 전이었다면 비슷했을 것이다. 하나… 지금은 내가 둘 있어야 그를 상대할 수 있을 것이다."

그러고는 청년을 쳐다보았다.

"내가 너를 빼내고, 너에게 모든 것을 맡길 생각을 한 것도 그것을 알기 때문이지."

"하지만 저의 힘은 아직 어르신의 발끝도 쫓아가지 못할 정도에 불과합니다."

노인이 고개를 저었다.

"너무 너 자신을 얕보지 마라. 너는 강하다. 물론 아직 완성되지 않아 아직 놈의 상대는 되지 않을 것이다만."

"그럼 얼마나 되어야 제가 그자의 상대가 될 수 있겠습니까?"

"후우……. 오 년 정도만 더 시간이 있어도 놈과 맞설 수 있을 정도의 힘을 갖출 수 있을 것이거늘……."

안타까움이 역력한 눈빛.

청년은 그 눈빛이 뜻하는 바를 알고 입을 지그시 다물었다.

자신도 안다, 자신이 얼마나 강해졌는지.

그러나 아직 천왕을 넘어선 정도는 아니었다.

그는 그것을 알기에, 은천비원의 사람들을 포섭할 때를 제외하고는 쉽게 자신을 드러내지 않았다.

또한 그렇기 때문에 전무심과 손을 잡자는 하천광의 말에 동의한 것이기도 했다.

'전무심, 그와 손을 잡으면 천왕을, 백리군악을, 천외비각의 각주를 죽일 수 있을까?'

아직 확실한 것은 아무것도 없었다. 심지어 전무심의 정확한 능력조차 정확히 알지 못했다.

그런데 왠지 느낌이 좋았다.

전무심. 그에 대한 말을 듣다 보면 한 사람이 생각나는 것이다.

어쩌면 그가 하천광의 말에 한마디 이의도 제기하지 않은 진짜 이유는, 그것 때문인지도 몰랐다.

"아무래도 마지막 방법을 써야 할 것 같다."

노인의 음성이 그의 상념을 흐트러뜨렸다.

청년은 깊게 숨을 들이쉬고 노인을 바라보았다.

"마지막 방법이라니, 뭘 말씀하시는 겁니까, 어르신?"

노인이 어린아이처럼 맑은 눈으로 청년을 바라보았다.

"죽기 전에 내가 가진 것을 너에게 다 주는 것 말고 뭐가 있겠느냐?"

순간 청년의 얼굴이 딱딱하게 굳었다.

"말도 안 됩니다, 어르신."

노인의 주름 진 눈가에 몇 개의 주름이 더해졌다.

"허허허. 백이십 년을 살았으면 되었지, 얼마나 더 살란 말이냐? 이제 지겨워서라도 그만 마누라를 만나러 가야겠다."

노인이 살기 지겹다고 죽겠다니. 순전히 거짓말이었다. 천하인 모두가 알고 있는 거짓말.

청년이 단호히 고개를 저었다.

그는 노인의 말이 거짓이라는 것을 또 다른 이유로 인해 잘 알고 있었다.

"거짓말 마십시오. 저를 빼내실 때, 혼인도 않고 혼자 늙은 노인 수발 좀 들라 하셨지 않습니까? 그런데 웬 마누랍니까?"

"응? 내가 그 말을 했었나? 그럼 친구 만나러 가는 걸로 바꾸지."

"그래도 안 됩……."

하지만 그는 더 이상 말을 이을 수 없었다.

고개를 젓느라 노인의 손가락이 교묘하게 움직이는 것을 미처 보지 못한 탓이었다.

노인은 천고의 지법이라는 천왕무영지로 청년의 마혈을 짚고는 쓴웃음을 지었다.

"그놈의 성깔하고는……. 이것아, 조용히 좀 따라주면 어디가 덧나느냐?"

청년의 눈에 눈물이 맺혔다.

'안 됩니다, 어르신……. 사부님! 사부님마저 저 곁을 떠나

면 어쩌라는 겁니까!'

노인은 손을 뻗어 청년의 눈물을 닦아주었다.

"너무 슬퍼하지 마라. 사람은 언젠가는 죽게 마련이다. 어떻게 죽느냐가 중요한 것이지, 얼마나 오래 살다 죽느냐 하는 것이 아니다. 더구나 나는 살 만큼 살았고, 제법 그럴듯한 명분을 가지고 죽을 수 있으니 그것만으로도 행복한 늙은이라 할 수 있단다."

물끄러미 청년의 눈을 바라보던 노인은 청년의 혈도를 몇 군데 더 찍어 완전히 정신을 잃게 만들었다.

그러고는 청년을 안아 기다란 탁자 위에 눕혀놓았다.

순간이었다. 노인이 고개를 살짝 꼬며 중얼거렸다.

"그리고 당장 죽는 것도 아니지. 아마 몇 년은 더 살 수 있을걸? 그 좋은 구경을 내가 왜 마다한단 말이냐? 클클클클……."

왠지 장난기 가득한 웃음이었다. 사이하게 느껴질 정도로.

5

정천무맹에서 제갈경을 구하기 위해 출발한 무사들의 숫자는 이백여 명에 달했다.

그중 대문파의 제자들로 구성된 오 당 중 청무당의 무사들이 일백이었고, 나머지 백여 명은 중소문파의 제자들이 대부분인 풍사단의 무사들이었다.

수장인 청무당의 당주는 화산의 매화오검영 중의 첫째로 십 년 안에 화산의 장문이 될 거라는 마흔두 살의 하진자였다.

그는 온화한 가운데 정사의 구별이 뚜렷해서 마도인을 사갈시했는데, 이번 일은 그가 자청해서 맡았다.

이유는 단 하나였다.

이번 일이 화산의 권역이나 다름없는 상주 근처에서 시작되었다는 것. 그로 인해 화산의 자존심에 금이 갔다는 것. 그것도 그가 경멸하는 마도문파 혈곡에 의해서!

오직 그 때문이었다.

제갈경의 위험은 두 번째 이유에 불과했다.

그러다 보니 그의 관심은 제갈경이 쫓기고 있다는 것이 아니라 혈곡의 무사들 움직임에 초점이 맞춰졌다. 말인즉 혈곡 무사들의 움직임을 알아야 제갈경의 상황을 알 수 있다는 것이었지만, 결코 그 이유만이 아니라는 것을 알 만한 사람들은 알고 있었다.

등운평도 그걸 알고 있는 사람 중에 하나였다.

그는 날이 어두워지자 잠시 쉬는 틈을 타 하진자에게 다가갔다.

"사형, 일단 개방의 정보망을 통해서 군사의 위치를 알아봐야 하지 않겠습니까?"

하진자는 속가제자이면서도 매화오검영에 속한 등운평을 매우 아꼈다. 그러나 마도인과 관련된 문제만큼은 쉽게 양보하지 않았다.

"나도 안다. 하나 그렇게 단순하게 생각할 문제가 아니다.

놈들이 멍청하지 않다면 죽이려 하지는 않을 것이다. 죽이는 것보다 살려두는 것이 더 이익이라는 것을 알고 있을 테니 말이다. 그러니 놈들의 행방을 쫓는 게 더 빠르다."

틀린 말은 아니었다. 하기에 등운평은 그 말속에 든 진정한 뜻을 알면서도 반박할 수가 없었다.

"그리고 군이 개방의 정보망을 이용할 필요도 없다. 본 맹의 첩밀각이 모든 힘을 기울였으니 곧 놈들에 대한 정보를 접할 수 있을 것이다. 너무 걱정 말아라."

또한 하진자는 청결함을 마음의 수양과 직결시켜 생각하는 사람이었다. 그러기에 지저분한 개방을 그리 좋아하지 않았다.

등운평은 답답했지만 더 이상 말하지 않았다. 자신의 대사형이 그 모든 약점을 가리고도 남을 만큼 뛰어나다는 것을 잘 알기 때문이었다.

아니나 다를까, 이틀째 되던 날 해가 뜨기도 전에 첫 번째 소식이 첩밀각을 통해 전해졌다.

촤악!

서신을 펼쳐본 하진자의 얼굴에 냉기가 돌았다.

"놈들이 상남 근처로 이동하고 있다는 정보다. 한데 숫자가 생각보다 제법 많군."

청무당의 다섯 향주와 풍사단을 이끄는 세 명의 간부는 하진자의 말에 경직된 표정을 지었다.

"몇 명이나 됩니까?"

풍사단을 이끄는 검문의 문주 육진평이 물었다.

하진자는 별것 아니라는 표정으로 가볍게 대답했다.

"이백 정도네."

"이백 명이나요?"

"놀랄 것은 없네. 우리와 비슷한 숫자인데다, 그들과 만날 때쯤 되면 종남이나 화산의 제자들이 우리와 합쳐질 테니까."

그제야 육진평을 비롯한 간부들이 조금 안심하는 표정을 지었다.

그러나 등운평은 결코 편안한 마음일 수가 없었다.

'언제 그들과 연락이 되었단 말인가?'

그가 알기로 정천무맹을 떠난 이후, 오늘이 첫 번째 연락이었다. 종남과 화산의 움직임을 전해 받은 적이 없다는 말이다.

하지만 대놓고 사형에게 그 사실을 묻기에는 상황이 좋지 않았다.

'점심 먹고 쉴 때 물어봐야겠군. 아니면 저녁때 아무도 없을 때 묻든지.'

등운평은 아직 시간이 있다 생각했다. 걸음을 빨리한다 해도 상남까지는 아직 이틀 이상 가야 했으니까.

그때 하진자가 명령을 내렸다.

"모두 가서 출발 준비를 하도록 하게. 시간이 없음이니⋯⋯."

그러고는 돌아서며 서신을 가루로 만들어 버렸다. 아무도 모르게.

'어차피 구해졌다면, 더 이상 개방 따위의 의견은 필요없어.'

하지만 이번 일에 투입된 혈곡의 무사들은 상남으로 향하는 이백 명의 무사들만이 다가 아니었다.

하진자의 출발 명령이 떨어지던 그 시각, 천왕교 은형루의 무사 오십이 섞인 또 다른 무리 일백이 석인봉과 노군산 사이의 험난한 계곡을 통과해 서협(西峽) 쪽으로 내려오고 있었다.

그곳에는 커다란 마을조차 없었기에, 심지어 개방조차 그들의 그림자를 보지 못했다.

섬서대전의 서막은 그렇게 조용한 가운데, 강호에서 가장 뛰어나다는 사람 중에 하나인 하진자의 판단착오로 불이 지펴졌다.

第四章
혈운(血雲)

千萬芳景深愛⋯⋯

草木放⋯天下⋯⋯

長⋯前再拜禮一天師兄

道者廣爲傳

日弟子趙孟頫歌書至大政元四月

死星
天血

1

전무심은 제갈경을 데리고 일행들과 함께 상남의 객잔에 방을 잡았다.

지난 이틀간 눈밭을 헤매며 쉼없이 움직이고 싸운 그들이었다. 피곤하지 않다면 사람도 아니었다.

그들은 객잔에 방을 잡자 누가 뭐라 하지 않았는데도 삼삼오오 알아서 방을 찾아들어 갔다.

그리고 그날 저녁, 어느 정도 피곤이 풀린 사람들이 하나둘 전무심의 방으로 모여들었다.

제갈경도 그 움직임에 편승해 전무심을 찾아왔다.

그렇게 대충 사람들이 모이자 전무심이 본론을 꺼냈다.

"문제는 지금부텁니다."

난데없는 말에 사람들이 모두 전무심을 바라보았다.

그때 흠칫한 제갈경이 물었다.

"또 다른 공격이 있을 거라 생각하시오?"

한 발 앞선 제갈경의 말에 전무심이 무심히 답했다.

"그럴지도 모르지요. 아니, 분명 그럴 겁니다. 문제는 그들이 제갈 군사를 노리는 이유가 꼭 제갈 군사를 잡기 위해서만이 아니라는 데 있습니다."

"나를 잡기 위해서만이 아니라……."

제갈경은 결코 멍청한 사람이 아니었다. 너무나 똑똑해서 정천무맹의 군사를 맡고 있는 사람이었다.

"그 목적이 천왕교와 관련이 있소?"

"그렇습니다. 저는 혈곡이, 천왕교가 제갈 군사를 잡으려한 이유가, 정천무맹의 눈이 이곳으로 몰리기를 바라고 있기 때문이 아닐까 생각하고 있습니다."

"설마 성동격서?"

제갈경이 단번에 맥을 짚어냈다.

전무심은 아무런 반응도 보이지 않고 자신의 생각을 말했다. 그 정도만 해도 제갈경이 알아들을 거라 생각한 것이다.

"날이 풀리고 있습니다. 대규모로 무사들을 움직이고 작전을 세우는 데 이제 날씨는 결코 방해가 되지 않을 것입니다. 물론 그것만이 이유의 전부가 되지는 않을지도 모릅니다만."

제갈경의 이마에 주름이 졌다.

그는 강한 자신감을 나타내며 고개를 저었다.

"정천무맹은 그대가 생각하는 것보다 강하오. 천왕교가 제아무리 강하다 해도 정천무맹과 정면으로 붙으면 승산은 정천무맹에 있소."

"힘이 합쳐졌을 때의 이야기일 뿐, 지금처럼 사천은 사천대로, 섬서는 섬서대로 그 지역의 세력들과 싸우다 보면 아무리 거대한 힘이라도 제 힘을 쓰지 못하게 됩니다."

사실이 그러했다. 제갈경이 가장 우려한 것도 그것이었고, 맹주인 허경 진인이 천왕교에 대해 자세히 알려 하는 것도 그와 같은 맥락이었다. 적의 힘과 세력을 정확히 알아야 그나마 동등한 위치에서 싸울 수 있을 테니까.

하지만 아무리 그래도, 제갈경은 정천무맹이 일개 세력인 천왕교를 상대할 수 없다고는 생각지 않았다.

"만일 본 맹이 무리를 해서라도 혈곡을 먼저 제거해 버리면 되지 않겠소? 천왕교가 미처 대응하지 못할 정도로 빠르게 말이오. 어차피 싸움은 그들이 먼저 걸었으니 명분도 우리에게 있다 생각하는데."

많은 피를 볼지 모르지만, 어쩌면 가장 좋은 방법이라 할 수가 있었다.

하지만 천왕교가, 백리군악이 그 생각을 못했을 리가 없다는 것이 문제였다.

잘못하면 최선이 최악이 될지도 모르는 일. 전무심은 제갈경을 똑바로 쳐다보며 간단하게 상황을 정리했다.

"천왕교의 누군가가 미리 그럴 거라 생각하고 있다면, 자칫 혈곡이 지옥으로 변할 수가 있습니다."

분명 그럴 거라는 단호한 말투.

전무심의 그러한 태도에 제갈경은 곤혹스럽지 않을 수가 없었다. 그래서 참지 못하고 물었다.

"대체 천왕교에서 계획을 꾸미는 자가 누구요? 누군데 천왕곡에 앉아서 천하를 굽어다 보며 농락하고 있단 말이오?"

전무심이 무심함을 유지하려 턱에 힘을 주고, 떫은 감을 씹다 말고 뱉어내듯 한 사람의 이름을 말했다.

"천왕교의 제군, 백리군악이라는… 자요."

"잘 아는 자인가 보구려."

잘 안다?

물론이다. 너무 잘 알아서 가슴이 미어지고 만 근 바위에 짓눌리는 기분이다.

전무심이 바로 대답하지 못하자 사진옥이 싸늘하게 입을 열었다.

"그는 대형에게 독을 먹인 자요. 십대극독 중의 두 가지나."

고후명이 나직한 목소리로 한마디 더 보탰다.

"그래 놓고도 안심이 안 되는지 고수들을 백 명도 넘게 동원해서 죽이려 했었지. 비록 풍백 어르신 때문에 실패하고 말았지만."

앞에 있으면 목에 검을 쑤시고도 남을 눈빛이었다.

그때 상유상이 철곤으로 바닥을 쿵 내려쳤다.

"정말 나쁜 놈이야! 그놈 때문에 결국 풍백 어르신이 돌아가셨잖아!"

그러더니 때려죽일 것처럼 제갈경을 노려보았다

예종이 입술을 지그시 깨물고 있다가 세 사람에게 빽 소리 쳤다.

"시끄러! 대형도 입 다물고 있는데, 기억하기도 싫은 얘기를 왜 너희들이 해!"

싸늘한 한기를 풀풀 날리던 사진옥도, 잡아먹을 듯이 노려 보던 고후명도, 씨근덕거리며 당장 객잔을 허물 것 같던 상유 상도 전무심을 힐끔 쳐다보고는 슬머시 고개를 돌렸다.

꿈에도 생각지 못했던 사실에 궁사한과 소미하란은 물론이 고, 모두가 놀란 눈을 크게 뜨고 전무심을 바라보았다.

하지만 전무심은 여전히 무심한 눈빛으로 찻잔만 응시했다.

사실 대충 넘기려 했었다. 그런데 갑자기 목이 콱 막힌 사 이, 사진옥의 말이 갑자기 튀어나오는 것이 아닌가.

그 이후에는 말을 막는다는 것 자체가 이상하게 되어버렸 다.

'숨길 필요도 없는 일…….. 그냥 흘러가는 대로 두자.'

전무심은 그렇게 억지로 잡고 있던 끈 중 하나를 놓아버렸 다. 마음이 조금은 편해진 듯했다.

"들으신 대로요."

그래선지 차분하게 가라앉은 목소리다.

제갈경은 대충 머릿속에 그림이 그려지자 조심스럽게 입을 열었다.

"그럼 그자와 불구대천의 원수지간이나 다름없겠구려."

불구대천의 원수?

그 말에 전무심의 눈 깊은 곳에서 보이지 않을 정도의 잔잔한 떨림이 일다 곧 잔잔해졌다.

'백리군악, 과연 너와 내가 같은 하늘을 이고 살 수 없을 만큼의 원수인가?'

목숨으로 갚아야 할 빚이 있음은 분명하다. 한데도 그 말에는 자신할 수가 없다.

어릴 적 목숨을 던져 자신을 구한 그다. 그런 그에게 자신이 목숨을 던져 주었지 않았던가. 친구라는 이름과 맞바꾸면서!

게다가 자신을 구하려던 의부가 돌아가신 것 역시, 어찌 보면 자신에게도 어느 정도 책임이 있다 할 수 있는 일.

그런데도 그를 원수라고 할 수 있을까?

백리군악이 정말 자신의 원수일까?

그러나 혼돈 속에서도 분명한 것은 있었다.

백리군악의 명령에 의해 의부가 돌아가셨다는 것!

그가 천왕의 율을 어기고 천왕곡과 세상을 혼돈으로 몰아넣고 있다는 것!

그리고 그의 목숨만큼은 다른 사람에게 맡겨둘 수 없다는 것!

결국 전무심이 내릴 수 있는 결정은 하나밖에 없었다.

"그는 반드시, 내가 직접, 죽일 것이오!"

그렇다. 그를 죽일 수 있는 사람은 오직 자신만이어야 했다.

자신이 천유옥이라는 이름을 버리고, 전무심이라는 이름을 쓰는 이유가 그것이 아니던가!

전무심의 눈빛이 새파랗게 빛나더니 찰나간에 사라졌다.

제갈경은 전무심의 그 눈빛을 한(恨)이라 생각했다. 하기에 더 이상 전무심의 의지를 의심하지 않았다.

"음, 일단 본 맹에 연락을 하고 저들을 상대할 방법을 찾아봐야겠소. 한데… 정녕 천왕교에 대한 정보를 주지 않을 생각이오?"

"이미 개방에 자세한 정보를 넘겨주기로 했습니다. 약속을 어길 수는 없는 일이지요."

"왜 그리 개방에 연연하는 것이오?"

"그러는 정천무맹은 왜 개방의 정보를 이용하지 않으려 합니까? 그들이 지저분한 거지들이라서 그러는 겁니까?"

제갈경은 착잡한 표정으로 고개를 저었다.

"꼭 그것 때문만은 아니오. 삼십 년 전에 일어난 한 가지 사건으로 인해 정천무맹의 몇 군데 문파가 개방을 믿지 못하고 있으니 어쩔 수 없을 뿐이오."

"삼십 년 전의 사건이라니요?"

전무심이 의아한 듯 묻자 제갈경이 잠시 생각하더니 입을 열었다.

"삼십 년 전에 한 가지 정보가 개방으로부터 정천무맹에 은밀히 전달되었는데, 당시만 해도 정보를 대부분 개방에 의존하고 있었기에 우리는 그들이 건네준 정보를 믿지 않을 수 없었소. 한데 그 정보로 인해 십여 개 문파가 싸움 직전까지 가고, 정천무맹이 와해 직전까지 몰린 적이 있었소. 나중에서야 그 정보가 고의적으로 왜곡된 정보라는 것을 알고 나서 화해를 하긴 했으나, 등을 돌렸던 문파 간에 서먹서먹해진 관계가 풀어지는 데는 십수 년이 걸려야만 했소. 물론 개방이 직접 계획한 일이 아니고, 개방의 반도인 장로 하나가 칠대마세 중 하나인 절강의 광혼방과 결탁해서 저지른 일이라는 것이 판명나긴 했지만 말이오."

일명 '개방의 장보도 왜곡 사건'이라 불리는 사건이었다.

그 사건은 너무도 유명해서 이십 년 이상 강호생활을 한 자치고 모르는 사람이 없을 정도였다.

이후로 철저하게 함구령을 내리고, 그 이야기를 꺼내는 걸 금기시해서 더 이상 퍼지지는 않았지만, 젊은 사람들 중에도 그 사건을 아는 사람이 제법 있었다.

정천무맹이 개방의 정보를 불신하고 첩밀각을 키우기 시작한 것도 그 사건 이후였다.

전무심은 제갈경의 말을 듣고서야 개방이 왜 불신을 받는지 이해할 수 있었다.

그러나 이미 삼십 년 전의 일이었다. 그 일 하나로 개방을 불신하고 멀리하기에는 개방의 능력이 너무나 절실한 현재였다.

"어떻게 생각하실지 모르겠지만, 개방의 도움을 받지 않으면 섬서가 천왕교에 넘어갈 거라는 게 제 생각입니다."

"첩밀각의 정보처리능력도 개방 못지않소이다."

"하지만 천동쌍마의 행적도 개방이 먼저 찾아냈지요."

"그건……."

"간발의 차이로 죽고 사는 상황입니다. 게다가 우리는 소수고, 적은 거대하지요. 선택은 이미 정해져 있습니다."

하는 수 없다 생각했는지 제갈경이 무겁게 고개를 끄덕였다.

"정 그렇다면 그리하겠소. 부디 빠른 시일에 정보를 건네주시구려. 그리고 우리 역시 연락할 것이 있거든 개창을 통해서 하겠소."

"알겠습니다."

2

햇살이 유난히 차갑게 느껴지는 날이었다.

눈살을 찌푸린 하진자는 손을 들어 뒤따르는 사람들을 멈추게 했다.

서협을 오십여 리 정도 남긴 상황. 계곡을 빠져나가려는데 혈곡의 무사들이 앞을 가로막은 것이다.

수효는 모두 오십여 명.

"훗! 참으로 웃기는 짓이로군."

저 인원으로 자신들을 가로막다니. 가소로운 일이 아닌가.

그는 청무당과 풍사단의 무사들이 멈춰 서자 계곡이 쩌렁쩌

렁 울리도록 소리쳤다.

"이놈들! 네놈들이 죽을 자리를 제대로 찾아왔구나!"

그러나 혈곡의 무사들은 대답대신 무기를 빼어 들더니, 그들 중에서 누군가가 입을 열었다.

"낄낄낄, 누가 죽을지는 이미 정해졌다는 걸 모르나? 하진자, 순순히 목을 내놓겠나! 내 곱게 잘라서 화산으로 보내주마!"

애초에 혈곡의 무사 따위는 안중에도 없던 하진자였다.

더구나 숫자도 자신들이 훨씬 많았다.

"흥! 미친놈들."

냉랭히 코웃음 친 하진자는 뒷짐을 진 채 말했다.

"언제부터 혈곡의 간덩이가 그렇게 커졌는지 모르겠군. 죽고 싶다면 내가 원시천존 앞으로 보내줄 테니, 고두백배(叩頭百拜)하며 죄를 빌어라!"

그러고는 앞으로 나아가며 등 뒤로 손을 뻗었다.

챙! 채채채챙!

동시에 이백여 명이 일제히 검과 도를 비롯해 각자의 무기를 잡아 뽑았다.

계곡을 울리는 소리에 사기가 하늘 끝까지 오를 것만 같았다.

한데 바로 그때였다.

음울하면서도 나직한 목소리가 하진자의 귀청을 울리고, 뒤쪽에서도 오십여 명의 혈의인이 모습을 보였다.

"그대들이 갈 길은 오직 하나, 지옥뿐이다."

그 말이 끝남과 동시였다.

뒤쪽에서 나타난 혈의인들이 일제히 청무단과 풍사단의 배후를 공격했다.

마치 잘 짜여진 경극을 보는 듯했다.

그들의 움직임은 빠르고, 한 치의 틈도 보이지 않았다.

하나하나가 일류고수들. 게다가 앞장 선 서너 명은 절정고수들이었다.

그들을 바라보는 하진자의 얼굴에 일순간 서리가 내렸다.

"앞에 있는 놈들은 놔두고, 모두 전력을 다해 뒤쪽을 막아라!"

하지만 정천무맹의 무사들 중 뒤쪽에서 나타난 혈의인들을 제대로 상대하는 자는 그리 많지 않았다. 십 초 이상을 버티는 사람이 반도 되지 않았다.

더구나 절정고수들의 도검은 삼초를 제대로 받아내는 자가 드물었다.

창! 차창! 쨍그랑!

"으악!"

"크억!"

"두세 명이 힘을 합쳐 한 놈을 합공해라!"

끝내 치욕적으로 합공하라는 명령까지 떨어졌다.

그제야 상황이 조금 나아지기는 했지만, 그렇다고 열세가 우세로 변하지는 않았다.

무기가 부딪치고, 피가 튀고, 비명이 계곡에 메아리쳤다.

그렇게 일각이 채 지나기도 전이었다.

계곡 안이 붉게 물들고, 하진자의 가슴이 시커멓게 타 들어 갔다.

처음에 입을 연 자의 말대로였다.

지옥! 눈앞에 지옥이 펼쳐지고 있었다.

그런데도 하진자는 움직일 수가 없었다. 검을 떨쳐 제자들을, 동료들을 구하고 싶은데, 그럴 수가 없었다.

자신의 앞에 서서 두 손을 늘어뜨리고 있는 덩치 큰 중년인 때문이었다.

"네놈들은 혈곡의 놈들이 아니로구나!"

노성을 내지른 하진자의 말에 덩치 큰 중년인이 비릿한 조소를 머금고 말했다.

"우리가 언제 혈곡의 무사라 했던가?"

"누구냐! 네놈들은 누군데 혈곡을 돕는 것……. 혹시 네놈들이……?"

평정을 유지하려 입술마저 깨문 하진자가 말을 하다 말고 표정이 굳어졌다.

그러자 덩치 큰 중년인이 하진자의 의문을 풀어주었다.

"나는 한택숭이라 하네. 대천왕교 천왕대전의 장로지. 이제 궁금증이 풀렸으면 그만 목을 내놓게."

동시에 한택숭의 두 손에서 가공할 기세가 하진자를 향해 몰려갔다.

하진자도 화산 비전의 자하신공을 십 성 끌어올려 상대를 맞이했다.

"이놈! 내 화산의 위엄을 보여주리라!"

콰광!

첫 번째 기세가 격돌했다.

주르륵 물러선 하진자는 눈을 부릅뜨고 적을 노려보았다.

그것도 잠시, 하진자의 검에 자색 강기가 어리기 시작했다.

그제야 한택숭의 눈에도 놀람이 떠올랐다.

"제법이군. 검강을 펼칠 수 있다니 말이야."

"아직 놀랄 일은 시작도 하지 않았다! 타앗!"

한 소리 외친 하진자가 검신일체가 되어 몸을 날렸다.

그때부터였다.

허공에 끊임없이 매화가 피어났다.

전력을 다한 이십여 초의 공방.

하진자는 자신이 익힌 화산의 검을 이십여 초에 녹여 펼쳐냈다.

검첨에서 검강을 먹고 피어난 자색의 매화꽃이 분분히 적을 향해 날아든다.

하지만 적도 약하지 않았다.

아니 약하기는커녕, 륜을 반쪽으로 쪼갠 듯한 반원형의 기병을 빼 든 그의 무공은 간담이 서늘할 정도였다.

그렇게 삼십여 초가 흐를 때였다.

"죽어라, 이놈!"

일곱 송이의 커다란 매화가 한택승을 향해 너풀거리며 날아갔다.

마지막이라는 생각으로 펼친 칠절매화천검이었다.

한데 그와 동시였다. 한택승이 시퍼런 강기가 서린 기병을 휘두르며 하진자가 펼친 일곱 송이 매화 속으로 뛰어들었다.

순간이었다!

반달 같은 도인(刀刃)이 난무하며 매화가 부서져 흩날리고,

푹! 푹!

무기가 부딪치는 소리 대신 파육음이 들리더니, 두 사람을 중심으로 휘돌던 눈가루가 서서히 가라앉기 시작했다.

하진자는 눈을 부릅뜨고, 넉자 앞에 고요히 서 있는 한택승을 노려보았다.

마침내 자신의 검이 상대의 몸에 꽂혔다.

상대의 어깨를 꿰뚫은 검에서 뚝뚝 떨어지는 핏방울이 붉은 꽃 같기만 하다.

하지만 하진자는 승리의 미소를 지을 수가 없었다.

"이, 이런……."

둔중한 몽둥이가 꽂혀 있는 것처럼 가슴이 답답하다. 기병의 뾰족한 칼날이 심장을 뚫고 뒤로 빠져나왔는지 등 뒤가 축축이 젖어든다.

"내가 이긴 거 같군."

환청처럼 귓속을 맴돌다 스러지는 상대의 목소리.

'진 건가? 나, 하진자가? 화산의 검이?'

공허함도 잠시, 주춤거리며 물러서는 몸을 따라 상대의 기병이 빠져나가고, 허공으로 한줄기 피분수가 바람 빠지는 소리를 내며 솟구친다.

"화산의 검이 대단하다는 것은 인정해 주지. 하지만 강호 제일이라고는 볼 수 없겠어."

들릴 듯 말 듯한 상대의 목소리에 아련히 투영되는 사조의 얼굴. 하진자는 무양 진인의 얼굴이 눈앞에 보이는 듯했다.

'사조! 불민한 제자가 화산을 욕보였습니다!'

눈물이 날 것만 같았다.

"사형!"

뒤쪽에서 악쓰며 부르는 사제의 목소리.

사방에서 들려오는 처참한 비명.

그는 흩어져 가는 마지막 삶을 붙잡고 혼신으로 스리쳤다.

"도망…… 가!"

그리고 쥐어짠 모든 기운을 두 손에 모으고 검병을 움켜쥐었다.

마지막 남은 힘을 쏟아내기 위함이었다.

등운평은 피분수가 뿜어지는 하진자를 보고 목이 터져라 외쳤다.

그러나 들리는 대답은 도망가라는 단 한마디다.

어쩌면 당장 할 수 있는 일은 그것뿐이었다.

이백여 명의 무사 중 백수십 명이 죽었다. 살아남은 자도 얼마나 버틸 수 있을지 알 수 없는 상황. 지금이라도 도주하는 것만이 그나마 남은 사람을 살리는 길이었다.

그러나 사형의 주검을 보고 어찌 등을 보인단 말인가!

"이놈! 내가 상대해 주마!"

그는 검을 잡은 손에 힘을 주고 소리쳤다.

한데 그가 미처 땅을 박차기도 전이었다. 누군가가 갑자기 앞을 막았다.

"악 형님!"

세 명의 적을 맞아 악전고투를 벌이고 있던 풍사단의 단주, 비화신창 악안중이었다.

"운평! 너는 즉시 육모겸과 함께 남은 사람들을 데리고 이곳을 떠나라!"

"악 형님! 그럴 수는……."

"어서! 나와 네 사형의 죽음을 헛되이 하지 마라!"

그것이 악안중이 남긴 마지막 말이었다.

창과 한 몸이 되어 날아간 악안중이 천왕교 무사들 사이로 뛰어들며 혼신의 창무를 펼친다.

두 손으로 검을 움켜쥐고 한택숭을 향해 내뻗는 하진자의 표정이 말한다.

―어서 가라! 어서! 살아남은 자들을 데리고 어서 가!

등운평은 달려드는 천왕교의 무사들을 향해 검을 뻗으며 악을 썼다.

"으아아아아!"

전서구는 천 리 이상 떨어진 곳에도 하루 만에 소식을 전할 수 있는 대신, 상당 기간 지역과 지역을 오가는 훈련을 받아야 써먹을 수 있는 연락 방법이었다.

하기에 섬서성 동쪽에 지부가 없는 마존궁으로선 당연히 전서구를 이용할 수가 없었다.

결국 모용창은 시간을 절약하기 위해 개방의 연락망을 이용하는 수밖에 없었다.

그 바람에 삼족개가 상주에서 모용창의 연락을 받고 전무심을 찾아온 것은, 모용창이 소식을 전한 지 이틀 만이었다.

"새끼거지들만 죽어라 뛰어다니게 하더니, 이제야 나타나는군."

척우진의 핀잔에도 삼족개는 별다른 반응을 보이지 않았다. 그저 척우진의 앞에 놓인 찻잔을 빼앗아 단숨에 들이키고는, 숨이 가라앉을 시간도 없이 다급히 말했다.

"마존궁이 천왕교의 무리와 충돌할지 모르겠네."

움찔한 척우진의 이마에 세 줄기 주름이 그어졌다.

"무슨 소린가? 그들에게 천왕교가 움직이면 지켜만 보고 일단 전 공자에게 먼저 연락을 하라 했다던데."

"우하에 있던 멸위전주 동목원이 독단적으로 움직인 것 같

아. 자기 수하들 삼백을 데리고 그들을 쫓아갔다고 하네."

"젠장! 그래, 결과는?'

말없이 앉아 있던 전무심과 제갈경이 삼족개의 입을 주시했다.

"아직 몰라. 하지만 곧⋯⋯."

그때였다.

객잔의 일층에서 웅성거리는 소리가 들리더니, 사진옥이 한 명의 갈의인을 데리고 이층으로 올라왔다.

"대형, 무화단의 전령이 찾아왔습니다."

갈의인이 전무심을 알아보고는 주위의 시선에도 아랑곳없이 털썩 무릎을 꿇었다.

"무화단의 번호웅이 삼가 전 공자를 뵙습니다."

전무심은 손을 저어 번호웅을 일으켰다.

이곳의 일은 개방이 전담해서 소식을 전하다시피 하고 있었다. 한데도 무화단의 전령이 직접 찾아왔다는 것은 그만큼 중요한 일이 있다는 말과도 같았다.

"무슨 일입니까?'

번호웅은 품속에서 서신 하나를 꺼내 전무심에게 내밀었다.

"단주께서 답을 받아오시라 하셨습니다."

전무심은 서신을 받아 들고 바로 개봉했다.

그리고 촌각도 지나지 않아서였다. 전무심이 굳은 표정으로 번호웅에게 말했다.

"닷새 후 그곳에서 만나자고 전해주시오."

"알겠습니다, 공자!"

전무심은 번호응이 돌아가고도 한참 동안 생각에 잠겼다.

그 모습이 어찌나 심각해 보이는지 아무도 말을 붙이지 못했다.

그렇게 일각이 지날 즈음이었다. 거지 하나가 삼족개를 찾아왔다.

삼족개는 그에게서 몇 마디를 듣더니 제갈경을 향해 말했다.

"아무래도 당장 정천무맹으로 돌아가실 수는 없을 것 같소이다."

"무슨 말이오?"

"이곳으로 오던 청무단과 풍사단이 서협 인근에서 거의 전멸했다는 연락이외다."

제갈경의 두 눈이 경악으로 일그러졌다.

"뭐요?"

"애들이 시신을 수습했는데, 시신의 숫자가 무려 백오십에 달했다고 합니다."

"백오십?"

"정보대로라면 이백이 넘는 사람이 출발했다 했으니, 아마 오십 명 이상은 그곳을 빠져나간 것 같소이다."

제갈경이 벌떡 일어섰다.

"이, 이런! 그럼 그곳으로 가봐야 하지 않겠소?"

하지만 전무심은 아무런 대답도 하지 않았다.

"전 공자!"

제갈경이 그런 전무심을 재촉했다.

그제야 전무심이 그를 바라보았다.

"우리는 그곳으로 가지 않을 것입니다."

"무슨 말이오! 사람이 백오십 명이 넘게 죽었소이다! 그리고 아직 쫓기고 있는 사람이 오십이 넘소. 빨리 가서 구해야 하지 않겠소?!"

제갈경이 전무심을 다그치듯이 말하자 사진옥이 냉랭히 말했다.

"결정은 대형이 내리는 거요. 대형이 그리 결정했다면 그만한 이유가 있을 겁니다. 그러니 대형을 재촉하지 마십시오."

그때 전무심이 삼족개에게 물었다.

"서협까지 가려면 얼마나 걸리겠소?"

삼족개가 이마를 찌푸리더니 손을 꼼지락거렸다.

"하루 반은 족히 걸릴 거네."

"왕복 사흘이군."

전무심은 짧게 말을 끊고는 제갈경을 바라보았다.

"우리가 생존자들을 구하러 갔다 오는 사흘의 시간이면 섬서가 천왕교의 손에 넘어갈지도 모릅니다. 그래도 우리가 그들을 구하러 가야 한다고 생각합니까?"

"무슨 소린가?"

"천왕교의 움직임이 심상치 않습니다. 몇 차례에 걸쳐 수백 명의 무사들이 천왕곡을 나왔다고 합니다. 물론 지금 이 시간에도 나오고 있을 테고 말입니다."

"뭐요?"

"그런 판국에 마존궁의 우하 지부 삼백 명의 무사와 적수의 모용 단주가 당한다면, 섬서의 중부는 공중에 붕 뜬 상태나 마찬가집니다."

제갈경은 결코 우둔하지 않았다.

그는 전무심의 말을 듣고 한 가지 가정이 세워지자 얼굴이 창백하게 굳어졌다.

"그럼……?"

그때 전무심의 눈이 찻잔을 빙빙 돌리며 장난하고 있는 진성자를 향했다.

"종남의 턱밑까지 뚫려 있다고 봐야겠지요."

떼구르르르…….

진성자가 가지고 놀던 찻잔이 탁자 위를 굴렀다.

"무슨 말인가? 놈들이 종남을 칠 거다, 이 말인가?"

하지만 전무심은 그 말에 대답하지 않고 다시 자신의 생각을 말했다.

"공손세가에 있던 천왕교의 무리들이 나온 것은 나 때문일 가능성이 큽니다. 만일 마존궁의 무사들과 마주쳤다면 이미 피 맛을 본 상태, 분명 그들은 나를 만나지 못하면 그 힘을 다른 곳으로 돌릴 것입니다. 그곳이 종남일 수도 있고 아니면 장안의 천가장일 수도 있습니다. 그러니 우리는 서협 쪽으로 갈

수가 없는 것입니다. 그들이 원하는 상대가 되어주어야 하니까. 물론 그들의 뜻대로 되지는 않겠지만 말입니다."

마지막 말을 내뱉을 때는, 입에서 흘러나오는 단어 하나하나가 그대로 얼어 뚝뚝 떨어지는 듯했다.

제갈경은 심장에 서릿발이 꽂히는 기분이었다.

더구나 전무심의 말은 자신이 생각해도 틀린 것이 없었다. 서협의 생존자를 구하러 가는 것보다는 공손세가에서 나온 자들을 막는 것이 훨씬 중요한 것이다.

그는 일의 경중을 따지지 못할 정도로 멍청한 자가 아니었다.

"그럼 나도 당분간 전 공자를 따라다녀야겠군."

결국 제갈경은 전무심을 따라가기로 했다.

혼자서 적들이 기다릴지도 모르는 길을 갈 수도 없었고, 앞아서 종남과 화산의 제자들이 올 때까지 기다릴 수도 없었다.

"그건 마음대로 하십시오."

전무심도 제갈경의 동행을 막지 않았다.

일차 목적지인 산양까지는 사백 리 길. 삼족개가 상주에 있는 개방 분타에 소식을 전했으니, 잘하면 남하하던 종남과 화산의 제자들을 산양쯤에서 만날지도 몰랐다.

제갈경은 그때 넘겨주면 될 터였다.

게다가 잘하면 제갈경이 지닌 정보를 얼마간 얻을 수 있을 터. 결코 손해나는 일도 아니었다.

4

모용창이 그곳에 도착했을 때, 살아 있는 것은 까마귀뿐이 었다.

시뻘건 선혈이 내를 이루며 흐른다.

팔이 잘리고, 다리가 잘리고, 몸뚱이가 벌어진 시신들.

그들의 몸뚱이에서 쏟아져 나온 내장으로 인해 눈 녹은 들 판이 온통 비릿한 냄새로 가득 차 있다.

수백 마리의 까마귀 떼가 시신 위에 앉아 포식하다 말고 갑 자기 나타난 사람들을 피해 여기저기로 옮겨 다닌다.

개중에는 자신들의 식사를 방해하는 사람들을 향해 소리를 지르며 반항하는 까마귀조차 있다.

눈앞에 펼쳐진 참혹한 모습에 모용창은 반쯤 얼이 빠졌다.

"이, 이게……. 대체……."

사광문이 옆으로 다가와 고래고래 소리를 지르지 않았다면 그대로 굳어버렸을지도 모를 일이었다.

"단주! 다 죽었습니다! 동 전주까지 다! 씨발 놈들! 부상자까 지 죽이다니! 악마 같은 놈들!"

사광문의 말대로였다. 놈들은 부상자까지 다 죽였다.

그걸 알아보는 것은 그리 어렵지 않았다. 싸우면서 난 상처 와 확인 사살하며 난 상처는 분명 다른 법이니까.

"몇 명이나 되는가?"

모용창이 씹어뱉듯 묻자 사광문이 이를 갈며 대답했다.

"대충 봐도 이백이 넘습니다."

"이백?"

모용창이 의아한 듯 물었다.

"우하 지부에서 삼백 명의 무사가 출발했다고 했지?"

"예, 단…… 어? 그럼 백 명이 비는데요?"

고개를 갸웃거리는 사광문을 향해 모용창이 다급히 소리쳤다.

"정확히 확인해 봐! 도주하고 있는 사람이 있을지 모르니까!"

그제야 사광문이 시신을 정리하고 있는 무사들을 향해 뛰어갔다.

"야, 이 새끼들아! 시신을 모두 한곳으로 모으고, 얼굴을 자세히 볼 수 있도록 위로 돌려놔!"

그 작업이 끝나는 데는 일각이 걸렸다.

시신들 중에는 동목원의 모습도 보였다. 그는 가슴이 뻥 뚫려 있었는데, 마치 불쏘시개로 후비기라도 했는지 뚫린 부위가 시커멓게 타 있었다.

"가공할 열양장력이군!"

모용창이 자신도 모르게 경악해 소리쳤다.

동목원은 절정에 달한 고수였다. 그런 고수가 제대로 저항도 못해보고 죽은 모습이다. 게다가 부릅뜬 눈에 아직까지도 남아 있는 경악과 공포.

모용창은 몸을 부르르 떨고 이를 앙다물었다.

그때 철패단의 제이조장인 전오향이 다가와 말했다.

"죽은 지 두어 시진 정도밖에 되지 않은 것 같습니다, 단주."

두 시진.

얼마나 갔을까? 오십 리? 백 리?

그들을 쫓아야 하는 건가?

스스로에게 물어봤다. 하지만 답이 나오지 않았다.

그들을 쫓아가서 어떻게 한단 말인가.

돌아보자 사광문과 전오향이 빤히 자신을 바라본다.

그가 이를 악물고 명령을 내렸다.

"오조와 이조만 남아서 시신을 정리하고, 나머지는 나와 부단주를 중심으로 둘로 나뉘어서 놈들을 쫓는다!"

성질이 개떡 같은 사광문이 파랗게 질린 표정으로 어정쩡하니 입을 열었다.

"저기…… 단주…….."

하지만 모용창은 그가 입을 열 틈도 주지 않고 소리쳤다.

"시끄러! 입 다물고 내 말 잘 들어! 놈들을 찾으면 절대 가까이 접근하지 마! 그리고 곧바로 근처의 개방 분타를 찾아가서 전 공자에게 연락을 취해! 알았나!"

그제야 사광문의 시퍼렇게 질린 얼굴이 제 색깔로 돌아왔다.

"예! 단주!"

"특히 광문이 너! 그 알량한 실력으로 복수하겠다고 지랄하지 마! 알았어?!"

"예? 예, 단주."

머쓱하니 대답하는 사광문을 향해 모용창이 핀잔을 주었다.

"자식, 그래도 죽는 게 겁나긴 하나 보군."

그러고는 흘겨보는 사광문에게서 눈길을 돌려 전오향을 바라보았다.

"너는 대충 정리가 끝나면, 즉시 이조를 이끌고 이곳에서 도망친 궁도들을 찾아봐라. 아마 멀리 가지는 않았을 것이다. 그들을 찾거든 작수로 돌아가서 본 궁에 이곳의 소식을 전해라."

"알겠습니다, 단주!"

"가자! 광문!"

5

시퍼렇게 멍든 가슴이 터질 것만 같았다.

난생처음 겪는 일이 정신조차 갉아먹어 버렸는지, 하루가 꼬박 지났는데도 그는 정신을 차릴 수가 없었다.

옆에 있는 사십여 명의 동료만 아니라면 그는 비명이라도 지르고 싶었다. 아니, 크게 소리 내어 울고 싶었다.

친형 같던 하진자가 죽었다. 화산의 희망이 하루아침에 차디찬 시신으로 변해 버렸다.

전날만 해도 껄껄거리며 마주 웃던 백수십 명의 동료가 피를 뿌리며 처참하게 죽어버렸다.

그리고 자신은 그들의 죽음을 담보로 목숨을 구한 채 도망치고 있는 것이다.

"등 대협, 어떻게 했으면 좋겠소?"

대협? 대협은 뭔 말라비틀어진 대협이란 말인가!

등운평은 속으로 자조의 한탄을 하며 자신을 브른 자를 바라보았다.

그는 풍사단의 부단주인 쌍비검 육모겸이란 자였다.

"육 형이 생각하기에 어찌하면 좋을 것 같소?"

"일단 맹으로 돌아갑시다. 어차피 우리 힘만으로는 놈들을 당할 수 없질 않소?"

옳은 말이었다.

어지간한 장로들조차 한 수 양보한다는 하진자 사형마저 당했다.

자신들만의 힘으로 저들을 상대한다는 것은 불가능한 일. 당연히 돌아가는 게 옳았다.

그러나 등운평은 일그러진 얼굴로 천천히 고개를 저었다.

"아니오. 우리는 제갈 군사를 모셔가기 위해 ㄴ왔소. 그런데 이렇게 물러설 수는 없소."

조금 전까지의 부모 잃은 오리새끼처럼 갈 바 모르던 등운평이 아니다. 충혈된 눈에서 흘러나오는 눈빛이 바늘 끝처럼 예리하다.

육모겸은 떨떠름한 표정으로 되물었다.

"그럼 어찌했으면 좋겠소?"

속으로야 '이놈이 미쳤나?' 하는 생각이었지만, 겉으로 그것을 표현할 만큼 어리석지는 않았다.

그때 등운평이 하늘을 한번 올려다보고는, 천천히 고개를 내려 육모겸을 쳐다보며 말했다.

"일단 상남으로 갑시다. 가면서 그곳에 대한 정보를 모아봅시다. 그가 아직도 상남에 있는지, 아니면 다른 곳으로 갔는지 말이오."

우습게도 등운평은 전무심에 대한 소식을 적으로부터 들었다.

한창 싸우던 중에 그의 이름이 나온 것이다.

"낄낄낄, 네놈들이 전무심이라는 놈을 기다리는 거라면 포기하는 것이 좋을 것이다. 그놈은 아직 이곳에서 벌어지는 일을 모르고 상남에 있을 테니까."

혈곡의 혈혼기주라는 놈이 지껄인 말이었다.

그 말을 듣고 얼마나 놀라고 반가웠던가.

그가 천가장의 보표로 있다는 것도 맹을 떠나기 전에야 들었다.

등운평은 기회만 되면 장안에 들러 그를 만나보고 싶었다. 지금까지 살아오면서 전무심만큼 자신에게 충격을 준 사람이 누가 있을까.

자신의 무공이 짧은 시간에 한 단계 도약을 하게 된 것도 순전히 그의 영향이라 할 수 있었다.

'그가 아직도 상남에 있을까?'

그것은 누구도 모른다. 전무심에 대해 말을 꺼낸 자신조차 그가 아직 상남에서 제갈경을 데리고 자신들을 기다리고 있을 거라 자신할 수가 없었다.

"그?"

잠시잠깐 상념에 잠겨 있는데 육모겸이 의아한 표정으로 물었다.

그뿐이 아니었다. 어떤 결정을 내릴 것인지 궁금해하던 다른 사람들도 모두가 등운평을 바라보았다.

"등 대협, 대체 누구를 만나려는 거요?"

육모겸이 궁금한지 등운평을 재촉했다.

등운평이 입술을 잘근거리며 대답했다.

"전무심이라는 사람이오."

"전무심? 전무심이 누군데 그를 만나려 하는 거요?"

아직 그에 대한 말을 듣지 못했는지 육모겸이 의아한 표정으로 되물었다.

등운평이 하늘을 올려다보며 말했다.

"사형이 적의 수장과 싸우기 전 말했소. 그가 제갈 군사를 구해서 상남에 있다고."

개방의 제자가 찾아와 전해준 쪽지에 그런 내용이 적혀 있었다 했다. 한데도 사형은 다른 사람에게 말을 하지 않고 자신에게만 말했었다. 알아봐야 어차피 마찬가지라는 말과 함께.

하지만 자신의 생각은 조금 달랐다. 사형은 개방의 정보를 처음부터 무시했던 것이다.

"그라면 절대 혈곡 따위에 당하지 않았을 것이오. 그러니 우리도 그리 갑시다."

왠지 열기가 느껴지는 목소리.

육모겸은 등운평의 갑작스런 변화에 곤혹스런 표정을 지었다.

차대의 화산장문인이라는 하진자도 놈들을 당하지 못하고 죽었다. 한데 대체 전무심이라는 자가 누군데 놈들에게 당하지 않았을 거라 자신한단 말인가.

"그가 그렇게 강하오?"

등운평이 다시 입술을 깨물었다.

"그는…… 강하오. 나 같은 것은 상대가 되지 않을 정도로."

"하진자 당주보다 말이오?"

눈초리를 파르르 떨며 등운평이 힘겹게 말했다.

"우리 매화오검영이 전부 달려든다 해도…… 이길 수 없을지 모르오."

화산의 자존심이 무너지는 소리였다.

하지만 사실이 그랬다. 자신보다 강한 거승을 단 오 초 만에 무릎 꿇린 사람이다. 그것도 두 명의 십팔혈응객을 덤으로 보태서.

등운평이 끝내 눈을 질끈 감자 육모겸도 더 이상 묻지 않왔다.

　그때 등운평이 눈을 뜨고 벌떡 일어섰다.

　"어쩌면 그들이 이미 움직였을지도 모르오. 갑시다!"

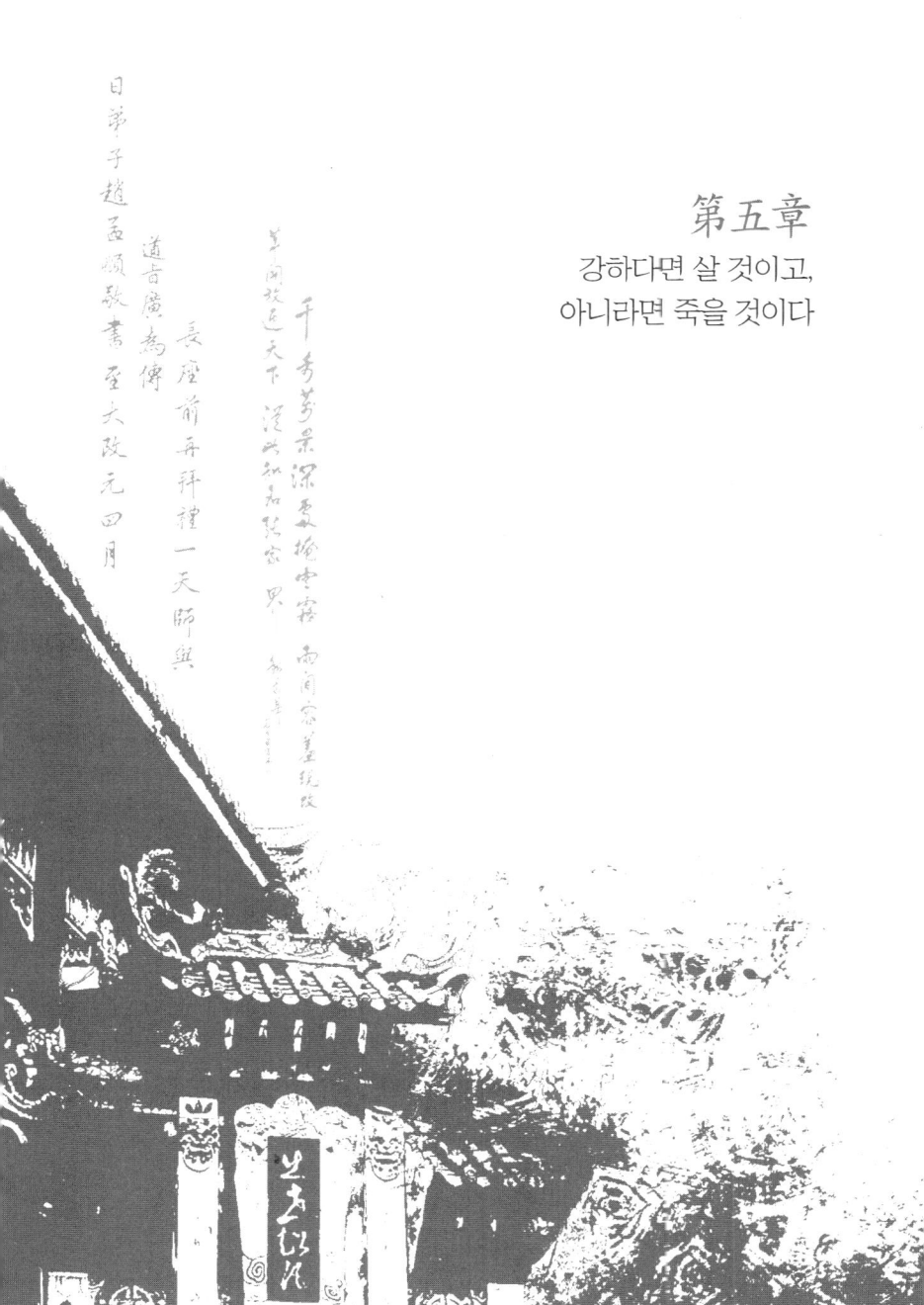

第五章
강하다면 살 것이고,
아니라면 죽을 것이다

死星天血

1

하루하루가 달랐다.

장안을 출발할 때는 그래도 바람이 매서웠는데, 며칠간 날
이 풀렸다고 그사이에 훈풍마저 부는 듯했다.

그 때문인 듯 하얗던 산야가 속살을 거의 다 드러내고 봄을
맞을 준비를 하기 시작했다.

그러나 그럴수록 전무심의 마음은 오히려 무거워졌다.

봄이 오고 있다는 것. 그것은 곧 천왕교의 본격적인 준동이
얼마 남지 않았다는 것을 알리는 전령이나 마찬가지였으니까.

전무심이 사광문이 보낸 전령을 만난 것은 쉬지 않고 달려
산양에 거의 다 도착했을 즈음이었다.

하마터면 길이 엇갈릴 뻔했는데, 상주에서 내려오던 개방의 거지와 사광문이 보낸 전령이 중간에서 만난 것이었다.

"놈들이 판암(板岩)에 있습니다, 공자. 지금 부단주께서 오 리 정도 떨어진 곳에서 놈들을 감시하고 있습니다."

"판암이라면 백 리 정도 남았군."

삼족개가 즉시 거리를 따져 보고 전무심을 바라보았다.

그때 전무심이 물었다.

"멸위전의 무사들은 어떻게 되었소?"

그 물음에 전령의 얼굴이 새파랗게 질렸다. 그러면서도 분노를 삭이는 목소리로 입을 열었다.

"놈들에게… 거의 대부분이 죽었습니다. 그곳에서 빠져나온 생존자를 찾았는데, 들은 말로는 오륙십 명 정도만 살아남았다 합니다."

전무심은 그의 말에서 두 가지를 유추할 수 있었다.

한데 제갈경이 그중 한 가지를 전령에게 물었다.

"그럼 서른 명의 인원에게 이백이 훨씬 넘는 사람들이 죽었단 말인가? 그럼 놈들의 피해는 어느 정도인가?"

"놈들의 피해는 기껏 예닐곱 명이 죽거나 중상을 입은 정도에 불과합니다."

전무심이나 사신옥 등은 어느 정도 예상하고 있던 터였다. 그러나 다른 사람들은 그렇지 못했다.

그들은 열 배의 인원과 싸워 거의 전멸시키다시피 한 천왕교의 무력에 할 말을 잃었다.

그런데 전무심이, 그러잖아도 경악하고 있는 사람들의 마음에 찬바람을 불어넣었다.

"아마 죽은 사람들 대부분은 천왕교의 사람들 중 두 사람에 의해 죽었을 것이오."

"뭐라?"

제갈경이 제일 먼저 경악해 소리쳤다.

하지만 척우진이나 삼족개는 전무심이 하는 말뜻을 바로 알아듣고 표정이 딱딱하게 굳었다.

"그럼, 또 다른 노괴들이 나오기라도 했단 말인가?"

"제기랄! 대체 그 괴물들은 왜 여태 안 죽고 기어 나오는 거야?"

제갈경이 의아한 표정으로 척우진과 삼족개를 바라보았다.

"무슨 말이오?"

그러자 척우진이 머뭇거리다 인상을 쓴 채 입을 열었다.

"전 공자가 밝히지 말라 해서 전에는 말을 못했는데…… 일전에 비천산장에서 전 공자에게 죽은 천동쌍마도 천왕교에서 나온 자라 하더이다."

"……."

순간 제갈경의 입이 굳어버렸다.

부풀려진 소문이라 생각했는데 오히려 축소된 소문이라는 것을 이제야 깨달은 것이다.

그때 전무심이 삼족개에게 말했다.

"간단히 식사만 하고 바로 출발할 거요. 사람을 보내 우리가 갈 때까지 그들을 격동시키지 말라 전해주시오."

"알겠네. 한데 그들이 먼저 마존궁의 사람들을 치지 않겠나?"

"그들의 목적은 나요. 충분히 피할 수 있었을 텐데도, 그들이 우하 지부의 사람들을 죽인 것은 소문이 나서 내가 움직이기를 바라고 한 짓일 것이오. 격동시키지만 않는다면 굳이 먼저 움직이려고 하지는 않을 것이오."

"그러니까, 그들이 자네를 노리고 움직이고 있다, 이 말인가?"

"분명히 그럴 것이오. 그들에게는 무엇보다도 내 목이 제일 탐나는 물건일 테니까 말이오."

너무나 태연한 전무심의 말이다. 사람들은 어색한 표정으로 전무심을 바라보았다.

그리고 그때까지도 입을 열지 않던 초중암이 나직이 말문을 열었다.

"전 공자, 그들과 어르신을 비교하면 어떻소이까?"

장초량과 미지의 노괴. 어찌 보면 비교하기가 어려운 상대였다.

그러나 전무심은 간단하게 그들을 비교해 말했다.

"천외비각에 들기 전의 그들 무위가, 아마 장 노선배의 현재와 비슷했을 것이오."

"그럼 우리들이 그 노인 하나 정도는 상대할 수 있겠구려."

"어쩌면. 하지만 나는 그대들에게 두 노인을 맡기지 않을 것이오."

"설마 두 노인을 혼자 상대하시겠다는 말씀은 아니겠지요?"

"그들은 나와 척 형이 상대할 것이오. 초 형과 언 형은 그대들의 형제들을 이끌고 내 형제들과 함께 나머지 이십여 명의 천왕교 무사를 처리하시오."

"나는?"

그때 종남에 대한 걱정으로 잔뜩 초조해 있던 진성자가 불쑥 나섰다.

그러자 상유상이 툭 쏘듯이 말했다.

"도장은 옆에서 죽어가는 사람들 극락왕생이나 빌어주면 되지 뭐."

진성자가 상유상을 당장 잡아먹을 듯이 째려봤다.

예종이 그런 진성자를 향해 눈을 부라렸다.

"뭘 그렇게 노려봐!"

진성자는 슬그머니 눈을 감고 도호를 외웠다.

"원시천존. 죽은 자들을 위해 명복을 빌어주는 것도 우리 같은 도인이 할 일이지요, 아암."

'도인이 되길 잘했지. 여인은 역시 가까이 할 것이 못 돼……'

2

등운평은 상남에 도착하자마자 전무심을 수소문했다.

하지만 이미 전무심은 떠난 뒤였다.

"떠났다고?"

등운평은 허탈한 마음에 어깨가 축 늘어졌다.

그런 등운평이 안쓰러워 보였는지 개방의 제자가 넌지시 말했다.

"산양 쪽으로 가셨는데, 아마 지금 가도 따라잡기가 쉽지 않을 겁니다요."

"여기서 산양까지 얼마나 되지?"

"사백 리 정도 되오만……."

등운평이 입술을 질끈 깨물었다.

사백 리. 짧지도, 그렇다고 먼 거리도 아니었다.

'말을 이용하면 한 시진에 백 리는 갈 수 있을 것이다. 두 시진 정도는 말을 이용하고, 험난한 산악지대는 경공을 써서 달리면…….'

부상자들만 아니라면, 잘하면 해가 지기 전까지 산양에 갈 수 있을 듯했다.

등운평은 육모겸을 향해 쳐다보았다.

"모두 갈 수는 없을 것 같소. 일단 부상자들은 이곳에 남겨 놓고, 나머지만 말을 이용해 따라갑시다."

"굳이 그럴 필요까지 있겠소? 그럴 바에는 차라리 돌아가는 게……."

등운평이 싸늘하면서도 나직하게 말했다.

"우리만 말이오? 백 명이 넘는 동료들이 죽었는데, 복수도 못하고, 군사도 구하지 못한 채 우리만 살아서 가자는 말이오?"

그의 기세에 육모겸의 눈초리가 파르르 떨렸다.

결국 기세 싸움에서 밀린 그의 눈이 아래로 떨어졌다.

"몇 명이나 함께 갈 생각이오?"

"부상자를 빼면 삼십 명쯤 될 것 같소. 마침 나에게 이번 길에 쓸 노자가 그대로 남아 있으니 이걸로 말부터 구합시다."

반 시진 후, 삼십여 필의 말이 상남을 떠나 서쪽으로 달려갔다.

멀리서 그 모습을 지켜보는 사람들이 있는 줄도 모른 채.

"우리가 조금 늦었군."

천왕교의 장로 한택숭의 말에 혈곡의 무사는 급히 머리를 조아렸다.

"미처 놈들이 이곳으로 올 줄은 몰랐던 터라……"

"역산화는 지금 어디쯤 있지?"

"남하하는 화산의 무리들을 치기 위해 석문(石門) 쪽으로 가셨습니다."

"석문이라……. 그럼 종남은 우리가 맡아야겠군."

"저놈들은 어찌하실 생각이신지?"

한택숭은 이마를 찌푸렸다 펴고는 고개를 저었다.

"놔둬라. 잔당 몇 처리하는 것보다 주력을 잡는 게 더 중요하니까."

하지만 그는 당연시 생각했던 판단 한 번의 잘못이 어떤 결과를 가져올지 미처 상상도 하지 못했다.

하긴 그때만 해도 신경 쓸 것도 없는 일이었다.

3

저만치 앞에 불빛이 반짝인다. 놈들이 피운 모닥불이었다.

사광문은 모닥불을 바라보다 천천히 고개를 저었다.

서슬 퍼런 칼날 위에서 살아온 인생이었다. 하지만 오늘 같은 날만큼은 그도 칼을 뽑을 용기가 나지 않았다.

'젠장! 차이도 어느 정도 나야 한 번 덤벼보기라도 하지.'

한편으로는 덤벼보지도 못하고 패배감부터 느끼는 자신이 한심했다.

"아, 제기랄!"

사광문은 도병만 만지작거리며 이를 악물었다.

악귀 같은 놈들이 저기에 있다.

그런데도 보고만 있어야 하다니!

그는 시간이 갈수록 스스로에게 짜증이 나고 울화가 치밀었다.

숫자나 적으면 또 모른다. 그것을 핑계로라도 삼을 수 있을 테니까. 그런데 철패단과 멸위전의 생존자를 합쳐 오 리 밖에서 쉬고 있는 수하들의 숫자가 근 팔십 명이나 된다.

그러니 오히려 더 화만 나는 그였다.

더구나 놈들은 불까지 피워놓고 따뜻한 곳에서 머무르고 있거늘, 자신들은 사타구니를 훑고 지나가는 찬바람을 요리조리 피하며 서리를 등에 지고 있지를 않은가.

'씨발 것! 다 데려와서 한번 붙어봐?'

마음이야 당장 뛰쳐나가 놈들의 모가지를 댕강 잘라 버리고 싶었다.

혼자라면 그랬을지도 몰랐다. 그 정도의 용기는 그도 있었다. 남들이야 만용이라 할지는 몰라도.

그러나 그의 어깨에 팔십 명의 목숨이 얹혀져 있으니 그럴 수도 없었다.

'후우… 아서라, 아서. 멸위전주도 개박살 나서 창자가 세상 구경 나왔는데…….'

철컥!

그는 한숨을 내쉬며 한 치 정도 잡아 뺀 칼을 다시 집어넣었다.

그런데 그 소리가 제법 컸었나 보다. 그의 머리 위쪽 나뭇가지에 내려앉으려던 밤새 한 마리가 발을 헛딛고 중심을 잃었다.

푸드드드득!

밤새의 정신없이 날갯짓하는 소리가 제법 요란하다.

사광문은 인상을 구기며 대뜸 밤새의 대가리를 후려쳤다.

한데 그때다. 한 쌍이었던 듯, 다른 놈이 사광문을 죽일 듯이 노려보며 소리를 질러댔다.

꺄악! 꺄악! 꺄아악!

'저 망할 놈의 새새끼가!'

사광문이 눈을 부라리며 주먹만한 밤새를 쳐다보았다.

"부단주님!"

뒤에서 수하가 부르는데도 고개를 돌리지 않았다.

그러자 수하가 다시 말했다.

"놈들이 움직입니다."

흠칫, 그제야 정신이 든 사광문은 고개를 돌렸다.

왠지 자신과 함께 감시를 나온 수하들의 눈빛이 불안해 보인다.

"어느 쪽으로 가느냐?"

"이쪽으로 오고 있는데요?"

"이쪽?"

사광문은 후다닥, 바위 너머로 고개를 삐죽 내밀었다.

한데 모닥불을 떠난 놈들이 어느새 언덕 아래까지 다가와 있는 것이 아닌가!

벌떡 일어선 그는 수하의 머리통을 냅다 후려갈겼다.

딱!

"야, 이 새끼야! 우리 잡으러 오는 거잖아! 튀어!"

얼굴은 얼어붙을 것 같은데도 등줄기에선 식은땀이 흐른다.

참을 수 없는 갈증!

사광문은 입술이 바짝바짝 말랐다. 목이 금방이라도 타버려

버석거리며 부서질 것만 같았다.

전력을 다해 달린 거리는 오 리. 그사이 놈들이 이십여 장 거리까지 따라붙었다. 그러고도 빠르게 가까워진다.

'염병할! 전무심, 그 사람 같지도 않은 인간이야 그렇다 치고, 단주는 대체 뭐 하는 거야! 빨리 좀 나오지!'

"아악!"

첫 번째 비명이 뒤에서 들려왔다. 아마 십오륙 장 정도 될 듯했다. 천하의 의리파 사광문이 수하의 비명 소리를 듣고도 계속 도망갈 수는 없었다.

"에이! 씨발! 그래, 사나이 죽으면 한 번 죽지 두 번 죽냐!"

급박하게 몸을 세운 사광문이 홱 돌아섰다.

미처 몸을 세우지 못한 네 명의 수하가 그를 지나쳤다.

"너희들은 빨리 가서 단주를 데려와!"

사광문은 수하들을 향해 빽 소리치는 검은 물결처럼 밀려오는 이십여 명의 흑의인을 노려보았다.

"와라! 이 어르신이 다 상대해 주마!"

죽을 때 죽더라도 멋지게 죽고 싶었다.

마존궁의 역사에 길이 남을 죽음을 남기고 싶었다.

다행히 적들도 인정을 하는지 걸음을 늦춘다.

사광문은 주먹을 말아 쥐고 젖 먹던 힘까지 다 끌어올렸다.

"나는 마존궁의 사광문이라 한다! 네놈들은 누구냐!"

그의 외침이 밤하늘을 울렸다.

하지만 하늘이 그의 뜻을 들어주지 않았다.

"광문! 이 미친 새끼야! 빨리 도망치지 않고 뭐 해!"

모용창의 목소리가 고막을 터뜨릴 듯이 파고든 것이다.

평소의 그답지 않게 욕설 섞인 목소리.

사광문은 흑의인들이 의외라는 표정으로 걸음을 늦추자 재빨리 돌아서서 죽어라고 달렸다.

"담에 보자! 시커먼 개새끼들아!"

흑의인들의 뒤에서 뒷짐 진 채 느긋이 걸음을 옮기던 풍채 좋은 노인이 헛웃음을 지었다.

"허, 허, 허. 그놈 참 재미있는 놈이군."

그러자 빼빼 마른 다른 노인이 손가락으로 사광문을 가리키며 소리쳤다.

"저, 저, 저 싸가지없는 놈이! 에라이!"

순간이었다. 빼빼 마른 노인의 검지에서 붉은 빛이 번쩍였다.

쐐에엑!

비단 찢어지는 소리가 나며 어둠이 쭉 찢겨져 나갔다.

"으아아!"

뒤이어 사광문의 비명 소리가 터져 나왔다.

한데 조금 묘했다. 사광문이 비명을 지르면서도 계속 뛰어간다. 마치 꽁지에 불붙은 황소처럼.

"켈켈켈켈! 건방진 놈! 엉덩이가 꽤나 아플 것이다! 내 네놈만큼은 특별히 열두 가지 고통을 다 맛보고 죽게 해주마."

빼빼 마른 노인은 방정맞은 웃음을 터뜨리더니 박쥐처럼 양

팔을 쫙 벌리고 신형을 날렸다.

한 마리 까마귀가 밤하늘을 날아가는 듯했다.

가공할 신법. 단 세 번의 도약만에 빼빼 마른 노인은 사광문의 뒤를 거의 따라잡았다.

"낄낄낄, 이놈!"

노인은 삼 장 앞의 사광문을 향해 손을 뻗었다.

그는 일단 사광문의 등뼈를 마디마디 해체해서 병신을 만든 후, 천천히 가지고 놀 생각이었다.

한데 바로 그때였다.

"광문! 우측으로 돌아라!"

전면에서 마주 달려오던 모용창이 소리쳤다.

사광문이 말 잘 듣는 강아지처럼 휙 몸을 틀었다.

일이 번거롭게 되자 웃음기 가득하던 노인의 두 눈이 위로 쭉 찢어져 올라갔다.

"이런 잡놈들이!"

동시에 노인의 손바닥에서 붉은 기운이 넘실대며 쏟아져 나오더니, 사광문의 등을 향해 날아갔다.

하지만 모용창의 손짓이 조금 빨랐다.

전력을 다한 모용창의 장력과 노인이 신경질적으로 휘두른 장력이 허공에서 격돌했다.

쾅!

어둠을 뒤흔드는 단발의 굉음!

"크윽!"

모용창의 몸이 벼락이라도 맞은 듯 휭 하니 뒤로 튕겨졌다.

노인은 의외라는 듯 눈을 치켜떴다.

"그놈 제법인데?"

그러더니 실쭉 웃으며 모용창을 향해 다가갔다.

십여 장을 내달리다 말고 몸을 세운 사광문이 그 모습을 보고는 대경해 소리치며 몸을 날렸다.

"단주! 멍청히 서 있지 말고 피해!"

'누가 그걸 모르냐, 이놈아!'

모용창은 가슴이 꽉 막혀 입이 벌어지지 않았다.

그래도 이대로 있을 수는 없었다.

오면 둘 다 죽는다. 환장하게도 그것을 부정할 수가 없다. 강호에서 제법 이름 좀 날린다는 자신이 딱 한 수 겨루고 죽음을 생각하다니.

얼얼한 두 손을 악착같이 끌어올린 모용창은 벌어지지 않는 입을 억지로 벌렸다.

"오지… 마!"

이미 저승사자가 머리 위에서 때가 되기만을 기다리고 있었다.

얼마나 버틸 수 있을까? 그래도 두어 번은 버틸 수 있겠지? 그래, 그 정도면 광문이가 애들을 데리고 도망갈 수 있을 거야.

다급한 판에도 엉뚱한 생각이 든다.

그때 노인의 목소리가 고막을 긁어댔다.

"클클! 이제 그만 뒈져라!"

빼빼 말라서 툭 치면 허리가 부러질 것 같은 노인이 붉은 빛이 뿜어지는 두 손을 흔든다.

화끈한 열기가 살거죽을 익혀 버릴 듯이 밀려온다.

온몸이 찜통 속에 담긴 기분. 목구멍을 뚫고 벌겋게 익은 심장이 튀어나올 것만 같다.

상상치도 못했던 가공할 열양장력이다. 그제야 모용창은 한 가지 사실을 깨달았다.

'이 대젓가락 같은 늙은이가 동 전주를 죽였구나!'

경악도 잠시, 모용창은 발가락 움직일 힘까지 다 끌어 모아 열양장력에 대항했다.

"단주!"

그때 사광문이 뒤에서 달려들었다.

순간이었다.

쿠궁! 퍽!

각기 다른 두 번의 격돌음이 울리더니, 사광문이 달려들 때만큼이나 빠르게 뒤로 날아가고, 모용창은 비틀비틀 다섯 걸음을 물러섰다.

"쿨럭! 쿨럭!"

물러서며 기침할 때마다 한 움큼의 핏덩이가 쏟아진다. 그나마도 사광문 덕분에 그 자리에서 타 죽지는 않은 듯하다.

"낄낄낄낄. 그놈들, 정말 귀엽게 노는구나."

그런데도 여전히 낄낄거리는 노인을 보고 모용창은 기운이 쭉 빠졌다.

정말 빌어먹을 일이다. 세상에 저렇게 강한 늙은이가 있다
니.

'이제 죽는 건가?'

두 명의 흑의인이 사광문을 향해 다가가는데 막을 기운도
없다. 기껏해야 억지로 두어 마디를 내뱉을 수 있을 뿐.

"과, 광문, 조… 심……."

한데 그때였다. 무심한 목소리가 환청처럼 고막을 울렸다.

"화마고(火魔枯) 탁노공. 무슨 미련이 남아 세상으로 나온
것인가!"

그 말에 다가오던 빼빼 마른 노인, 탁노공이 쭉 찢어진 눈을
세모꼴로 치켜 뜨고 소리쳤다.

"웬 놈이냐?!"

순간 대답 대신 귀청을 찢을 듯한 기음이 터져 나왔다.

쒜에에엑!

동시에 모용창의 코앞으로 붉은 뭔가가 지나갔다.

'어헉!'

소름 돋는 오싹함에 모용창이 몸을 부르르 떨 때다.

"물러서!"

풍채 좋은 노인의 입에서 한 소리 외침이 터져 나오고, 사광
문을 향해 접근하던 두 흑의인의 머리가 어깨에서 미끄러진
다.

어둠 속에서 솟아오르는 피분수!

비명도 지르지 못한 두 사람이 어정쩡하니 걸음을 옮기다

꼬꾸라진다.

붉게 물든 어둠. 갑자기 사위가 조용해졌다.

"물러서시오, 모용 단주."

그때 무심한 목소리가 바로 뒤에서 들려오더니, 검은 그림자가 자신의 머리를 타 넘어 탁노공을 향해 쇄도한다.

모용창의 두 눈이 한껏 커졌다.

'그, 그다! 전무심, 그가 왔어!'

동시에 누가 머리끄덩이를 잡아당기기라도 한 듯 탁노공이 고개를 번쩍 쳐들고 전면의 허공을 노려보았다.

모용창의 생각대로, 검은 그림자는 다른 사람들보다 한 발 먼저 도착한 전무심이었다.

그가 탁노공을 알아본 것은 그의 무공 때문이었다. 천외비각의 고수라면 천동쌍마처럼 혼세칠마존 중의 하나가 아닐까 생각했는데, 그가 펼친 극성의 열양강기를 보자 문득 화마고라는 이름이 떠오른 것이다.

더구나 양강의 무공을 익힌 자답지 않게 빼빼 마른 몸은 화마고 탁노공만의 특징이 아니던가.

전무심은 상대가 화마고 탁노공이라는 것을 안 순간부터 오직 하나만을 생각했다.

속전속결!

상대해야 할 적은 하나가 아니다.

적어도 탁노공에 비견될 고수가 하나 더 있는 것이다.

하기에 무리를 하더라도 하는 수 없었다. 다른 자가 움직이기 전에 최대한 타격을 주어야만 하는 것이다!

일순간 구성의 천라혈왕공을 끌어올린 그의 신형이 피로 뒤덮인 것처럼 붉게 달아올랐다.

무정의 검신을 타고 붉은 기운이 쭉 뻗어나간 순간!

콰아아아!

일곱 자 길이의 강기가 핏빛 광룡이 되어 울부짖었다.

난데없는 가공할 공격에 탁노공의 세모꼴 눈이 역팔자로 꺾어지고,

"네놈이 감히!"

노성을 내지른 그가 두 손을 어지럽게 흔들었다.

시뻘건 화룡이 꿈틀거리며 광룡의 앞을 가로막는다.

콰아아앙!

찰나 대지가 흔들릴 정도의 굉음이 터져 나왔다.

동시에 얼어붙은 땅이 죽 파여 나가며 탁노공이 이 장가량 밀려났다.

반면에 전무심은 다시 허공으로 튕겨지며 두 흑의인의 목을 자르고 되돌아온 지옥혈심표를 움켜쥐었다.

순간이었다.

쒜에에엑!

지옥혈심표가 다시 어둠을 가르고, 전무심의 신형은 탁노공을 향해 떨어져 내렸다.

그야말로 눈깜짝일 시간도 안 돼 벌어진 일. 뭐가 어떻게 된 것인지 제대로 알아보는 사람이 없을 정도다.

하지만 풍채 좋은 노인, 구절마신 은사극만큼은 처음부터 그때까지 눈 한 번 감지 않고 모든 것을 지켜보았다. 그리고 전무심이 다시 탁노공을 향해 무정을 내려치자 가볍게 땅을 박차고 허리를 손으로 쓸었다.

순간 번개가 은사극의 손에서 번쩍이는 듯하더니, 아홉 마디로 나누어진 창이 꿈틀거리며 전무심을 향해 날아갔다.

시퍼런 강기에 휩싸여 꿈틀거리는 것이 마치 창룡이 포효를 하는 듯했다.

전무심은 눈여겨보고 있던 노인이 손을 떨치자 긴장을 늦추지 않았다.

그는 화마고 탁노공에 비해 뒤지지 않는, 아니, 더 강한 기운을 지닌 자였다. 보나마나 천외비각의 노괴 중에 하나일 것이 분명했다.

더구나 그의 손에서 펼쳐진 것은 길이만도 아홉 자에 달하는 끝에 한 자 길이 창두가 달린 구절창(九折槍)이라는 기병이었다.

조금도 방심할 수 없는 상황.

전무심은 우수로 단심절천세를 펼치고, 좌수로 지옥혈심표를 이끌어 구절창을 쓰는 노인을 공격했다.

그러자 눈살을 찌푸린 은사극이 손을 살짝 비틀었다.

순간 구절창의 끝에 매달린 뾰족한 창두가 마치 살아 있는 용처럼 머리를 돌려 지옥혈심표를 찍어갔다.

동시에 전무심의 단심절천세와 탁노공의 화룡마마수가 정

면으로 충돌했다.

쩌정! 콰과광!

전무심의 신형이 다시 허공으로 튕겨졌다.

이번에는 적지 않은 충격을 받았는지 가슴에 돌덩이가 박힌 듯했다. 하지만 그는 이를 악물고 목구멍으로 튀어나오려는 돌덩이를 짓눌렀다.

내상을 입은 것은 그만이 아니었다.

탁노공은 전무심보다도 더 강한 충격을 받은 상태였다.

참담하게 일그러진 얼굴. 도저히 믿을 수 없다는 표정. 그는 분노 대신 신음을 흘리며 발이 일곱 치가량 땅에 박혀 있었다.

전무심은 허공에 뜬 상태에서 재빨리 상황을 판단했다.

'문제는 구절창을 쓰는 저 노인이다.'

간단하게 지옥혈심표를 튕겨낸 노인이 구절창의 창두를 자신을 향해 돌리고 있었다.

간발의 차이가 생사를 가르는 상황!

전무심은 지체없이 좌수를 휘저었다. 구절창에 튕겨진 지옥혈심표가 다시 기음을 발하며 선회한다.

츠츠츠츠……

구절창을 쓰는 노인의 입에서 경악성이 터져 나온 것은 바로 그때였다.

"이런! 이제 보니 지옥혈심표였구나!"

이백 년 만에 출현한 지옥혈심표를 그가 알아보았다.

그러나 그렇다고 해서 달라질 것도 없었다.

전무심은 노인이 잠시 멈칫하는 사이, 허공에서 몸을 뒤집고 탁노공을 향해 날아갔다.

"오냐! 어디 한번 해보자, 이놈!"

탁노공도 지지 않겠다는 듯 두 손을 가슴에 모으고 전무심을 향해 내밀었다.

그러자 시뻘건 두 마리의 화룡이 이빨을 들이대며 광폭하게 달려들었다.

쩌저저정!

무정에서 칠라산산이 펼쳐지고, 갈기갈기 찢긴 호룡 사이로 뇌전이 번쩍였다.

쾅!

"크억!"

어깨가 뚫린 탁노공의 몸이 벼락 맞은 까마귀처럼 뒤로 날아갔다.

'으음……'

동시에 속으로 신음을 삼킨 전무심은 땅에 내려서자마자 이를 악물고 몸을 돌렸다.

바로 그때였다. 지옥혈심표를 팅겨낸 구절창의 창두가 전무심의 머리 위로 떨어졌다.

시퍼런 강기가 서린 용두 모양의 창두는 어찌나 변화가 막심한지 한꺼번에 수십 개가 떨어지는 듯했다. 하나하나가 만근 바위조차 꿰뚫을 수 있는 거력이 담긴 공격이었다.

전무심은 천강벽월수로 강기의 막을 형성하고는, 떨어져 내리는 창두를 향해 무정을 내질렀다.

콰과과광!

삽시간에 스물네 개에 달하는 창두의 그림자가 허공에서 스러지고, 부서진 강기의 파편이 천강벽월의 막에 부딪치며 튕겨져 나갔다.

"크음……."

끝내 전무심의 입에서 짧은 신음이 흘러나왔다.

창두의 공격을 모두 막아내기는 했지만 적지 않은 내상을 입은 것이다.

하지만 전무심은 이를 악물고 구절창을 쓰는 노인을 향해 쇄도했다.

은사극은 예상치 못했던 전무심의 공격에 질린 표정을 지었다.

분명 제법 큰 내상을 입었을 텐데도 조금의 망설임도 없이 공격을 하는 것이 아닌가!

더구나 전무심이 쓴 무공이 그를 의혹에 빠지게 했다.

"네놈이 전무심이더냐! 네가 어찌 천강벽월을 펼친단 말이냐!"

그가 고함을 치듯이 물었다.

천하에서 탁노공과 자신의 공격을 동시에 맞받을 자가 누가 있으랴. 그럴 수 있는 자는 천왕곡에도 두어 명에 불과했다.

그리고 천하를 통틀어도 젊은 자는 오직 한 사람, 전무심. 바로 그뿐이었다. 그런데 어찌 전무심이 패왕의 천강벽월을 펼친단 말인가!

그때 전무심이 전음으로 소리쳤다.

"맞다! 내가 바로 전무심이며, 또한 천왕수호총령 암천혈왕이다!"

고막을 뒤흔드는 전음.

은사극의 안색이 하얗게 굳어졌다.

"네, 네가 암천……?"

하지만 말을 끝맺을 틈이 없었다.

"암천혈왕의 이름으로 그대의 목숨을 취하리라!"

또다시 전음이 그의 정신을 뒤흔들더니,

쩌저적!

전무심의 무정에서 암천벽뢰가 펼쳐지며 한 줄기 벼락이 머리 위로 떨어진다.

은사극은 다급히 구절창을 휘둘러 강기의 회오리로 일 장 반경을 휘어 감았다.

하지만 이미 암천혈왕이라는 이름에 심기가 흔들린 그였다.

그로 인해 찰나의 틈이 만들어지자, 무정이 태풍의 눈을 찌르듯 그 틈을 파고들었다.

콰앙!

대기가 터져 나가는 일성굉음!

동시에 두 사람의 신형이 철벽에 부딪친 것처럼 튕겨졌다.

사 장으로 벌어진 거리. 전무심은 몸을 추스를 ㅅ 간도 없이 좌수를 끌어당겼다.

찰나였다!

고오오오!

그때까지도 허공에 떠서 서서히 선회하던 지옥혈심표가 갑자기 가속도를 붙였다.

순간 은사극의 안색이 흙빛으로 물들었다.

"지독한 놈!"

분명 상당한 충격을 받았을 텐데도 끝없이 공격한다. 둘 중 하나가 죽지 않으면 끝나지 않을 거라는 경고라도 보내는 듯하다.

그나마 다행이라면 탁노공이 어깨의 상처를 대충 손보고 손을 합치려 한다는 것이다.

탁노공이 힘을 합하면 단번에 놈을 찢어 죽일 수 있으리라!

그렇게 생각한 은사극은 구절창에 전신공력을 쏟아 넣었다.

그러나 운명은 그의 편이 아니었다.

"모두 저놈들을 공격해!"

들판을 뒤흔드는 커다란 목소리!

일행들을 데리고 도착한 척우진이 일갈을 내지르고는 탁노공을 향해 달려든 것이다.

은사극은 척우진을 알지 못했다. 다만 그의 도에서 뿜어지는 강기가 거의 절대지경에 가까울 정도라는 것만을 알아봤을 뿐이다.

평소라면 가소롭다고 웃었을 그다. 하지만 지금은 그럴 수 없었다.

척우진 정도의 무공이면 팽팽한 힘의 균형을 한쪽으로 기울게 하기에 충분했다. 더구나 척우진의 뒤에 꼬리처럼 붙어서 따라오는 진성자는 물론이고, 넓게 펼쳐진 채 다가오는 자들의 무공도 단순해 보이지 않는다.

거의 절망적이라 해도 그리 틀리지 않은 상황.

그렇다고 손 놓고 있을 수는 없는 일이었다.

은사극은 비릿한 선혈을 꿀꺽 삼키고 손목을 티틀었다. 구절창의 창두가 방향을 틀며 뒤쪽으로 머리를 틀었다.

쩌정!

일 장 뒤까지 다가왔던 지옥혈심표가 다시 팅겨진다.

다만 문제는 그게 끝이 아니라는 것이었다.

아니나 다를까, 전무심은 그 기회를 놓치지 않았다.

지옥혈심표가 허공으로 팅겨진 사이, 전무심은 무정에 십성의 내력을 쏟아 부어 천라혈왕구검을 펼쳤다.

번쩍! 우르릉!

붉은 뇌전이 어둠을 가르고, 뇌성이 어둠을 뒤흔들었다.

그렇게 삼초가 지났을 때다.

전무심이 무정을 정면으로 쭉 뻗었다. 순간 그의 무정 끝에서 밝고 붉은 광채가 환하게 피어났다.

천라무영혈!

찰나였다. 한 번 흔들리기 시작한 구절창의 방어막이 쩌저적, 금이 가더니,

퍽!

안간힘으로 저항하던 은사극의 가슴이 휑하니 뚫렸다.

"커억!"

동시에 은사극의 몸뚱이가 천라혈왕공의 여력에 뒤로 튕겨졌다.

털썩!

널브러진 그의 가슴에서 굵은 핏줄기가 허공으로 치솟는다.

"욱, 퉤!"

전무심은 치밀어 오른 핏덩이를 뱉어냈다.

시커먼 핏덩이가 한 움큼은 되어 보였다. 그만큼 내상이 심상치 않다는 말이다.

좌수를 들어 허공을 선회하는 지옥혈심표를 끌어당긴 그는, 무심한 눈으로 부들부들 떨고 있는 은사극을 바라보았다.

아직 죽지는 않았는지 고개를 쳐들려는 그의 몸부림이 처절하게 느껴졌다.

또 한 사람의 천외비각 고수가 쓰러졌다.

앞으로 얼마나 많은 절대고수들이 남아 있는 것일까?

실로 두려운 일이 아닐 수 없었다.

"너, 네가……."

그때 널브러진 채 일어나지도 못하고 있던 은사극이 겨우 입을 연다.

"뭔가… 잘못……. 속았……."

한데 기이한 일이었다. 그도 천동쌍마와 비슷한 말을 하는 것이 아닌가.

전무심이 차갑게 물었다.

"뭘 속았단 말이오?"

"들었던…… 너무… 강해……."

자신에 대해 들었던 것보다 너무 강하다는 말 같다.

하지만 전무심은 그의 말을 깊게 생각하지 않았다.

자신의 무공에 대해 자세히 알고 있는 사람이 누가 있을까. 더구나 의부가 남긴 힘에 대해선 하늘 아래 아는 자가 없을 터였다.

그러니 그에게 은사극의 말은 이상할 것도 없었다.

단순히 그렇게 생각한 전무심은, 그 말을 끝으로 마지막 숨을 몰아쉬는 은사극을 내려다보았다. 그리고 그의 움직임이 잠잠해지자, 고개를 돌려 싸움이 벌어지고 있는 곳을 바라보았다.

한편 그사이, 척우진과 진성자는 손을 합쳐 탁노공을 몰아쳤다.

이미 깊은 상처를 입은 탁노공이다. 어깨가 뚫린 팔은 쓰지도 못하고, 옆구리의 몽둥이를 빼 든 채 한 팔만으로 자신들을 상대한다. 한데도 대등한 싸움이 벌써 십초를 넘어간다.

그것이 척우진과 진성자를 질리게 했다.

어쩌면 그래서였을 것이다. 두 사람은 끊임없이 중얼대며 탁노공을 공격했다.

"괴물 같은 늙은이! 대체 당신 같은 괴물들이 천왕교에 얼마나 있는 거요?"

"좀 쓰러지쇼! 노인네 핍박했다는 소리는 듣고 싶지 않으니까. 아, 그만 하고 좀 쓰러지면 누가 잡아가나?"

탁노공은 두 놈이 자신을 놀리는 거라 생각했다.

'건방진 놈들! 새까맣게 어린놈들이, 내가 강호에 공포로 군림할 때는 태어나지도 않았을 놈들이 감히 나를 놀리다니!'

분노한 그는 빠드득 이를 갈며 힘을 냈다.

절친한 친구이자 자신조차 한 수 양보하는 구절마신 은사극이 죽었다. 거기다 자신의 어깨 한쪽은 뼈가 으스러져 쓸 수조차 없는 상황.

전무심이라는 악귀 같은 놈이 있는 이상 자신은 죽을 것이다. 자신의 삶이 끝장난다는 말이다.

탁노공은 오기가 생겼다.

'한 놈이라도 더 지옥으로 데려가고 말리라!'

그는 그 대상을 눈앞의 두 놈 중 하나로 정했다.

그래서인지 싸움은 갈수록 더욱 치열해지고, 탁노공의 치켜떠진 눈에선 광기마저 보이기 시작했다.

그러나 진짜 치열한 싸움의 주인공은 그들이 아니었다.

천왕교 무사들과 사진옥 등이 한바탕 드잡이질을 벌리고 있었는데, 오십여 명이 엉킨 가운데 터져 나오는 비명은 듣는 이의 등골을 오싹하게 만들기에 충분했다.

서걱!

파육음이 들릴 때마다 어둠 속에서 피가 튀고,

"끄억!"

"허억!"

비명과 신음이 뒤섞여 바람을 타고 흐른다.

달빛을 받아 번뜩이는 검광과 도광!

쩌저정!

서로간의 무기가 부딪칠 때마다 불꽃이 튀긴다. 멀리서 보기에 마치 사자(死者)의 혼불이 날아다니는 것만 같다.

한데 천왕교의 무사들도 일반 무사들이 아니다. 적어도 조장 급 이상의 실력을 지닌 자들이다. 하긴 일반 무사들이라면 결코 친구들과 촉산의 형제들의 손에 벌써 모두가 쓰러졌을 것이 분명했다.

어디에 속한 자들일까?

모두가 처음 보는 자들이다. 사진옥 등도 알지 못하는 듯하다.

개중에는 당주 급 이상의 실력을 지닌 자도 몇 섞여 있다.

그때다. 누군가가 놀란 듯 소리쳤다.

"집마원의 개들이구나!"

분노에 찬 목소리. 고후명의 목소리였다. 그가 흑의인들 중 누군가를 알아본 듯했다.

하지만 흑의인을 알아본 것은 고후명만이 아니었다.

사진옥이 이를 갈며 눈을 부라린다.

"패천단의 쥐새끼도 섞여 있군!"

두 곳 다 그다지 좋은 인연을 지닌 곳은 아니었다.

그래서인지 고후명의 검이, 사진옥의 도가 더욱 날카롭게 상대를 몰아쳤다. 덩달아 상유상과 예종과 황무곤까지 버럭버럭 소리치며 흑의인들에게 달려들었다.

마치 철천지원수에게 달려드는 것 같은 모습이었다.

그 모습에 초중암과 연비감은 물론이고, 촉산의 형제들 모두가 분위기에 휩쓸려 흑의인들을 잡아 죽일 듯이 공격했다.

척우진과 진성자를 필두로 천가장의 사람들이 나타난 지 반각. 전장에 태풍이 휘몰아쳤다.

짙은 어둠이 광란의 몸부림에 출렁거리며 비명을 토해냈다.

스물두 명의 흑의인은 정신없이 몰리다가 피를 뿜어내며 하나둘 쓰러져 갔다. 와중에 촉산의 형제들 중 두어 명이 쓰러지긴 했지만, 더 이상의 피해는 없을 듯했다.

'내가 나설 필요는 없겠군.'

전무심은 전황이 그리 나쁘지 않자 내력을 다스리는 데 주력했다.

그 역시 제법 심한 내상을 입은 상태였다. 그런 와중에도 구천마령의 힘을 쓰지 않고 상황을 마무리 지은 것은 천만다행이었다.

그것은 훗날 또 한 번의 기회가 있다는 거와도 같았다.

구천마령 중 여덟 개의 힘, 그것이 언제 어느 때 사용될지는 아무도 모르는 것이다.

'그 후에는… 죽겠지?'

그것 역시 하늘 아래 누구도 모르는 일이었다.

다시 반 각이 더 지나자 싸움은 막바지를 향해 달려갔다.

척우진의 커다란 도는 광란의 폭풍을 일으키고, 진성자의 현천무상검은 탁노공의 요혈을 노리며 시도 때도 없이 날아들었다.

그렇게 십여 초가 더 지났을 때다.

탁노공이 이판사판이라 생각했는지 갑자기 진성자를 향해 몸을 날렸다.

"물러서!"

척우진이 대경하며 탁노공의 등을 향해 도를 내리쳤다.

시퍼런 도강이 어둠을 가르고 탁노공의 등을 향해 떨어져 내렸다.

하지만 탁노공은 진성자의 가슴을 향해 시뻘겋게 달아오른 몽둥이를 뻗었다.

"이놈! 같이 죽자!"

진성자는 놀랄 겨를도 없었다. 너무나 갑작스런 공격에 물러설 수조차 없었다.

할 수 있는 일이라고는 무의식중에 검을 들어 탁노공을 가리키고 모든 힘을 쏟아내는 정도였다.

한데 그때였다.

번쩍!

진성자의 검에서 푸른 광채가 번쩍였다.

순간,

"크억!"

탁노공이 참담한 신음을 흘리며 튕겨졌다.

무의식중에 검을 펼친 진성자도 주르륵 뒤로 물러섰다.

철푸덕!

땅바닥에 떨어진 탁노공의 몸에서 피가 뿜어졌다.

전무심의 검에 구멍이 난 어깨가 척우진의 칼에 아예 통째로 떨어져 나간 것이다.

전신이 피로 물든 탁노공은 두어 번 일어서다 말고 그대로 바닥에 널브러졌다.

얼굴이 창백한 척우진이 질렸다는 표정으로 탁노공에게 다가가고, 가슴을 움켜쥔 진성자는 검을 지팡이 삼은 채 서서 씨근덕거렸다.

"염병할 늙은이 같으니라구. 죽으려면 혼자 죽지, 왜 나를 물고 죽으려고 해?"

가슴의 옷자락에 구멍이 뻥 뚫려 있었다.

조금만 늦었다면 탁노공의 마지막 발악에 심장이 뽑혔을지도 몰랐다.

"그러게 누가 무작정 덤비라 했소?"

척우진이 여전히 창백한 표정으로 핀잔을 주었다. 하지만 진성자는 움찔했을 뿐 투덜대는 말을 멈추지 않았다.

"대체 이 늙은이가 누군데 중상을 입은 상태에서 우리 두 사람을 이렇게 힘들게 하는 거야?"

진성자가 분노 반, 경악 반의 마음으로 투덜거릴 때다. 누군가가 막바지 정리에 들어간 전장으로 다가오며 말했다.

"그가 바로 혼세칠마존 중 한 사람인 화마고 탁노공이네."

곡초운과 함께 뒤쪽에 처져 있던 제갈경이었다.

제갈경의 말에 진성자의 눈이 서서히 커졌다.

"호, 혼세칠마존? 화마고 탁노공? ……맙소사!"

탁노공의 정체를 안 그의 두 눈이 반쯤 튀어나왔다.

하지만 제갈경은 진성자보다도 몇 배나 더 놀란 상태였다. 화마고 탁노공, 그의 무서움을 누구보다도 잘 알기 때문이었다.

마존궁의 삼백 무사가 삼십여 명의 천왕교 무사에게 당했다는 말을 믿지 않았었다.

그러나 이제는 믿을 수밖에 없었다. 화마고 탁노공이라면 그들 중 반을, 아니, 어쩌면 전부를 혼자서 죽일 수 있을 정도의 고수였던 것이다.

제갈경은 탁노공의 시신을 바라보며 고개를 흔들고는 은사극을 향해 고개를 돌렸다.

"그런데 전 공자에게 죽은 노인은 누군지 모르겠구려. 혹시 아는 사람이오?"

전무심은 고개를 저었다.

"나도 이자에 대해서는 잘 모르오. 다만 천외비각의 노괴들 중 한 사람이라 생각할 뿐이오."

"천외비각이라……."

제갈경의 얼굴이 딱딱하게 굳어졌다. 그제야 그는 전무심이 천가장에서 한 말을 이해할 수 있을 것 같았다. 절대고수들의 숫자에 대해 묻던 그의 뜻을.

'정녕 본산에 은거한 선배들을 모조리 끌어내야만 하는가?'

문제는 그들이 자신의 말을 듣고 나올 것인지, 그것이 의문이라는 것이다.

전무심과 제갈경이 각자의 생각으로 침묵에 잠겨 있는데 사진옥이 옆으로 다가왔다.

"대형, 모두 마무리 지었습니다."

"피해는?"

"촉산의 사람들 중 두 명이 놈들에게 당해 죽고, 대여섯 명이 크고 작은 부상을 입었습니다. 한데……."

사진옥이 말을 하다 말고 눈살을 찌푸렸다.

"아무래도 천왕교의 세력이 새롭게 편성된 것 같습니다."

이미 생각하고 있던 터였다.

"그에 대해선 곧 알게 될 거다. 일단 정리를 하고 이곳을 떠나자."

"예, 대형."

전무심은 사진옥의 대답을 들으며 초중암과 연비감을 바라보았다.

그들은 죽은 두 형제 앞에 침통한 표정으로 서 있었다.

자신감 넘치던 표정은 씻은 듯이 사라진 후였다.

'이제 시작일 뿐이오. 강호는 그대들이 생각했던 것보다 더 험한 곳이라는 것을 알아야 할 것이오.'

전무심이 촉산의 형제들에게서 고개를 돌리는데, 진성자가 척우진에게 치근덕거리며 묻는 소리가 들렸다.

"그러니까… 내가 화마고 탁노공을 죽였다, 이 말이지? 응?"

전무심이 뭔가 생각난 듯 슬며시 웃으며 진성자에게 말했다.

"마지막 일검, 멋지더군요."

어리둥절하던 진성자가 환하게 웃었다.

"맞아! 내가 마지막에 쓴 것이 현천무상…… 응?"

한데 뭔가가 이상한 것 같다. 검을 들어 허공을 찔러대던 진성자가 와락 인상을 구기고 소리친다.

"젠장! 왜 생각이 안 나는 거야? 분명 조금 전에는 펼쳤었는데."

전무심의 입가에 조금 더 확실한 웃음이 떠올랐다.

'당장은 몰라도, 곧 다시 펼칠 수 있을 것이오. 그리 머지않은 시간 안에.'

얼마 지나지 않아 종남에 검성(劍聖)이 나타났다는 소문이 돌지도 몰랐다.

'천방지축으로 말썽이나 피우는 검성이라…….'

그 생각을 하니 웃음이 나오지 않을 수 없는 것이다.

4

"현재 곡을 빠져나간 인원은 모두 몇인가?"

"오백이 나갔습니다."

"오백이라……."

방운휴의 대답에 백리군악은 천천히 눈을 감았다.

섬서에 일차로 일천의 무사들을 내보낼 생각이었다. 그중 반이 나간 상태. 앞으로도 오백이 더 나가야 했다. 그때쯤 되면 섬서에서의 일이 어느 정도 자리가 잡힐 터였다.

사천에 보낸 오백의 무사와 미리 나가 있는 무사들까지 합하면 근 천팔백에 달하는 무사들이 나가 있는 셈. 천왕곡의 무사들 중 삼 할 이상이 외부로 나갔다는 말이다.

하지만 사단과 집마원, 귀왕곡과 지옥전의 무사들이 대부분인 그들 중 고수라 할 수 있는 자들은 기껏해야 이백 명 정도에 불과했다.

그리고 천왕대전을 비롯해, 알게 모르게 실력을 감춘 채 각 세력에 숨어 있는 제삼세력의 진짜 고수들은 그중에서도 열 명이 채 되지 않았다.

'그들의 힘을 끌어내야 해. 그래야만 승산이 높아진다.'

뭔가 변화가 필요한 시점이었다. 변화를 줄 촉매제가 필요했다.

커다란 것도 필요없었다. 낮아도 가능성만 있다면 자신이 얼마든지 크게 확대시킬 수가 있었다.

그럴 만한 사건이 있을 만한 곳은 오직 한곳.

천천히 눈을 뜬 백리군악이 물었다.

"천왕가의 움직임은 어떤가?"

방운휴가 잠시 생각하는 듯하더니 고개를 살짝 틀고 말했다.

"조금 묘합니다."

"묘하다?"

백리군악이 눈을 들어 방운휴를 바라보았다.

"내부에서 갈등이 생긴 것 같습니다."

"흠, 내부에서의 갈등이라……."

짐작 가는 바가 없는 것은 아니었다. 그러나 백리군악은 입을 열지 않고 답변을 기다렸다.

"천왕오로 중 한 사람인 천왕정주 사도무연을 따르는 자들과 천왕을 따르는 자들 사이에 냉기류가 흐르고 있습니다."

"현재 상황은? 누가 유리한가?"

"천왕을 따르는 자들이 월등히 많기는 합니다만, 사도무연을 따르는 사람들도 적지 않습니다."

그 말에 백리군악의 눈이 반짝였다.

"사도무연……."

역시 예상대로였다. 자신이 얻은 정보와 비슷했다.

백리군악이 방운휴를 직시했다.

"자네는 지금부터 그들의 상황을 눈여겨보게. 따로 사람을 배치해서라도 말이야."

"예, 제군."

방운휴가 나간 지 반 각이 지나자 공오가 들어왔다.

"다 들었겠지?"

"예, 주군."

"사도무연을 만나봐야 할 것 같다."

"너무 위험하지 않겠습니까?"

"그와 공생공사의 관계를 만들 수만 있다면 천왕을 상대하는 데 한결 편해질 거야."

"정 그러하시다면 사람을 보내 그를 만날 수 있도록 해보겠습니다."

"음."

백리군악은 가볍게 고개를 한번 끄덕이고는 공오를 바라보았다.

"곧 천외비각이 시끄러워질 거야. 어쩌면 본격적으로 나서려 할지도 모르지. 그렇게 되면 천왕도 지금처럼 기다리고 있지만은 못할 것이니 진짜 싸움은 그때부터다. 준비를 철저히 하도록."

"예, 주군."

그때 밖에서 시비의 목소리가 들렸다.

"나으리, 서문 어르신께서 찾아오셨습니다."

그 말과 동시 공오의 신형이 사라졌다.

그리고 백리군악이 식어버린 찻잔을 들어 올릴 즈음, 문이 열리고 한 사람이 들어왔다. 서문조휘였다.

"들었느냐? 탁노공과 은사극이 죽었다더구나."

"조금 전 운휴에게 들었습니다, 외숙부님. 하아, 정말 그런 자가 있을 줄은 꿈에도 몰랐습니다."

"믿을 수 없는 일이다. 단 한 놈 때문에 절대고수 넷을 잃다니. 끄응, 좌우간 그놈 때문에 천외비각이 난리가 났다."

억지로 분노를 누르는지 움켜쥔 손이 하얗게 변했다.

백리군악은 답답하다는 표정을 지은 채 태연히 굴었다.

"뭐라 합니까?"

"다들 밖으로 나가겠다고 한다. 자기들이 나가서 그놈의 목을 따오겠다고 말이다."

"하지만 그들이 일제히 움직이면 천왕이 가만있지 않을 것입니다."

"나도 그래서 고민이다. 지금까지야 한둘이 움직여서 그저 노물들이 유희를 즐기는구나 하고 있지만, 천외비각이 통째로 움직이면 그도 위협을 느끼고 생각을 달리할지 모르니까 말이야. 더구나 그들이 모두 움직이면 우리조차 통제하기 힘들어질지 모른다."

사실 나중의 이유가 더 문제였다.

천외비각의 노물들은 하나같이 자존심이 강한 자들.

겨우 어르고 뺨쳐서 그들의 마음을 움직였는데, 그들이 모두 나가 설치다 보면 자칫 자기들끼리 따로 뭉쳐 자신의 말을 따르지 않을지도 모르는 일이었다.

그야말로 죽 쒀서 개도 못 주고 내버리는 꼴이 아닌가.

"어쨌든 놈 하나 때문에 타격이 이만저만이 아니다. 자칫하면 섬서를 도모하는 일이 수포로 돌아갈지도 모르는 판국이야."

"그럼 천왕에게 그를 죽일 만한 사람들을 내놓으라 하면 어

떻겠습니까?'

"천왕도 천외비각의 노물들이 죽은 걸 아는데 쉽게 사람을 내놓겠느냐? 홍! 어차피 자신이 다스릴 수 없는 사람들이니, 나가서 강호의 고수들과 함께 하나씩 죽어가는 것을 더 바랄지도 모르지."

냉랭히 코웃음 치는 서문조휘 말대로 그럴지도 몰랐다.

천외비각의 절대고수들이 죽어갈 때마다 적어도 수십 명씩의 적이 사라질 것이니 이익도 보통 이익이 아닐 터였다.

그때 찡그린 표정의 서문조휘를 향해 백리군악이 넌지시 말했다.

"제가 듣기로는, 두 사람이 협공해서 전무심을 거의 잡을 뻔했다 들었습니다. 하필이면 대천도라 불리는 척우진과 뜻밖의 고수들이 끼어드는 바람에 실패했다 하더군요."

"그건 그렇다만……."

"그렇다면 그를 외진 곳으로 끌어내든지, 아니면 그의 주위에 있는 자들을 모두 죽일 수 있을 정도의 힘을 파견하든지 하는 수밖에 없겠군요."

"물론 그렇지. 하나 그것도 쉽지가 않다. 그를 함정으로 끌어들이기 위해서는 그가 혼자 움직일 수밖에 없는 이유가 있어야 하는데, 그게 마땅치 않아. 인질을 이용해 끌어들이려 해도, 들리는 정보대로라면 그럴 만한 사람이 없더구나."

전무심은 인질로 움직일 사람이 아니다. 죽은 풍백이 살아온다면 모를까.

그에 대해선 누구보다도 백리군악이 잘 아는 일이었다.

설령 자신이 홀로 모습을 보인다 해도 가능성은 반반에 불과했다.

'그렇다고 방법이 없는 것도 아니지.'

백리군악이 잠시 생각하는 사이 서문조휘가 말을 이었다.

"그리고 그의 주위에 있는 자들을 먼저 죽이려 해도 간단한 문제가 아니다. 모두가 대단한 자들이라 모두 죽이려면 적어도 수백 명의 무사들이 동원되어야 할 것이야. 문제는 그만한 인원을 한꺼번에 움직이면 정천무맹도 움직일 거라는 것이다."

"한번 소질이 그를 끌어내보도록 하지요."

"네가? 방법이 있겠느냐?"

"대신 외숙부님께서 외곽을 책임져 주셔야 합니다. 실컷 끌어들였는데, 도망가면 헛고생이지 않겠습니까?"

서문조휘의 이마에 주름이 그어졌다.

"그렇게 할 수만 있다면…… 내 책임지고 외곽을 각아보마."

백리군악의 눈 깊은 곳에서 기광이 번뜩였다.

'유옥, 네가 내 생각만큼 강하다면 살 것이고, 아니라면 죽을 것이다.'

문득 곡에서 보았던 붉은 폭풍이 떠올랐다.

만일 내기를 한다면…… 그는 전무심에게 걸 터였다.

第六章
나를 시험하려 하지 마라

日弟子趙孟頫敬書至大政元四月

道吉廣為傳

長庭前再拜禮一天師與

千秀芳景深處掩雲霄　雨間宗盖現改

生同故近天下　漢此知如悟家界　秦□章

死星
天血

1

　전무심은 일행들을 천가장으로 돌려보내고, 사진옥 등 네
명의 형제와 황무곤, 궁사한, 소미하란만 대동한 채 안강으로
갈 생각이었다.

　모용창 등 마존궁의 사람들은 낙우룡이 오기로 했으니 그가
온 후 움직이면 될 터였다.

　그런데 출발하기 직전, 개방의 상주분타로부터 뜻밖의 소식
이 전해졌다.

　제갈경을 구하러 내려오던 화산의 제자들이 혈곡의 습격을
받았다는 뜻밖의 소식이었다.

　전무심은 그로 인해 계획을 약간 변경시키는 수밖에 없었
다.

"뭐야? 그게 무슨 말이야! 화산이 당하다니!"

펄쩍 뛰는 삼족개의 앞에는 이제 스물도 되지 않을 것 같은 개방의 새끼거지가 눈치를 보며 사방을 힐끔거리고 있었다.

"정확한 사정을 말해보게."

그런 새끼거지를 제갈경이 침착함을 잃은 채 다급히 재촉했다.

"석문에 계시던 화산의 제자 분들께서 본 방의 연락을 받고 상남으로 가려던 발길을 돌렸는데, 그만 단풍 조금 못 미친 곳에서 혈곡의 공격을 받았다 합니다요."

"상황은, 화산의 피해는 얼마나 되나?"

"죽은 자만 스무 명이 넘고 남은 오십여 명도 대부분이 부상을 당한 채 상주 쪽으로 갔다는데, 어쩌면 지금쯤 상주에 도착했을지 모르겠습니다요."

제갈경이 고개를 돌려 전무심을 바라보았다.

"단순히 찔러본 거라면 몰라도, 그렇지 않다면 또 공격할 거네. 어떻게 할 생각인가?"

상주로 갔다고 해서 안심할 상황이 아니라는 말이었다. 하긴 정천무맹의 구출대도 공격하는 놈들이 무슨 짓인들 못할까.

모두가 전무심을 바라보고 그의 결정을 기다렸다.

전무심은 오래 고민하지 않았다. 화산이 당한 것은 정천무맹의 구출대가 당한 거와 의미가 달랐다.

냉정하게 따져 보면, 구출대가 당한 것은 정천무맹이 알아서 해결할 일, 단순한 복수에 불과했다. 자신이 나서서 설치고 다닐 필요가 없는 일이다.

그러나 화산의 제자들이 당한 것은 화산과 본산이 당할 수 있다는 말이었으며, 또한 그 이후에는 종남이 당할 수도 있다는 말이다. 그리되면 천가장이 적들의 시야에 노출될 수밖에 없게 된다. 그것은 곧 자신과 직결된 일이었다.

물론 화산의 일부 제자들이 당한 것이니 너무 앞지른 생각일지도 몰랐다. 그러나 언제 전면전으로 번질지 아무도 모르는 일이었다. 혈곡이 화산의 제자들을, 그것도 화산의 영역에서 쳤다는 것은 이미 그들이 불을 지를 각오를 했다는 말이 아닌가.

어쨌든 구출대가 당한 것보다 전무심에겐 섬서의 안정이 더 중요했다.

그나마 다행이라면 굳이 자신이 직접 가지 않아도 된다는 것이었다.

"척 형이 제갈 군사와 함께 일행들을 이끌고 먼저 상주로 가 주셨으면 하오. 그곳에 남아 있는 일행과 합류해서 내가 갈 때까지 기다려 주시오. 나는 내 형제들만 데리고 잠시 다녀와야 할 곳이 있소."

척우진과 진성자, 그리고 초중암과 연비감이 이끄는 촉산의 형제들에다 제갈경과 곡초운이라면 어지간한 세력 정도는 걱정하지 않아도 될 일이었다. 화산의 제자들과 상주에 남아 있는 거승 등이 자칫 충돌이 일어날까 조금 마음에 걸리기는 하지만, 그것은 제갈경이 가면 단숨에 해결될 문제였다.

"종남의 제자들은 지금 어디 있소?"

전무심이 바라보며 묻자 삼족개가 즉시 대답했다.

"내가 아는 대로라면, 그들도 곧 상주에 도착할 것이네."

거기다 종남의 제자들마저 합세할 수 있다면 혈곡도 공격할 생각을 하지 못할 터였다.

"상주에 가거든 제갈 군사께서 상황을 이끌어주십시오."

"알겠소."

화산과 종남의 제자들마저 합류한 세력을 이끌고 혈곡과 맞서는 일이라면 제갈경이 최고의 적임자였다.

척우진도 그 말에 별다른 이의를 달지 않았다.

"그럼 다녀오겠습니다."

이번에는 진성자도 전무심에게 함께 가겠다고 우기지 않았다. 화산의 제자들이 당했다면, 언제 종남의 제자들도 당할지 모르는 상황인 것이다.

"언제쯤 돌아올 것인가?"

척우진의 물음에 전무심은 대충 날짜를 따져 보았다.

"아마 길면 칠팔 일쯤 걸리지 않을까 싶소."

"알겠네. 이 사람들이라면 혈곡의 고수들이 모조리 쏟아져 나오지 않는 한 밀리지는 않을 거네. 그러니 너무 걱정 말고 빨리 다녀오게."

광오한 말이었다. 그러나 이의를 다는 사람은 한 사람도 없었다. 심지어 제갈경조차 느릿하니 고개를 끄덕였다.

오직 한 사람, 개방의 새끼거지만 속으로 혀를 찰 뿐이었다.

'쯔쯔, 겨우 서른 명으로 혈곡을 상대한다고? 화산이 당했다는 말을 듣고도 그런 말이 나오나?'

그때 전무심이 일어났다. 촌각의 시간도 아까운 상황, 바로 출발할 생각이었다.

전무심이 일어나자 사진옥을 비롯해 고후명과 상유상과 애종이 일어났다. 그리고 나중에야 황무곤이 어물거리며 일어섰다.

그러자 전무심이 한쪽을 보고 말했다.

"같이 가지 않을 거요?"

일어날 생각도 않고 앉아 있던 궁사한과 소미하란이 눈을 크게 떴다.

"형제들끼리만 가시겠다고……."

"머뭇거릴 시간이 없소."

형제들끼리만 가겠다고 했다. 그런데 별다른 말도 없이 당연하다는 듯 함께 가자 말한다.

전무심의 말인즉 자신들도 형제처럼 대하겠다는 말이 아닌가.

궁사한과 소미하란의 눈자위가 붉어졌다.

두 사람이 벌떡 일어나서 뒤를 따르자 뒤로 처진 상유상이 넌지시 말했다.

"나이 먹은 대접 받으려 마슈. 우리는 모두 형제긴 한데, 대형 빼고는 형 동생이 따로 없으니까."

앞서가던 모두의 입가에 슬그머니 웃음이 걸렸다.

2

쩌저저정!

검과 검이 부딪치며 햇살이 쪼개진다.

퍽!

둔탁한 소리와 함께 터져나가는 옆머리.

하얀 뇌수가 붉은 선혈과 섞여 바닥으로 쏟아진다.

처절한 사투!

등운평은 자신이 알고 있는 화산의 모든 검을 한 시진에 걸쳐 쏟아냈다.

자신이 어떤 초식을 펼쳤는지조차 생각나지 않았다.

그저 상대의 검이, 도가, 창이 공격해 오면 그에 대해 반사적으로 움직일 뿐이었다.

누군지 확인하고 움직이면 이미 상대의 검이 자신의 몸을 훑고 지나간 뒤였다.

거의 본능에 따른 움직임이다 보니, 때로는 검병으로 상대의 머리를 후려치는 것도 마다하지 않았다.

그런 자신이 어렵게 느껴졌는지 한 시진이 지나자 덤벼들던 자들이 현저히 줄어들었다.

그사이 자신에게 죽은 자는 대여섯 명. 부상을 당해 쓰러진 자도 십여 명이나 되었다. 개중에는 천왕교의 무사도 두 명이나 끼어 있었다.

"제법이구나, 화산의 애송이!"

그때 누군가가 자신에게 다가오는 것이 느껴졌다.

종남의 장로들을 상대하던 자들 중 하나인 듯했다.

천왕교의 무사들 중 십여 명을 이끄는 조장 정드로 보이던 자.

등운평은 망설이지 않고 검첨을 돌렸다.

"와라! 천왕교의 마졸들아!"

조금도 식지 않은 자신의 투지가 의외인지 상대가 주춤거린다.

순간 등운평이 먼저 검신일체가 되어 몸을 날렸다.

등운평이 종남의 제자들과 합류한 것은 우연이었다.

길을 제대로 들었다면 후퇴하던 화산의 사람들과 만났을지도 몰랐다. 그런데 중간에서 길을 잘못 드는 바람에 반나절을 더 달려 종남의 사람들을 만나게 된 것이었다. 그것도 종남이 밀리기 시작할 때였으니, 종남으로선 기막힌 천운이었다.

팽팽한 접전에서 밀리려는 때, 등운평이 이끄는 삼십 명의 정천무맹 무사가 상황을 뒤집기에 충분했던 것이다. 더구나 악에 바친 그들이 아니던가.

반면 종남에 천운이 있었다면, 한택숭으로서는 불운이었다.

그로선 화산의 제자들을 찾아가리라 생각했던 등운평 일행이 종남이 있는 곳에 나타날 줄은 꿈에도 생각지 못한 것이다.

그는 싸움이 길어지자 상대하던 두 명의 장로를 떨치고 뒤로 물러났다. 어차피 동귀어진은 생각도 하지 않던 그였다.

"모두 물러서라!"

그의 명령에 종남의 제자들과 사투를 벌이던 천왕교의 무사들도, 등운평과 마주쳐 치열하게 싸우던 자도, 혈곡의 무사들도 안간힘을 다해 빠르게 물러섰다.

그들이 물러서는 데도 종남의 제자들은 쫓지 않았다. 아니, 쫓을 정신이 없었다. 심지어 등운평조차 그들을 쫓지 않고 다음 공격을 대비했다.

"오늘은 운이 좋군! 다음에는 이런 운이 따라주지 않을 것이다!"

"흥! 어딜 도망가겠다는 것이냐! 누가 죽든 끝장을 보자!"

등운평의 외침에 한택숭이 싸늘히 웃으며 뒤로 몸을 날렸다.

"애송이! 다음에는 반드시 죽여주마!"

근 두 시진에 걸친 싸움은 적이 오십여 구의 시신을 남겨놓은 채 물러가는 것으로 끝이 났다. 개중에는 천왕교의 무사로 보이는 자들도 열 명 정도 섞여 있었다.

남은 사람은 팔십여 명. 그중 육십여 명은 종남의 제자들이고, 이십여 명은 등운평과 함께 온 정천무맹의 사람들이었다.

죽고 부상을 입은 사람이 사십여 명 정도 되었지만, 최악의 경우를 생각하면 그나마 다행이었다.

"정말 고맙네, 등 도우."

종남의 제자들을 이끌고 온 사람은 현호자였다.

그가 다가오며 말하자, 그제야 등운평은 퍼뜩 정신을 차리고 고개를 숙였다.

"별말씀을. 도망치는 천왕교 놈들을 쫓지 못하는 것이 한일뿐입니다."

"정말 무서운 자들이었어. 하마터면 큰일 날 뻔했네."

힘이 없는 목소리. 그의 몸도 여기저기 핏자국이 보이고 있었다. 게다가 창백한 얼굴을 보니 상당한 내상도 입은 듯했다.

그런 와중에도 그는 등운평의 무공에 놀라움을 금치 못했다.

'화산에서 도성에 이어 검제(劍帝)가 나올지도 도르겠군.'

그의 마음을 모르는 등운평은 주위를 둘러보며 공손히 말했다.

"일단 부상자들을 먼저 돌봐야 할 것 같습니다."

"그러세. 죽은 사람이야 어쩔 수 없다지만, 살릴 수 있는 사람은 최선을 다해 살려야겠지."

현호자가 축 처진 어깨를 한 채 들어서자 등운평도 이를 지그시 깨물고 자신과 함께 온 자들에게로 갔다.

뜻밖에도 종남에서 나온 사람들 중에는 장로만도 네 명이나 되었다. 아마 그들 중 두 사람이 적의 수장을 막지 않았다면, 이 정도로 끝나지 않았을 것이 분명했다.

'본산에서 장로 세 분만 나와주셨어도……'

오면서 들은 소문에 의하면 화산의 제자들이 많은 피해를 봤다고 했다. 숫자가 적은 종남보다 훨씬 더. 아마 세 명의 장로만 나왔어도 그런 피해는 보지 않았을 터였다. 등운평은 꽉 막힌 본산의 처신이 안타까웠다.

그러나 이미 지난 일. 등운평은 고개를 저으며 주저앉아 있는 육모겸에게 다가갔다.

워낙 죽고 다친 사람이 많아 근 한 시진이 지나서야 대충 정리가 되었다. 등운평도 자신과 함께 온 정천무맹의 무사들을 정리하고 침중한 표정으로 현호자에게 다가갔다.

"그래, 어떻게 할 건가?"

현호자가 질문에 등운평이 단호히 대답했다.

"오던 중 말을 들으니 본 문의 사람들이 상주로 갔다 합니다. 해서 저희도 일단 그곳으로 갈까 합니다."

"음, 그럼 우리도 그곳으로 가야겠군. 아무래도 혼자보다는 둘이 나을 테니 말일세."

3

―제갈경을 호위하던 사람들이 대부분 죽고 부상을 당했다.

―제갈경을 구하러 간 청무당과 풍사단의 무사들이 혈곡과 천왕교의 공격에 칠 할가량이 죽고 오십여 명만 살아남았다.

―화산과 종남의 제자들이 혈곡의 무사들에게 공격을 받았다.

연이어 들려온 소식은 정천무맹을 충격으로 몰다넣었다.

분노한 원로들이 입을 모아 혈곡의 징벌을 요구하자 허경진인은 즉시 맹주령을 발동했다.

"혈곡을 정천무맹의 이름으로 단죄할 것이다! 가서 그들에게 본 맹을 건드린 대가를 치러주고 군사를 데려오라!"

그는 맹주령으로 정천십이당 중 삼당의 정예를 총출동시켰다.

또한 그들과 함께 구파오가의 장로 중 이십 명을 딸려 보냈다.

그리고 그들을 이끄는 수장으로 칠절 중 한 사람인 신창 양환을 임명했다.

전무심이 산양을 떠난 그날, 정천무맹의 정문이 활짝 열리고 오백여 정예무사가 쏟아져 나왔다.

"가자! 가서 놈들에게 정의의 심판을 내리자!"

*   *   *

먼 길을 나선 자들은 정천무맹의 무사들만이 아니었다.

전무심이 안강에 도착하기 바로 전, 세 명의 노인과 열두 명의 갈의인이 천왕곡을 나섰다.

그들은 천왕곡을 나서자마자 곧바로 진로를 북으로 잡고 날

듯이 달려갔다. 한 번에 십여 장씩 날아가는 그들의 모습은 멀리서 보면 마치 커다란 새가 날아가는 듯했다.

"그 꼬맹이 놈의 심장은 내 거네."

"그럼 내가 눈알을 파먹지."

"흥! 나는 어차피 바짝 마른 해골만 있으면 되니까, 그런 것은 네놈들이 다 가져가."

농담 같지도 않은 농담을 주고받는 세 명의 노인이다.

뒤따라가는 열두 명의 갈의인은 무표정한 얼굴로 세 노인의 등을 주시했다. 그들은 아는 것이다. 앞서 달리는 세 노인의 무서움을. 하기에 장난처럼 하는 말이 결코 장난이 아니라는 것 역시도 잘 알고 있었다.

천외비각에서도 가장 사악하고 살기가 짙은 세 사람. 오죽했으면 칠십이 되기도 전에 천왕이 특별 명령으로 천외비각에 집어넣었을까.

"잘못하면 저 늙은이들의 살심이 우리를 향할지도 모른다. 모두 각자 맡은 일만 하고, 절대 저 늙은 살귀들의 일에 끼어들지 마라."

멸사단주 음자수의 전음에 열한 명이 일제히 고개를 끄덕였다.

"예, 단주."

음자수는 수하들의 대답을 들으며 차가운 살소를 머금었다.

'정말 어이가 없군. 한 놈을 죽이기 위해 이 난리라니.'

천동쌍마가 죽었다는 말을 들었다. 화마고와 은사극이 죽었다는 말도 들었다. 그 중심에 그놈이 있다 들었다.

　최근 들어 귀에 딱지가 얹히도록 들리는 이름.

　전무심!

　대체 어떤 놈일까? 어떤 놈이기에 저 빌어먹을 살귀 셋을 함께 내보낸단 말인가?

　음자수는 갑자기 전무심이 불쌍하다는 생각이 들었다.

　심장을 파 먹히고, 눈알이 뽑히고, 살이 발라져 허골이 될 것이 아닌가 말이다.

　그런 한편으로는 전무심과 세 명의 늙은 살귀가 함께 죽었으면 하는 마음이 들었다.

　'전무심, 좌우간 어떤 놈인지 몰라도 정말 재수없는 놈이군.'

4

　산양을 출발한 지 사흘째 되던 날.

　전무심은 일행들과 함께 안강에 도착하자마자 무화단이 임시 지부로 사용하고 있는 마존궁의 안강 지부를 찾아갔다.

　장원으로 들어가자 화운곡이 전무심을 맞이했다.

　"사람들은?"

　"오전에 죽계(竹溪)를 지나고 있다는 연락이 있었으니 어두워지기 전에는 도착할 것입니다. 저, 그보다…… 손님이 와 계십니다."

"손님?"

"낙우룽 장로가 모시고 온 분입니다."

"낙우룽 장로가 이곳으로 왔다고? 무슨 일로?"

"그게, 공자를 찾아왔다 합니다."

뜻밖이었다. 그가 이곳에서 자신을 찾는다는 것은 자신의 행적을 알고 있다는 말과도 같았다.

가능성은 하나뿐이었다. 모용창이 보낸 전서구를 낙우룽이 중간 지부에서 받아 보았다는 말이었다.

문제는 자신이 안강에 간다는 말도 하지 않았는데 어떻게 모용창이 자신의 목적지를 알았느냐는 것이었다.

"낙 장로가 어떻게 알고 이곳에서 나를 기다리는 것이오?"

화운곡이 죽을죄라도 진 것처럼 땀을 흘리며 대답했다.

"제가 그만 넘겨짚는 수에 속아서……."

결국 화운곡이 알려줬다는 말이었다. 전무심의 표정이 차갑게 굳어가자 화운곡이 다급히 변명조의 말을 늘어놓았다.

"낙 장로님께서, 이곳으로 공자가 간다고 했는데 언제 오냐고 묻기에 그만, 그분이 알고 있는 줄 알고……. 죄송합니다."

속은 것은 잘못이지만, 그렇다고 화운곡만 뭐라 할 수도 없었다. 모용창은 안강의 비밀 지부를 알고 있는 사람. 오가는 데 칠팔 일쯤 걸린다 했으니 그 거리를 유추하고 안강으로 간다 생각했을 수도 있는 일이었다.

"지금 어디 있습니까?"

전무심의 표정이 조금 풀어진 것처럼 보이자, 화운곡은 내심 안도하며 재빨리 대답했다.

"손님과 함께 후원에 계십니다."

낙우릉과 함께 왔다면 결코 예사 사람은 아닐 것이다.

어쨌든 누군지도 모르는데 우르르 몰려갈 수도 없는 일.

전무심은 형제들을 객잔에 가 있도록 했다.

"가서 술이라도 한잔하면서 쉬고들 있어."

그 말에 상유상의 입이 길게 찢어졌다.

"예, 대형!"

우렁찬 상유상의 대답에 예종이 흘겨봤다. 하지만 그녀도 싫지는 않은지 방긋 웃으며 말했다.

"음호호호, 대형이 사는 거 맞죠?"

"언제 네 돈 내고 먹었냐?"

고후명의 핀잔에도 예종은 벙글벙글 웃었다.

그런 예종의 얼굴에 사진옥이 찬물을 끼얹었다.

"너무 많이 마실 생각은 하지 마. 언제 무슨 일이 벌어질지 모르니까."

"쳇, 걱정 말라고. 누구처럼 술 두 잔 먹고 뻗지는 않으니까."

뒤쪽에 서 있던 황무곤의 얼굴이 벌겋게 달아올랐다.

"체질이 그런 걸 어쩌란 말인가?"

"좌우간 가자고. 오랜만에 술맛 좀 보게."

궁사한이 몸을 돌리자 소미하란이 그 위를 따라갔다. 그제 야 사진옥 등도 몸을 돌렸다. 이미 상유상은 객잔으로 들어가는 작은 문으로 사라진 후였다.

일행들이 웅성거리며 객잔으로 통하는 작은 문으로 사라진 후에야 전무심은 화운곡과 함께 방 안으로 들어갔다.

낙우릉과 함께 왔다는 손님은 모두 다섯이었는데, 사십대로 보이는 네 명의 무사가 체격이 큰 오십대의 단아한 풍모를 지닌 중년인을 호위하듯 그의 주위에 서 있었다.

전무심은 오십대의 단아한 중년인을 본 순간 마존궁을 다시 생각하지 않을 수 없었다. 그만큼 그에게서 풍기는 기운은 그가 보기에도 대단했다.

전무심이 탁자로 다가가자 낙우릉이 자리에서 일어났다.

"오랜만입니다."

전무심은 먼저 낙우릉에게 인사를 했다.

낙우릉은 간단히 포권을 취하며 응대하고, 그때까지도 자리에 앉아 있는 중년인을 향해 고개를 돌렸다.

"궁주님이시네."

'궁주? 그럼 저 사람이 백안마군 사문천?'

놀라지 않을 수 없었다. 구마 중 한 사람이자 마존궁의 주인인 백안마군 사문천이 직접 이 먼 곳까지 오다니.

하지만 전무심은 표정 하나 변하지 않고, 무심한 눈으로 그를 주시한 채 손을 들어 올렸다. 그리고 간단히 포권만 취했다.

"전무심이오."

그것이 고깝게 보인 듯했다. 주위에 서 있던 중년 무사들의 표정이 차갑게 굳어졌다.

그들 중 입술이 얇고 전체적인 인상이 싸늘하게 느껴지는 자가 눈살을 찌푸리며 말했다.

"너무 무례하군."

전무심의 무심한 눈이 그를 향했다.

"뭐가 무례하단 말이오? 서서 인사를 하는 내가 무례하단 말이오, 아니면 앉아서 소 닭 보듯 하는 저분이 무례하단 말이오?"

"뭣이!"

생각지도 못했던 말인 듯 싸늘한 인상의 중년인이 발끈해 소리쳤다.

하지만 전무심은 다시 고개를 돌려 낙우릉을 바라보았다.

"볼일이 없다면 그만 나가볼 생각입니다만."

"허어, 전 공자."

낙우릉이 난처한 표정을 지으며, 앉아서 입가에 가느다란 웃음을 베어 물고 있는 사문천과 전무심을 번갈아봤다.

그때 싸늘한 인상의 중년인이 앞으로 나섰다.

"참으로 건방이 하늘을 찌르는 자로구나!"

전무심이 그를 직시했다. 그리고 천천히 고개를 돌려 입가에 웃음을 짓고 있는 사문천을 바라보았다.

"수하들의 비명 소리가 아직 하늘을 울리고 있는데 웃음이 나오시오? 심심풀이로 나를 시험하려는 거라면 사람을 잘못 봤소."

사문천의 입가에서 웃음이 사라졌다.

전무심이 말을 이었다.

"나는 사람을 시험하려는 자를 아주 싫어하오. 분명히 말하지만……."

천천히 눈을 돌려 싸늘한 인상의 중년인을 바라보는 전무심의 눈이 깊게 가라앉았다.

"만일 저자가 덤비면, 나는 저자를 죽일 것이오."

묘한 상황이었다. 시험을 하려 하면 죽이겠다고 한다.

죽을지도 모르는데 덤비라 할 수도 없고, 그렇다고 그대로 꼬리를 말면 자신의 체면이 말이 아니게 되는 상황.

사문천이 곤혹스런 표정을 지었다.

그때 싸늘한 인상의 중년인이 구불구불 휘어진 기묘하게 생긴 도를 엄지로 밀어 올렸다.

"흥! 어디 얼마나 강한지 보자, 건방진 놈!"

미처 낙우룽이 말릴 틈도 없었다.

사문천도 그냥 놔둔 채 바라보기만 했다.

전무심은 늘어뜨린 두 손에 천강벽월의 기운을 흘려 넣었다.

스룽!

그사이 호등평의 구불구불한 기형도가 도집을 벗어났다.

동시에 앞으로 쏘아져 나가는 그의 손에서 시퍼런 도기가 춤을 추었다.

찰나였다.

전무심의 신형이 흔들리는 듯하더니 호등평의 도세 안으로 스며들었다. 순간! 전무심의 천강벽월이 춤을 추는 기형도를 후려쳤다.

쩡!

굼실거리던 도기가 사방으로 퍼지면서 답답한 신음이 흘러 나왔다.

"크흡!"

동시에 열여덟 개의 수영이 호등평을 뒤덮는가 싶더니, 전무심의 우수가 호등평의 목을 움켜쥐었다.

콰직!

너무나 빨라 처음부터 쥐고 있었던 것처럼 보일 지경이었다.

"멈추게!"

사문천이 자리에서 벌떡 일어서고, 주위에 둘러서 있던 세 명의 중년인이 다급히 각자의 무기에 손을 얹었다.

하지만 전무심이 작심하고 벌인 일. 그들이 어찌할 새도 없었다.

호등평의 몸이 허공으로 붕 뜨는가 싶더니, 그대로 바닥에 내리꽂혔다.

쾅!

눈앞에서 뻔히 벌어지고 있는 일인데도 누구 하나 말리지 못했다.

비명도 지르지 못한 채 입이 쩍 벌어진 호등평이다.

바닥에 반쯤 박혀 널브러진 그의 몸이 파르르 떨린다.

그런데도 아직 끝나지 않았다는 듯, 전무심은 널브러진 호등평을 바라보며 손을 들어 올렸다.

순간 좌수 검지에 붉은 구슬이 하나 맺혔다.

추호도 망설임이 없는 행동. 무심한 표정. 한 점 흔들림 없는 눈빛.

죽이겠다는 단호한 의지다.

"됐네! 그만 하게!"

사문천이 손을 들어 올리며 소리쳤다.

하지만 전무심의 좌수검지에 맺힌 구슬은 더욱 붉은 빛을 발했다.

서문천의 표정이 살짝 일그러졌다.

"뭘 어떻게 하면 손을 멈추겠나?"

마주 앉은 지 일각이 지났다.

전무심은 호등평의 목숨을 살려주는 대가로 작은 이익을 챙겼다.

그런데 사문천은 그리 생각하지 않는 듯했다. 단아하던 풍모가 잔뜩 손해 본 장사꾼 같은 표정으로 변해 있었다.

그런 사문천과는 반대로 낙우룡은 고소하다는 표정을 숨기지 않았다.

"그러게 내 뭐라 했습니까? 공연한 짓 하지 말라지 않았습니까?"

"나 원, 젊은 사람이 어째 그리 성질이 급한가?"

사문천이 호랑이 눈을 뜨고 전무심을 노려보았다

그러자 전무심이 아직도 정신을 차리지 못하고 있는 호등평을 보며 말했다.

"그냥 죽였으면 되었는데, 괜한 거래를 한 모양입니다."

흠칫한 사문천이 눈에서 힘을 빼고 코웃음을 쳤다.

"흥! 나는 한 번 한 약속을 그렇게 쉽게 뒤집는 사람이 아니네. 다만 자네도 이것만은 알아야 할 거네. 만약 물건에 하자가 있다거나, 가격이 터무니없이 비싸면 계약은 취소네."

"천가장의 신용은 장안제일입니다. 더구나 천 낭자는 여느 남자 못지않은 여장부지요. 결코 남을 속이거나, 쓸데없이 상대를 시험하려 하지 않을 것입니다."

꼭 자신을 빗대 놀리는 말투. 굵은 가시가 사문천의 심장을 쿡쿡 찔렀다.

마존궁의 생필품에 대한 납품건을 천가장에 넘기기로 했다. 거래처만 바뀌었지 자신으로서는 손해 보는 일도 아니었다. 다만 천가장이 엄청난 이득을 얻을 뿐.

사실 절정에 근접한 수하 하나의 목숨값을 생각하면 그러한 거야 그다지 마음에 둘 것도 없었다. 그런데도 사문천은 공연히 속이 쓰라렸다.

천하의 마존궁주가 일격에 기선을 제압당하다니!

"커험! 그건 그렇고, 내가 이곳까지 온 것은 자네와 할 말이 있어서네."

"말씀하시지요. 다른 손님들이 오시려면 아직 시간이 많이 남았으니까요. 아, 그전에, 화 단주."

갑자기 전무심이 화운곡을 부르자, 무게를 잡고 입을 열려던 사문천의 표정이 묘하게 일그러졌다.

문가에 서 있던 화운곡은 행여나 웃음이 나올까 봐 재빨리 허리를 숙였다.

"예, 공자."

"손님의 차가 식은 것 같은데, 아무래도 다시 내와야 할 것 같소."

"곧바로 다시 내오겠습니다, 공자!"

그는 진심으로 감탄하지 않을 수 없었다. 마존궁주 사문천을 몇 마디 말로 제압하다니.

밖으로 나가는 그의 두 눈에 열기가 떠올랐다. 희망은 이제 당연한 것이 되어버렸다.

'희천양, 조금만 기다려라! 주군께서 곧 네놈의 목을 가지러 갈 것이니라!'

화운곡이 나가자 전무심의 눈이 사문천을 향했다. 어느새 눈빛은 심해처럼 가라앉은 상태였다.

눈이 마주치자 발끈 화를 내려던 사문천은 이를 악물고 화를 눌렀다.

이름도 괴상한 전무심!

강하다 들었다. 그리고 실제로 강하다는 것을 일각 전에 확실히 알았다.

그러나 눈이 마주친 순간, 그는 자신이 알고 있는 것이 어쩌면 빙산의 일각에 불과할지 모른다는 생각이 들었다.

특히 무심한 표정에서 가끔 튀어나오는 말 한마디 한마디는 강기가 서린 비수보다도 날카롭게 느껴졌다.

그는 말꼬리를 잡히지 않기 위해 조심스럽게 입을 열었다.

"우선… 본 궁이 뭘 하길 원하는지 그것부터 듣고 싶네."

낙우릉이 흠칫 사문천을 바라보았다.

'궁주가…… 눌린 건가?'

본래 꺼낼 말은 그것이 아니었다. 그런데 두어 단계를 건너뛰어 곧바로 본론을 꺼내들었다. 그만큼 마음의 여유가 없다는 말. 또한 상대에게 정신적으로 눌리고 있다는 뜻이다.

낙우릉의 가슴속에서 경악이 소용돌이쳤다.

하긴 그가 어찌 알까. 전무심의 천사지안을 정면으로 마주할 자가 천하에 거의 없다는 것을.

그때 전무심이 말했다.

"마존궁이 할 수 있는 것이 뭐가 있습니까?"

그 질문에 사문천의 눈빛이 기이하게 빛났다.

노한 듯, 흥이 인 듯, 그 마음을 분간하기가 힘든 눈빛. 은은한 백색 광채가 일더니 검은 눈동자가 좁혀진 듯 보이는 사문천의 두 눈이다.

그제야 전무심은 왜 사문천의 별호가 백안마군인지 이해할 수 있었다.

"본 궁은 강호의 그 어느 문파보다 은원을 분명히 하네. 그것이 패(覇)와 함께 지금까지 본 궁을 지탱해 온 기본 정신이지. 말해보게. 우리가 뭘 어떻게 해야 천왕교에게서 형제들의 목숨 빚을 받아낼 수 있겠나?'

말을 하는 와중에도 검은 눈동자는 더욱 작아져 어느덧 반절로 줄어든 상태다.

전무심은 작아진 사문천의 눈동자를 바라보며 짧게 물었다.

"마존궁의 모든 것을 던질 각오는 되어 있습니까?"

사문천이 씩 웃었다. 차가운 웃음이었다.

"지금쯤 죽을 준비를 하고 있을 거네."

"그럼 때가 오기만을 기다리고 있으면 되겠군요."

"직접 쳐들어가면 안 되겠나?"

"그럼 빚도 못 받고 모두 죽을 겁니다."

"본 궁을 너무 얕보는 거 같군!"

사문천이 말끝을 강하게 내리쳤다.

그러나 전무심은 미동도 하지 않고 맞받아쳤다.

"궁주 정도의 무공을 지닌 사람이 열 명 이상 있다면, 반 정도는 살아 나올지 모르지요. 물론 빚은 받지 못한 채 말입니다."

순간 사문천의 검은 눈동자가 콩알만 하게 작아졌다.

"좀 심하군."

"답을 구한 것은 궁주지 제가 아닙니다."

전무심의 눈빛도 더욱 깊어지더니 언뜻 붉은 선이 동공에 떠올랐다.

팽팽한 대치. 노려보는 두 사람 사이의 대기가 그대로 얼어붙었다.

사문천의 호위인 중년 무사들의 얼굴이 창백하게 굳어지고, 낙우룡조차 가슴이 답답해져 숨쉬기가 힘들 정도였다.

직접 차를 가지고 들어온 화운곡은 문가에서 걸음을 옮기지도 못했다.

그렇게 난데없는 눈싸움은 일각이나 지속되었다

그러다 결국 사문천이 먼저 한숨을 내쉬며 눈을 돌렸다.

"후우……. 이런, 이런……."

자신이 눈싸움에서 졌다는 것이 믿기지 않는다는 표정이다.

하지만 전무심도 내심 상당히 놀란 상태였다.

'생각보다 훨씬 강하군.'

단순히 눈싸움만 한 것이 아니었다. 의도한 바는 아니지만, 눈싸움을 하는 와중에 초감각이 사문천의 진정한 능력을 알아보았다.

그 결과 백안마군 사문천의 무위나 정신력은 칠절 중 한 사람인 척우진보다도 더 강했다. 결코 천외비각의 느괴들에 비해 그리 떨어지지 않을 정도다.

지금까지 자신의 힘을 감추고 있었다는 말이었다.

"미처 몰랐군요. 강호에서 살아가려면 자신의 실력을 삼 푼 정도 숨겨야 한다는 말을 듣긴 했습니다만, 설마 궁주께서도 그러실 줄이야……."

전무심의 담담한 말에 사문천이 쓴웃음을 지었다.

"나도 강호인이 아닌가? 한데… 자네 참 재미있는 눈을 가지고 있군."

"눈 때문에 이런저런 일을 많이 겪었지요. 궁주님의 눈도 저 못지않은 것 같습니다만?"

"호오, 자네도 그랬나? 맞네, 나도 그랬지. 처음에는 내 흰 눈동자 속에 악귀가 들었다고 부모님이 꽤나 구박을 했었다네."

"그래도 함께 사시긴 했나 보군요. 저는 태어난 지 얼마 되지도 않아 아버님의 품에 안겨 집을 떠나야 했지요. 죽이려는 사람이 많았으니까요."

"저런, 저런. 나만 그런 줄 알았더니, 나보다 더한 사람이 있었군 그래."

"그래도 나중에는 좋은 사람들을 만났으니 살아온 나날을 그리 원망은 하지 않습니다."

뜬금없는 이야기에 주위에 있던 사람들은 어색한 표정을 지었다.

화운곡이 이때라는 듯 재빨리 차를 내려놓았다.

내력으로 식는 것을 방지해서인지 차에선 그때까지도 따뜻한 김이 올라오고 있었다.

차를 한 모금 마신 사문천이 갑자기 말했다.

"일단 공손세가 쪽은 우리가 맡겠네."

그럴 줄 알았다는 듯 전무심이 정보 하나를 건네주었다.

"천왕곡에서 오백 정도의 무사들이 공손세가로 이동했다고 합니다. 아마 철저히 준비하셔야 할 겁니다."

천왕교의 오백 무사. 그들이 일반 무사들이 아니라는 것쯤은 굳이 깊게 생각할 필요도 없었다.

입을 여는 사문천의 턱에 힘이 들어갔다.

"그거야 당연하지. 그런데 우리의 움직임을 정천무맹이 어떻게 생각할지 모르겠군."

"그들은 자신들의 앞을 가리기에도 정신이 없을 겁니다."

"무슨 말인가?"

"그들이 마존궁처럼 모든 것을 내놓을 거라 생각하시는 것은 아니시겠지요?"

"그건 그렇네만……."

"천왕곡에서 나온 무사들은 공손세가로 간 오백이 다가 아닙니다. 그만큼의 숫자가 더 나왔습니다. 아마 혈곡으로 가지 않을까 싶은데, 정천무맹에선 상당한 피해가 있은 다음에야 신선놀음을 하고 있던 고수들이 나올 겁니다. 그대까지는 어쩔 수 없지요."

담담한 말이었다. 그러나 그 속에는 수백, 수천의 피에서 풍기는 비릿한 섬뜩함이 숨어 있었다.

"많은 피가 흐르겠군."

찻잔을 내려놓은 전무심이 말했다.

"그렇게 해서라도 막을 수 있다면 다행이지요."

그때 문득 한 사람의 얼굴이 떠올랐다.

"아실지 모르겠습니다만, 공손세가의 전대 가주 공손양의

아들이 지금 제갈세가에 있을 겁니다. 공손위라는 소년인데, 그 소년을 데려온다면 공손세가를 상대하는 것도 그렇고, 나중에 정천무맹을 대하는 데 적지 않은 도움이 될 거라는 생각이 드는군요."

"공손위?"

"어차피 적은 천왕교지 공손세가가 아니지 않습니까? 더구나 공손세가를 친다고 해서 그곳을 모두 마존궁의 영역으로 삼을 것도 아니실 테고요?"

그건 그랬다. 만일 그렇게 된다면, 정천무맹이 진짜로 보고만 있지는 않을 터였다. 아니, 당장 위험을 느낀 종남과 화산이 먼저 들고 일어날지도 몰랐다.

은혜를 베풀고 우호세력으로 끌어들이는 것도 그리 나쁘지 않은 일. 더구나 공손세가가 쌓아놓은 명망과 부라면 든든한 우호세력이 될 수 있을 터였다.

사문천은 눈살을 찌푸리고 잠시 생각하는 듯하더니 천천히 고개를 끄덕였다.

"그리 손해 보지는 않을 것 같군."

그러더니 전무심을 바라보고 또다시 뜬금없는 말을 했다.

"그런데 말이네. 내 딸이 자네를 한번 보고 싶다고 하더군."

이번에는 전무심도 움찔했다.

"따님이요?"

"자기 목숨을 살려준 은인을 보고 싶다나, 어쨌다나."

"가서 따님께 말씀해 주십시오. 대가를 받고 한 일인데,

알고 보니 여자를 돌 보듯 하는 목석같은 사람이더라고 말입니다."

전무심이 서리가 내릴 것 같은 싸늘한 목소리로 갈했다.

그런데도 사문천은 빙그레 웃었다.

"내 딸은 그런 남자를 더 좋아한다네."

이어서 꿔다 논 보릿자루처럼 앉아 있던 낙우릉이 슬쩍 한마디 더 얹었다.

"사실이네. 내가 화아에게 자네 이야기를 했더니 눈빛이 달라지더군."

그러니까 그 일의 배후에는 낙우릉이 있었다는 달.

전무심의 싸늘한 눈빛이 낙우릉을 향했다.

"언제 시간나면 낙 장로님과 정식으로 비무나 한판 해야겠습니다."

이후, 사문천과 낙우릉은 한 시진가량 더 머물다 안강을 떠났다.

떠나는 낙우릉의 어깨가 조금 처진 듯 보였다.

사문천이 물었다.

"왜 그런가?"

"아무래도 당분간 전무심과 마주치지 말아야 할 것 같습니다."

"왜? 낙 장로도 강자와의 비무를 밥 먹는 것보다 더 좋아하는 걸로 아네만."

"그래도 전무심과는 싫습니다. 솔직히 나이 차이도 좀 나고……."

사실 그보다는 바닥에 내리꽂힌 호등평의 모습이 떠올라서였다.

'젠장, 괜히 그 말을 해서……'

*   *   *

전무심이 기다린 진짜 손님들은, 석양이 새털구름을 붉게 물들일 즈음에야 도착했다.

모두 세 명이었는데, 전무심이 아는 사람은 한 사람도 없었다.

"조승환이라 하오."

"설운적이라 하외다."

"장사일이라 하오."

조승환만이 오십대로 보이고, 설운적과 장사일은 사십대 초반으로 보였는데, 셋 다 절정의 경지에 올라선 지 오래된 고수들이었다.

이 정도 고수라면 어느 정도 이름이 알려져 있을 텐데도 모두가 모르는 이름이다. 아무래도 가명을 댄 듯싶었다.

"전무심이오."

어쨌든 전무심이 이름을 밝히자, 강약의 차이만 있을 뿐 세 사람의 표정이 심하게 흔들렸다.

하지만 그것뿐이었다.

자신이 부탁한 대로, 하천광이 자신의 정체가 혈사자임을 알리지 않은 듯했다. 백리군악이야 공연한 혼란을 초래하고 싶지 않았을 테니 당연히 소문을 내지 않았을 테고.

전무심은 이름만 밝히고 조용히 그들의 말을 기다렸다.

먼저 조승환이 단도직입적으로 입을 열었다.

"우리가 왜 귀공을 보고자 했는지 먼저 말씀드리겠소."

전무심은 고개만 끄덕이고 그의 다음 말을 기다렸다.

"아실지 모르겠소만, 우리는 천왕곡의 은천비욘 사람들이오."

전무심이 다시 고개를 끄덕였다. 알고 있다는 뜻.

조승환이 말을 이었다.

"우리는 천왕곡의 사람들임에도 현재의 상황을 반기지 않소. 다시 말해서, 강호의 진출을 바라지 않는단 말이외다."

처음으로 전무심이 입을 열었다.

"천왕의 뜻을 거부하겠다는 것이오?"

"잘못된 것은 거부해야 한다는 것이 우리 생각이오. 비록 천왕과 제군의 뜻으로 강호 진출이 시작되었지만, 아직 우리의 생각에는 변함이 없소. 강호 전체와 싸우다 보면 남는 것은 피밖에 없을 터. 꿈은 없고 욕망만이 앞서는 그런 삶을 우리는 원치 않는 것이오."

틀리지 않는 말이었다. 설사 어찌어찌 이긴다 해도 천왕곡은 또 분열할 것이다. 그리고 또 싸울 것이다.

이들은 그것을 원치 않는 것이었다.

"어떤 식으로 거부할 생각이오?"

"천왕곡 안에서의 대치는 불가능한 상황이오. 솔직히 말해, 힘에서 워낙 차이가 나오. 해서 우리는 밖에서 천왕에 대항할 힘을 찾고자 하는 것이오."

"나에게 천왕에 대적할 수 있는 힘이 있다고 보시오?"

"우리는 현재의 상황보다, 그럴 가능성이 있는 사람을 찾고 있었소. 그러다 마침 귀공에 대한 이야기를 들었소. 특별히 어느 대문파와도 관계가 없는데다, 정사 어느 쪽에도 속하지 않고, 또한 일처리가 깨끗하다 하더구려. 더구나 천왕곡에 들어와 봤으니 본 곡의 사정을 어느 정도는 알 테고, 강호에 나왔던 천왕대전의 장로들 중에서도 벌써 몇 명이나 귀공에게 죽었으니 천왕과도 그리 좋은 관계는 아니리라 생각하오. 귀공 정도의 무위에 본 곡과의 인연을 생각한다면, 함께 힘을 합쳐 천왕을 상대하는 것도 그리 나쁘지만은 않다고 생각했소."

조승환의 말대로, 강호의 누군가와 손을 잡으려 한다면 가장 적임자가 자신이었다. 그걸 알기에 하천광을 움직이도록 한 것이기도 했다. 그러나 바로 손을 내밀 수는 없는 일.

"강호는 독불장군처럼 혼자서 설치기에는 너무나 넓은 곳이오. 설마 그것을 모르는 것은 아니겠지요?"

"물론 잘 알고 있소. 하나 우리가 듣기로 귀공의 곁에는 적지 않은 고수들이 있다 하더구려. 거기에 우리 은천비원에서 조금만 힘을 보탠다면, 그럭저럭 천왕의 세력 중 일부를 맡을 수 있지 않겠소?"

"어느 정도의 무력을 보태줄 수 있소?"

전무심의 직접적인 물음에 조승환이 이를 지그시 깨물고 대답했다.

"최정예 백, 우리가 당장 해줄 수 있는 최대한도의 숫자요."

적지 않은 숫자다. 그러나 상대를 생각하면 많지도 않은 숫자다.

어쨌든 고르고 고른 천왕곡의 일백 무사라면 일천의 적도 상대할 수 있을 터였다.

그렇다고 문제가 없는 것은 아니었다.

"그들이 같은 천왕곡의 형제들을 향해 검을 겨눌 수 있다 생각하시오?"

바로 그것이었다. 숫자가 많고 강하면 무슨 소용일까, 상대를 향해 검을 겨누지 못한다면.

조승환의 눈매가 가늘게 떨렸다.

"그래서 백 명밖에 사람을 추리지 못한 것이오. 어쩌면 본원의 무사들은 천왕의 무사들을 상대하면서, 적이라는 개념보다 승부에 더 집착할지 모르오. 다만 분명한 것은 천왕의 무사들과 싸우면서 손에 사정을 두지는 않을 거라는 점이오."

충분히 이해가 가는 말이었다. 그리고 설령 그렇지 않다 해도 전무심에게는 그들을 이끌 수 있는 방법이 따로 있었다.

손해 볼 것이 없는 상황인 것이다.

"조건을 말해보시오."

전무심이 결심했다는 듯 물었다.

그에 대해선 설운적이 입을 열었다.

"우리는 천왕곡이 예전으로 돌아가기만을 바랄 뿐이오. 귀공이라면, 모든 일이 끝난 후 정천무맹에 지대한 힘을 발휘할 수 있다 생각하오. 하니 그들에게 상호불가침의 약속만 받아내 주시오. 물론 그 이전에 일차적인 약속을 받아내 주면 더 좋겠소만."

어려울 것도 없는 일이었다.

천왕교의 세력을 다시 천왕곡으로 몰아넣기만 할 수 있다면, 정천무맹에서는 자신의 조건을 거절하지 못할 터였다. 아니면 길고 지루한 전쟁을 해야 할지 모르는 일이니까.

"그 약속은 내가 책임지고 받아내겠소."

이후로 근 한 시진에 걸쳐 세부적인 이야기를 나누었다.

백 명의 무사가 여러 번에 걸쳐 나올 거라는 것. 그들을 바로 안강으로 보내달라는 것. 그들의 지휘권에 대해선 모든 것을 전무심이 가진다는 것. 본격적인 전쟁 이전에 정천무맹으로 하여금 일차적인 약속을 얻어낸다는 것 등등…….

듣다 보니 역시 자신의 생각대로 은천비원도 고립무원의 처지에 놓인 게 확실했다.

하지만 전무심은 상황이 그렇다고 해서 사도무연이나 지옥전에 대해선 입도 뻥긋하지 않았다.

그들은 아직 누구에게도 내보일 수 없는 자신만의 비수였다.

물론 그들 중에도 은천비원의 인물이 있을지 몰랐다. 그러나 아직까지 자신의 정체를 밝히지 않았다면 최소한 입은 다물고 있다는 소리였다.

 우선은 그것이면 되었다.

 은천비원의 사람들이 떠나자 전무심은 사진옥 등을 불러들였다.

 상유상만이 불콰해진 얼굴로 들어섰을 뿐 다른 사람들은 별다른 표시도 나지 않았다.

 "은천비원의 사람들이 왔다 갔다."

 모두가 딱딱하게 굳은 얼굴로 전무심을 바라보았다.

 손님을 만난다 했다. 하지만 설마하니 그 손님이 은천비원의 사람들이었을 줄이야.

 사진옥이 냉정을 되찾고 다급히 물었다.

 "은천비원이요? 그럼 하 원주가 오셨습니까?"

 "아니다. 그분은 먼 길을 다니기에는 나이가 드셔서 그런지 보다 젊은 사람들을 보내 왔다. 뭐, 그래 봐야 모두 마흔이 넘는 사람들이긴 하다만."

 "그들이 왜 온 겁니까?"

 "내가 만나자고 했지."

 모두가 눈을 휘둥그렇게 떴다.

 고후명이 다급히 물었다.

 "예? 그럼 대형의 정체를 그들이 안단 말입니까?"

"그건 아니다. 그들은 아직 나를 전무심으로만 알고 있을 뿐이다."

"그런데 어떻게?"

"지금쯤 그들도 곤란해하고 있을 거라 생각했지. 보나마나 천왕의 명에 의해 곧 밖으로 나가야 하는데, 그렇게 되면 뿔뿔이 흩어져서 힘을 쓸 수가 없을 것이 아니냐. 뭔가 방법을 구하려 할 것은 분명한데 안에서 구할 수 없을 테고, 결국 그러다 보면 밖으로 눈을 돌릴 수밖에 없을 거라 생각했다."

멍하니 바라보던 상유상이 불쑥 말했다.

"백리군악 같은 사람이 여기에도 있었구만요."

사진옥과 고후명이 창끝처럼 날카로운 눈빛으로 상유상을 쏘아보았다.

"유상, 내 검이 부디 네 목에 꽂히지 않게 해다오."

고후명이 으르렁거리듯 말할 때다. 예종이 상유상의 허벅지를 냅다 걷어찼다.

퍽!

"아이고!"

"이 화상아! 할 말이 있고 안 할 말이 있지, 거기에 왜 그 인간의 이름이 나와! 이리 와!"

그러고는 상유상의 귀를 잡고 밖으로 끌고 나갔다.

전무심은 차마 말리지도 못하고 쓴웃음만 지었다.

어색함을 무마하려는 듯 사진옥이 입을 열었다.

"그래서 어떻게 하려고 하십니까?"

"일단 그들과 협상을 했다. 그들은 무사들을 보태주고, 우리는 천왕곡의 안전을 보장해 주기로."

알게 모르게 사진옥의 얼굴에 안도의 표정이 떠올랐다.

천왕곡에 남은 가족들 때문일 것이었다. 말은 안 하고 있지만 걱정이 태산일 터였다.

전무심이 그 마음을 어찌 모를까.

"너무 걱정할 것 없다. 천왕이 세력을 이끌고 나오면, 그만큼 곡 안에 있는 사람들은 안전해질 테니까."

"혹시 정천무맹이 몰래 기습하지는 않을지 모르겠군요."

"글쎄, 그래 봐야 얻는 게 없을 것이다. 밖에 나온 적을 상대하기도 바쁜데다가, 설령 곡 안을 친다 해도 안에 남은 사람들도 적지 않을 테니 희생만 커질 것이다. 제갈 군사도 그걸 모르지는 않을 거다."

그때 곤혹스런 표정을 짓고 있던 고후명이 슬며시 물었다.

"그런데 왜 대형이 혈사자라는 것을 알리지 않은 겁니까?"

"아마 먼저 밝혔으면 은천비원을 이루고 있는 세력 중 많은 수가 꼬리를 말고 이번 일에 반대했을 거다."

"예? 그들이 왜요?"

"옳든 옳지 않든 그들도 천왕율을 어겼으니까."

짧은 대답이었다. 그러나 확실한 대답이었다.

죄를 지은 자는 자신을 숨기기에 급급한 법이 아니던가.

"그럼 끝까지 밝히지 않을 겁니까?"

"아니, 밝히긴 밝혀야겠지."

대답을 하는 전무심의 입가로 싸늘한 웃음이 걸렸다.

"그들이 모두 얼굴을 내밀었을 때. 그래야 꼼짝도 못할 것이 아니겠느냐?"

"아……!"

황무곤이 감탄하며 절로 고개를 끄덕였다.

하지만 고후명은 뭐가 그리 아쉬운지 입맛을 다셨다.

"쩝, 멋지게 정체를 드러내서 그들을 달달달 떨게 만들었으면 좋았을 텐데."

전무심이 끝내 피식 웃었다.

"나중에 멋지게 정체를 드러내마."

그렇게 대충 이야기가 끝난 듯하자 한쪽에 서 있던 소미하란이 넌지시 말했다.

"일단 식사를 하시고 이야기 나누시는 게 어때요?"

전무심이 고개를 끄덕이고 걸음을 옮겼다.

한데 그들이 방을 나서려 할 때다.

소미하란이 방문을 열려는데, 밖에서 상유상과 예종의 두런거리는 소리가 들려왔다.

"으이그, 술을 몽땅 퍼먹을 때부터 내가 알아봤다."

"아이고, 아퍼. 그런다고 그렇게 세게 차냐?"

"어디 봐, 내가 호, 해줄게."

"뭐? 창피하게……."

"창피하기는 뭐가? 아무도 없는데. 어디 벗어봐, 얼마나 멍들었는가 보게."

"…자, 봐."

"어디? 호……. 어머! 커진다."

순간 소미하란의 몸이 문고리를 잡고 굳어버렸다.

다른 사람들도 줄을 서서 움직이지 못했다.

무려 일각 동안, 그들은 그렇게 서 있어야만 했다.

第七章

사투(死鬪)

死星
天血

상유상과 예종이 나란히 걸어간다.

두 사람은 뭐기 그리도 좋은지 싱글벙글 웃음이 멈출 줄을 모른다.

반면에 다른 사람들은 입을 꾹 닫고 걷는 일에만 열중했다.

날이 밝고, 안강을 출발할 때였다.

"너희들, 정말 그럴 거냐? 옆방에서 자는 사람들도 생각해 줘야지."

사진옥이 면박을 주자 예종이 툭 쏘아붙였다.

"그럼 너도 여자 구해."

그 이후로는 누구도 두 사람의 행동을 말리지 못했다.

그렇게 벌써 두 시진이 넘게 걸어왔다. 말이 걷는 것이지 그들의 걸음은 어지간한 사람들 뛰는 속도나 비슷했다. 별다른 말을 하지 않고 걸어서인지 평소보다 더 빠른 걸음이었다.

하늘은 맑고, 떠다니는 구름은 유난히 하얗게 빛이 나는 오후. 이대로 유람이라도 떠나고 싶을 정도로 포근한 날씨였다.

단 세 시진 만에 이백여 리를 주파한 전무심 일행은 느긋한 마음으로 석운령(石雲嶺)을 올라갔다.

이름에 석(石) 자가 들어갈 만한 고개였다. 깊은 계곡에 수십 개의 깎아지른 듯한 바위들이 삐죽삐죽 솟아 멋진 풍광을 이루고 있었다. 그 바위들에 구름만 걸친다면 신선경이라 해도 고개를 끄덕일 만했다.

한데 일행이 멋진 풍광을 감상하며 고개 정상 근처에 이르렀을 때였다.

"아이고! 이를 어째!"

정상 너머에서 누군가의 통곡과 함께 당황한 목소리가 들려왔다.

상유상이 뚱한 표정으로 고개를 꼬았다.

"뭐야? 이게 웬 곡소리지?"

어쨌든 넘어가 보면 알 일, 전무심 일행은 걸음을 빨리해 정상을 넘어갔다.

정상 너머 바위 아래에는 양민 네 사람이 모여 있었는데, 안절부절못하는 모습이 뭔가 큰일을 당한 듯했다.

"무슨 일이오?"

앞서가던 상유상이 의아한 듯 물었다.

그 자리에서 땅을 치며 빙빙 돌던 노인이 정신없이 떠들어 댔다.

"함께 고개를 넘던 일행이 호환을 당했습니다요, 나으리! 아이고, 지 아버지 생일선물 사줄 돈 번다고 따라나서더니, 불쌍해서 어쩌나! 왜 하필 열두 살밖에 안 된 어린 것을 잡아간 거요, 대왕님!"

상황을 유추하는 것은 그리 어렵지 않았다.

어린 소년이 아버지의 생신 선물을 사주려고 장삿길을 따라나섰다 변을 당한 듯했다.

"언제 그리된 거요?"

전무심이 산을 둘러보며 물었다.

노인이 울먹이며 떨리는 손을 들어 올리더니, 협곡 너머 바위가 삐죽삐죽 솟은 바위산을 가리켰다.

"저기를 지나올 때였습니다요. 벌써 이각이 넘었으니 지금쯤 대왕님 뱃속에 들어가지나 않았을지……."

한데 바로 그때였다.

크어어엉!

멀리서 호랑이의 포효 소리가 울렸다. 그러더니 짧은 비명이 메아리쳤다.

"아아악!"

노인이 벌떡 일어서더니 펄쩍펄쩍 뛰었다.

"저, 저런, 저런. 아직 잡아먹히지는 않았나 보네. 아이고, 대왕님! 제발 그냥 놓아주십시오!"

"대왕님, 놓아주십시오!"

"그 아이가 없으면, 아이의 벙어리 아버지도 굶어 죽습니다 요!"

넋 나간 사람처럼 앉아 있던 다른 사람들도 함께 외쳤다.

크아아앙!

다시 한 번 호랑이의 포효 소리가 메아리치며 울렸다.

바로 그때였다.

전무심의 신형이 건너편 계곡을 향해 날아갔다.

"모두 이곳에서 기다리시오! 내가 아이를 구해오겠소!"

협곡의 넓이는 이십여 장. 어차피 그곳을 건널 수 있는 사람 은 자신뿐이었다.

다른 사람들은 옆으로 돌아가려다 걸음을 멈췄다.

전무심의 말도 있고, 호랑이 한 마리 상대하는데 모두가 갈 필요도 없었다.

잠시 후, 전무심이 보이지 않을 정도로 멀어졌을 때였다.

노인이 자신의 일행들을 다그쳤다.

"이보게들, 이러고 있을 때가 아니네. 아까 보니까 저쪽에 석불상이 새겨져 있던 것 같던데, 우리는 그곳으로 가서 부처 님께 빌어보세."

"예, 어르신."

그들은 우르르 길을 따라 내려가더니 깎아지른 바위 아래로 다가갔다.

그때였다.

뭔가 기이한 기운이 사진옥 등이 서 있는 곳으로 밀려들었다.

"응?"

사진옥이 제일 먼저 그 기운을 눈치 채고 소리쳤다.

"모두 조심해! 적이 있는 것 같다!"

동시에 바위산 위에서 열두 명의 갈의인이 모습을 보였다. 그들은 올려다보는 사진옥 등의 눈길에도 아랑곳하지 않고 옷자락을 휘날리며 천천히 내려섰다.

정확히 사진옥 등을 둥글게 감싼 채였다.

"웬 놈들이냐?"

궁사한이 눈을 부라리며 물었다.

한데 기이했다. 먼저 나설 거라 생각했던 사진옥과 고후명, 예종과 상유상은 아무런 말도 하지 않고 나타난 자들만 노려보았다.

사진옥의 입이 열린 것은 열두 명의 갈의인 중 오십대로 보이는 중년인이 앞으로 나설 때였다.

"천왕교에서 왔소?!"

멸사단주 음자수는 살소를 흘리며 고개를 끄덕였다.

"킬킬킬. 맞네, 천왕교에서 왔지. 한데 우습군. 이제 보니 자네들도 본 교 출신들이 아닌가?"

"이런 개새끼들! 대체 뭐 하자는 수작이지?"

상유상이 철곤으로 바위 바닥을 쿵 치며 욕설을 퍼부었다.

그러나 음자수는 격동하지 않고 천천히 상유상을 바라보았다.

"네놈의 살점은 내가 특별히 하나하나 썰어주지."

"뭐야!"

발끈하는 상유상을 예종이 잡아당겼다.

"지랄 말고 조용해! 보통 놈들이 아니야! 대형이 올 때까지만 버텨보자고!"

음자수가 재미있다는 듯 큭큭거렸다.

"크크크큭, 전무심이라는 놈은 올 수 없을 것이다. 그놈은 그놈대로 저 안에서 죽게 되어 있거든."

사진옥은 입술을 지그시 깨물었다.

분명 천외비각의 고수들조차 감당할 수 없는 고수가 대형이라는 것을 알고 있는 놈들이다.

그걸 알고도 저리 자신만만하다는 것은 한 가지 이유밖에 없었다.

저기 어딘가에 대형을 상대할 수 있는 고수들이 따로 있다는 말.

더구나 더 큰 문제는, 눈앞의 열두 명을 과연 자신들이 이길 수 있느냐 하는 것이었다.

눈앞에 있는 놈들은 결코 자신들의 아래가 아닌 고수들. 자신들은 일곱인데 저들은 열둘이나 되는 것이다.

'일단 시간을 끌어야 돼. 대형이 놈들을 물리치고 돌아올 때까지.'

그는 전무심이 당한다는 것을 처음부터 생각도 하지 않았다. 설령 천하제일의 고수가 왔다 하더라도.

대형은 혈사자 천유옥이니까! 암천혈왕 전무심이니까!

사진옥은 시간을 끌기 위해 질문을 던졌다.

"호랑이 소리가 들린 것도 가짜였소?"

음자수는 하나도 급할 것 없다는 듯 느긋이 대답했다.

"그건 진짜라네. 우리는 그놈을 여기서 오십 리나 떨어진 곳에서 잡아 왔지."

"왜 멀리서 숨어 있다가 이제야 나타난 거요?"

"우리 주군께서 그러시더군. 전무심이라는 놈의 이목이 짐승들보다 더 예민하다고. 그래서 십 리 밖에서 기다렸지."

징그러운 놈들이다. 철저한 놈들이다. 하나에서 열까지 모든 것을 계산하고 온 놈들이다.

사진옥은 등골이 서늘해졌다. 그는 자신의 마음을 감추기 위해 말을 돌렸다.

"저 양민들은 무사들이 아니던데, 어떻게 된 거요?"

"후후후후. 저들은 근처를 떠도는 약장수들이지 약을 팔기 위해서 가끔은 경극도 한다더군."

'제기랄! 어쩐지 진짜처럼 행동하더라니.'

"여기까지 쫓아오다니, 어지간히 급했나 보군. 한데 천왕이 보냈소, 아니면 백리군악이 보냈소?"

음자수가 음침한 웃음을 흘렸다.

"우흐흐흐흐, 우리는 그들의 명령을 따르지 않는다네."

기이한 대답이었다. 천왕교에서 두 사람의 명을 따르지 않는다면 누구의 명령을 따른단 말인가.

문득 든 생각에 사진옥의 표정이 굳어졌다.

"혹시… 제삼세력?"

그 말에 음자수가 우습다는 듯 머리를 흔들며 웃었다.

"클클클, 그렇게 말해도 상관없겠지. 어떤가, 이제 궁금증은 다 풀어졌나? 그럼 이제 목을 내밀어라, 이 새까만 애송이들아!"

중요한 대답은 없었다. 기껏해야 어떻게 자신들을 속였는지, 하는 정도에 불과했다. 그나마 제삼세력이 움직였다는 것 정도가 소득이라면 소득이었다.

물론 살아났을 경우에 말이다.

"그러니까…… 제삼세력의 쥐새끼들이 우리를 죽이러 나왔다는 말이군. 안 그래? 이 쥐새끼들아!"

찰나였다. 사진옥의 도가 도집을 벗어나며 음자수를 향해 폭사되었다.

동시에 나머지 사람들도 각자의 무기를 번개처럼 빼 들고 열두 명의 멸사단원을 공격했다.

사진옥의 말투가 변할 때부터 다음 행동을 짐작한 그들이었다. 마치 약속이라도 한 듯, 그들의 공격은 그야말로 번개가 무색했다!

쩌저저적!

일곱 줄기의 번개에 대기가 갈라지며 검기, 도기가 사방으로 펴져 나갔다.

"헛! 이놈들이!"

느닷없는 공격에 놀란 듯 음자수가 뒤로 죽 물러섰다.

그러자 나머지 열한 명의 갈의인이 사진옥 등의 공격에 맞섰다.

쾅! 우르릉! 쩌정!

첫 번째 충돌은 사진옥 등의 우세였다.

두어 걸음씩 물러선 갈의인들의 표정이 딱딱하게 굳었다.

"일단 구멍을 뚫는다!"

사진옥이 소리치며 틈을 안 주고 계속 몰아쳤다.

여유있는 싸움이 아니었다. 한 치의 빈틈만 보여도 목을 내놓아야 할지 몰랐다.

그는 처음부터 표향귀도를 펼치며 음자수를 몰아쳤다.

고후명 역시 일수일살의 단혈홍을 펼치며 갈의인이 근접할 기회를 주지 않았다.

상유상과 예종, 궁사한과 소미하란은 함께 손을 쓰며 동시에 두 사람씩을 상대했다.

약간 뒤로 처진 황무곤은 상황을 살피며 갈의인들 중 남은 자들이 손을 쓰려 하면 그곳을 지원했다.

그대로라면 금방이라도 포위망이 뚫릴 것 같았다.

그러나 다섯 명의 차이는 너무도 컸다.

십여 초도 지나지 않아 벌려졌던 포위망이 다시 좁혀들기 시작했다.

다행이라면, 어느 정도 좁혀들더니 더 이상 좁혀들지는 않는다는 것이었다.

음자수는 그것이 불만인지 표정이 악귀처럼 일그러졌다.

"애송이들이 제법이구나! 하지만 죽는 것은 변함없을 것이다!"

사진옥이 냉랭히 대꾸했다.

"우리가 쥐새끼들에게 물려 죽을 사람으로 보이느냐!"

순간 그의 도에 어렸던 도강이 부챗살처럼 쫙 뻗었다.

한편 단숨에 협곡을 건넌 전무심은 호랑이의 포효 소리가 들린 곳을 향해 빠르게 몸을 날렸다.

바람 소리, 물소리, 낙엽이 스치는 소리. 온갖 자연의 소리를 걸러낸 그는 또다시 포효 소리가 들려오기만을 바라며 신경을 곤두세웠다.

무인이 죽어가는 거라면 구할 생각을 하지 않았을 것이다. 다 큰 어른이었다면 이렇게 서두르지도 않을 것이다. 그 아이의 아버지가 벙어리라는 소리만 듣지 않았어도 명복을 빌며 포기했을지도 몰랐다.

하지만 아버지의 생신 선물을 사기 위해 장삿길을 따라나섰다는 아이, 벙어리 아버지가 기다린다는 아이를 놔두고는 발

길이 떨어지지 않았다.

그 말을 듣는 순간, 풍백의 근심 어린 얼굴이 떠오른 것이다.

'살아 있었으면 좋겠군.'

운남에서 전호라 불리던 그가 아니던가. 한 번 들은 호랑이의 위치를 찾아가는 것은 그리 어렵지 않았다. 그러나 아이의 안전을 생각해 최대한 조심해 움직였다.

순식간에 두 개의 봉우리를 스치고 지나간 전무심은 깎아지른 낭떠러지 앞에서 신형을 멈춰 세웠다.

그때 호랑이의 포효 소리가 다시 들려왔다.

크어어헝!

왠지 두려움에 찬 것처럼 느껴지는 울음소리는 밑도 보이지 않는 낭떠러지 아래서 들려오고 있었다.

전무심은 망설이지 않고 낭떠러지 아래로 몸을 날렸다.

그때 뒤쪽 멀리서 제법 강한 기운의 충돌이 느껴졌다.

일행들이 있는 곳 같았다. 그러나 다시 돌아가기도 어정쩡한 상황, 전무심은 더욱 빠르게 절곡 안으로 떨어져 내렸다.

여기까지 온 이상 최대한 빨리 아이를 구해 돌아갈 생각이었다.

표표히 바닥에 내려선 전무심은 주위를 살펴보았다.

사방이 백 장 높이의 깎아지른 절벽이다. 서쪽을 제외하고는 어느 곳도 완만한 곳이 없다. 이백여 장의 푸른 숲이 펼쳐진 절곡 안에서는 적막감에 새소리도 들리지 않는다

─누군가가 저 안에 있다! 매우 위험한 자들이다!

그의 초감각이 계속 경고를 보내고 있었지만, 이곳까지 온 이상 뒤로 물러설 수도 없었고, 물러서고 싶지도 않았다.

전무심은 무심한 눈으로 숲을 바라보며 걸음을 옮겼다.

안으로 오십여 장을 나아가자 직경이 이십여 장 정도 되는 제법 넓은 공터가 나왔다.

그가 생각했던 것과 많이 다른 광경이 그곳에 펼쳐져 있었다.

공터 한가운데에 포효하던 호랑이가 널브러져 있다. 머리가 부서지고 눈알이 뽑힌 채 숨이 끊어지기 직전이다.

그가 내려오는 사이에 누군가에게 당한 듯했다.

'아이는 보이지 않는군.'

대신 세 줄기의 강렬한 기운이 느껴졌다.

그제야 전무심은 호랑이의 포효에서 왜 두려움이 느껴졌는지 이해할 수 있을 것 같았다.

그의 초감각을 긴장시킨 바로 그 기운이었다. 자신도 긴장될 정도거늘 한낱 호랑이가 감당하기에는 무리일 수밖에 없었을 터였다.

"나를 찾아온 건가?"

전무심이 전면을 보고 나직이 말했다.

"케케케케, 어린놈이 주둥아리가 짧군."

카랑카랑한 목소리, 노기가 섞인 목소리와 함께 숲 저쪽에서 세 사람이 걸어나왔다.

난쟁이처럼 작은 키에 자기 몸집처럼 짧고 두터운 칼을 가슴에 품은 자.

피보다 더 짙은 혈의에 일반사람보다 두 배는 큰 주먹을 움켜쥔 자.

뾰족하니, 기묘하게 상투 튼 머리를 흔들며 입가에 살소를 짓고 있는 자.

완전히 달라서 오히려 특이해 보이는 자들이었다. 공통점이라면 세 명 모두가 절대지경의 고수라는 것이었다.

전무심은 세 사람을 바라보며 눈빛을 빛냈다.

'작정하고 왔군.'

아마도 일행들을 떼어놓기 위해 수작을 부린 듯했다.

하지만 전무심은 그것이 오히려 편했다.

일행들이 있었다면 한 명쯤은 막아낼 수 있을지도 몰랐다. 그러나 그 대가로 모두 목숨을 걸어야 했을 것이다. 그리고 자신 역시 목숨을 걸고 두 사람을 상대해야 했을 터였다.

그럴 바에는 혼자서 싸우는 게 나았다.

천왕교가 아무리 철저하게 준비했다 해도, 한 가지 사실만큼은 모를 테니까.

전무심은 천라혈왕공을 운기하며 나직이 물었다.

"천외비각에서 나왔는가?"

전무심의 반말에 난쟁이 똥자루만 한 노인이 눈을 부라리며 말했다.

"건방진 놈이……! 그보다 네놈에게 묻겠다. 네놈이 내 친구를 죽였느냐?"

"화마고라는 늙은이 말인가?"

여전한 반말. 난쟁이 노인이 버럭 소리쳤다.

"아니, 은사극 말이다!"

은사극? 아마도 구절창을 쓰던 풍채 좋던 노인을 말하는 듯했다.

"구절창을 쓰던 노인이라면 난쟁이 생각이 맞다. 그의 구절창은 나의 검에 부러졌지."

말끝이 묘하게 신경을 건드린다.

뭐라? 난쟁이?

병신더러 병신이라고 하면 누가 좋아할까.

난쟁이노인이 입끝을 살짝 말아 올렸다. 살소가 그의 입가에서 귀밑까지 번졌다.

"시건방진 놈!"

백 년을 산 자들이다. 온갖 세월을 지내온 자들이다. 그들이 어찌 전무심의 격장지계를 모를까.

만일 전무심이 대놓고 약을 올렸다면 코웃음 치며 비웃었을 것이었다. 그러나 무심한 표정에 나직한 목소리는 노회한 노인들의 평정심을 조금씩, 조금씩 무너뜨렸다.

또다시 전무심이 중얼거리듯 나직이 말했다.

"일 대 일로 싸울 자신이 없었나 보군. 셋이 몰려온 걸 보면. 하긴, 천외비각에서 세상 무서운 줄 모르고 살아왔을 테니 어쩌면 당연한지도 모르지."

이미 천라혈왕공이 십성 끌어올려진 상태였다. 단지 밖으로 발현되는 것을 최대한 억눌러 드러나지 않았을 뿐.

그때 난쟁이노인 옆에 있던, 주먹이 머리통만 한 노인이 갑자기 튀어나왔다.

"이런 쌍놈을 봤나! 내 때려죽여서 개밥으로 만들어 버릴 것이다!"

전무심이 은사극을 죽였다지만, 셋이 있기에 자신이 있었다.

방심이라면 방심이었다. 하기에 천살권마 무독승이 튀어나가는데도 미처 말릴 틈이 없었다.

"엇? 이봐!"

난쟁이노인이 흠칫 놀라 소리칠 때다.

전무심이 한 발 나서는가 싶더니, 무정이 찬란한 붉은 광채를 뿜어냈다.

번쩍!

십성의 천라혈왕공이 실린 일검!

정식적인 대결이라 해도 마주치기에는 부담이 될 수밖에 없을 터였다. 하물며 분노가 먼저 일어난 무독승이 아니던가.

"어헛!"

강기로 뒤덮인 커다란 주먹이 무독승의 가슴에서 엇갈린 순간! 보이지도 않는 간극을 무정의 시뻘건 검강이 파고들었다.

콰웅!

검강과 권강이 마주치며 대기가 터져 나갔다.

동시에 전무심의 몸에서 붉은 회오리가 일었다. 마침내 십성의 천라혈왕공이 몸 밖으로 뿜어지기 시작한 것이다.

무독승은 그 충격으로 나설 때보다 더 빠르게 뒤로 밀려난 상태였다.

한데 바로 그때였다. 뒤늦게 가느다란 핏줄기가 허공으로 뿜어지더니, 무독승의 손가락 두 개가 허공으로 튕겨졌다.

"어헛!"

상상치도 못했던 듯 무독승의 입에서 다급한 신음이 터져 나왔다.

그나마 무독승이 절대지경의 고수였기에 손목이 잘리는 것만은 피할 수 있었지만, 그것만으로도 그의 간담이 바짝 오그라들었다.

한데 그것이 끝이 아니었다.

전무심의 몸을 휘돌던 붉은 회오리가 그대로 무독승을 덮쳤다.

"물러서!"

난쟁이노인, 잔살마옹 녹왜랑이 대경해 소리치고는 짧고 넓은 도를 확 휘둘렀다.

쩌저저적!

찰나였다. 살얼음이 부서지듯 허공이 쪼개졌다.

그러더니 무독승의 덮치던 붉은 회오리가 녹왜랑의 도강과 정면으로 부딪쳤다.

콰과광!

전무심과 녹왜랑이 동시에 튕겨졌다.

하지만 이후의 행동에 약간의 차이가 났다. 극히 작은 차이였다. 그러나 그 차이가 전체적인 상황을 바꾸어놓았다.

녹왜랑은 눈을 부릅뜬 채 전무심을 노려보고, 전무심은 그런 녹왜랑을 바라보며 또다시 쇄도했다.

대경한 녹왜랑이 짧고 넓은 도를 무질서하게 휘둘렀다.

수십 줄기의 도강이 철벽처럼 그의 몸을 감쌌다.

그 위로 전무심의 무정이 거대한 벼락이 되어 떨어졌다.

우르릉! 콰광!

선공을 놓친 대가는 작지 않았다. 녹왜랑의 몸이 반자는 더 땅속으로 파고들었다.

"죽엇!"

그때 상투를 묘하게 튼 노인이 두 손을 매발톱처럼 구부리고는 허공을 빠르게 찍었다.

단순히 허공을 찍은 것에 불과했다. 그러나 결과는 생각처럼 단순하지 않았다.

허공에 구멍이 숭숭 뚫리고, 무형의 강기가 전무심의 가슴을 향해 쏟아졌다.

가공할 경력이 담긴 무형의 조공(爪功)!

창끝처럼 날카로운 경력에 가슴이 답답해진다.

전무심은 하는 수 없이 녹왜랑에 대한 공격을 도기하고 무령풍을 전개했다.

스스스스……

넷, 여덟, 열여섯…….

전무심의 신형이 순식간에 수십 개로 분화되며 허공에서 스러졌다.

"모두 조심해!"

겨우 정신을 차린 녹왜랑이 질린 듯 소리쳤다.

"합공하자고! 우리가 언제 체면 따지면서 사람 죽였나!"

분노 때문인지, 아니면 손의 부상 때문인지 몸을 날리는 무독승의 입에서 악에 바친 목소리가 터져 나왔다.

상투를 묘하게 튼 노인, 만악귀조 구요도 짜증나는 투로 한마디 하고 두 사람의 공격에 힘을 보탰다.

"제기랄! 해골 만들기가 쉽지 않겠어!"

전무심은 무령풍을 펼쳐 일단 세 사람의 공격권에서 벗어났다.

'생각 이상으로 강하다!'

세 사람이 모두 은사극이라는 노인에 뒤떨어지지 않는 절대지경의 고수다.

전무심은 그래서 더 아쉬웠다.

처음 생각대로 한 사람만 제대로 처리했다면, 상황을 유리하게 끌고 갈 수도 있었을 것이다. 그러나 이미 적은 전열을 정비한 상태였다.

무령풍의 신기막측한 변화로 세 절대고수의 합공을 얼마나 막아낼 수 있을지는 미지수인 상황.

전무심은 이를 지그시 악물고 무정을 잡은 손에 힘을 주었다.

물러서기도 쉽지 않고, 물러설 수도 없다. 그가 할 수 있는 것은 오직 한 가지, 숨 돌릴 틈 없는 공격뿐!

후우우웅!

무정이 붉게 달아오른 채 울음을 토해냈다.

재차 전무심을 공격하려던 세 사람이 움찔하며 덕칫했다.

순간 십성의 천라혈왕공을 무정에 주입한 전무심이 세 개의 환영을 일으키며 세 사람을 덮쳤다.

일수유의 순간에 천라혈왕구검 중의 삼초식이 펼쳐졌다.

동시에 무독승, 녹왜랑, 구유도 칼과 주먹과 손가락을 앞세우고 마주 달려들었다.

"건방진 놈, 죽어!"

"이놈! 내 네놈의 뼈를 잘근잘근 부숴 죽이리라!"

특히 두 개의 손가락을 잃은 무독승의 공격이 가장 거셌다. 그는 피로 범벅된 주먹을 흔들며 처음부터 전력을 다해 달려들었다.

전무심의 무정에서 혈룡이 뻗어나간 것은 바로 그때였다.

콰아아아!!

마치 살아 있는 것마냥 뻗어나가는 핏빛 강기!

무독승은 이를 악물고는 찰나에 십이 권을 내쳤다.

콰과과광!

검강과 권강이 충돌하며 굉음이 절곡을 뒤흔들었다.

전무심은 일 장가량 물러선 무독승을 바라보며 몸을 틀었다.

순간 녹왜랑이 전무심의 우측을 덮치며 도를 휘두르고, 구유가 귀혼마조를 펼치며 후면을 노렸다.

무령풍을 펼칠 기회를 주지 않겠다는 듯 두 사람의 공격에는 한 치의 틈도 보이지 않았다.

전무심은 몸을 틀던 그대로 무정을 휘둘러 녹왜랑의 도를 맞서고, 좌수를 쫙 펼쳐 구유의 귀혼마조에 마주쳐 갔다.

콰르르릉!

강기와 강기가 부딪치며 땅이 뒤집히고, 나무와 바위들이 가루가 되어 흩날렸다.

튕겨지듯 물러선 네 사람은 눈앞의 자욱한 먼지구름을 노려보았다.

누구도 자신들의 우세를 확신하지 못했다.

전무심은 내부가 진탕되며 속이 울렁거렸지만, 조금도 내색하지 않고 무정을 쥔 손에 힘을 더했다.

무독승과 녹왜랑과 구유는 자신들의 급습을 막아낸 전무심이 사람처럼 보이지 않았다.

"정말 대단한 놈이로구나!"

녹왜랑이 질렸다는 듯 말했다. 구유의 마음도 다르지 않는지 손을 쥐었다 펴는 그의 얼굴이 딱딱하게 굳었다.

찰나, 전무심의 무정이 다시 전면의 무독승을 향해 뻗었다.

죽 뻗친 핏빛 강기가 무정의 검첨에 구슬처럼 뭉치더니, 당겨진 시위에서 살이 쏟아지듯 날아갔다.

십성의 공력이 실린 천홍지주!

이를 앙다문 무독승은 정신없이 두 손을 휘둘렀다.

떠더더덩!

요란한 격돌음에 절곡이 울리자 녹왜랑과 구유가 또다시 공격을 재개했다.

전무심은 그들 사이를 누비며 천라혈왕구검과 암천의 검을 자유자재로 펼쳐 냈다. 무령풍을 펼치는 전무심의 몸짓은 가히 환상이었다.

둘, 넷, 여덟으로 늘어나는가 싶으면, 다시 하나로 합쳐져 붉은 벼락을 떨쳐 내는 전무심이었다.

그렇게 얼마나 지났을까. 절대지경에 달한 네 명의 고수가 전력을 다해 뒤엉키자, 숲 속의 공터는 삽시간에 초토화가 되어버리고, 십여 초 만에 직경 이십여 장의 공터가 삼십여 장으로 넓어졌다.

그중에서도 무독승의 두 손은 이미 피로 범벅되어 마치 핏물에 담갔다 뺀 것처럼 보일 지경이었다.

그러던 어느 순간이었다.

전무심의 좌수에서 붉은 기운이 뻗치더니 홱 뿌린 손짓을 따라 지옥혈심표가 허공을 날았다.

쐐에에엑!

소름 끼치는 귀곡성!

지옥혈심표의 목표는 녹왜랑이었다.

"뭐, 뭐야? 억! 그건……?"

눈을 부릅뜬 녹왜랑이 허공을 찢어발기는 붉은 번개를 향해

도를 내려쳤다.

그사이 전무심의 신형이 무독승을 덮쳤다.

어떻게든 하나를 줄이고자 하는 마음이었다.

순간 무정의 검첨에서 꿈틀거리던 혈룡이 무독승의 목을 향해 쏘아졌다.

천라무정혈룡탄이었다!

지옥혈심표에 잠깐 정신이 분산되었던 무독승은 대경하며 헛바람을 집어삼켰다.

"헛!"

하지만 그는 절대지경의 고수였다. 당황도 잠시잠깐, 그는 피칠갑이 된 주먹을 들어 올려 세 겹의 강기막을 형성했다.

"이놈이 약은 수를!"

동시에 뒤늦게 상황을 깨달은 구유가 한 자 이상 뻗친 조강을 앞세우고 전무심의 등을 공격했다.

전무심은 그대로 무독승을 공격하며 뒤쪽의 구유를 향해 천강벽월수를 떨쳤다.

따앙! 쾅! 콰앙!!

찰나간 연이어 세 번의 굉음이 울리더니, 전무심을 가운데 두고 세 사람이 튕겨지듯 물러섰다.

"크윽!"

"으음……."

녹왜랑과 구유의 앙다문 입에서 신음이 흘러나왔다.

"웩!"

무독승의 충격이 제일 큰 듯 그는 시커먼 핏덩이를 한 사발이나 쏟아냈다.

그러나 무지막지한 정면격돌에 충격을 받은 것은 세 사람만이 아니었다.

워낙 무심한 표정이라 표는 안 나지만, 전무심 역시 단전이 심하게 흔들린 상황이었다.

무리를 해가며 세 가지 무공을 한꺼번에 펼쳤는데 한 사람도 잡지 못하다니.

전무심의 마음에 그늘이 졌다.

쐐에에에엑!

그때 녹왜랑의 도에 튕겨진 지옥혈심표가 여전히 소름 끼치는 귀곡성을 발하며 전무심의 손으로 빨려들었다.

"네놈은 누구냐?! 누군데 지옥혈심표를 사용하는 것이냐!"

녹왜랑이 대뜸 소리쳤다.

하지만 전무심은 대답 대신 또다시 공격을 감행했다.

이번에는 무독승을 향해 지옥혈심표를 날려 보냈다. 그러고는 도를 휘두르며 달려드는 녹왜랑을 향해서는 천라무영혈을, 귀혼마조공을 펼치는 구유를 향해서는 천강벽월의 다섯 가지 수법 중 하나, 파천일장을 펼쳤다.

녹왜랑과 구유, 그리고 입가의 선혈을 닦아낸 무독승도 악귀처럼 일그러진 얼굴로 마주쳐 왔다.

콰과과광!!

또 한 번의 격돌!

녹왜랑과 구유의 몸뚱이는 철벽에 부딪친 것처럼 튕겨지고, 무독승은 지옥혈심표에 어깨 살이 한 움큼 떨어진 채 바닥을 뒹굴었다.

"크으윽!"

"커헉!"

"으으음……."

창백한 표정, 앙다문 입에서 흘러나오는 선혈. 작지 않은 내상을 입은 듯 세 사람의 참담하게 일그러진 얼굴이 파르르 떨린다.

그러나 그들만 심한 내상을 입은 것이 아니었다.

울컥!

덩어리진 선혈이 목구멍을 치고 올라오자, 전무심은 더 이상 견디지 못하고 치밀어 오른 선혈을 한 모금 뱉어냈다.

"욱! 퉤!"

가슴이 시원해지는 듯하더니 시린 느낌이 들었다. 단전이 상했다는 뜻이었다.

물론 적은 더 큰 내상을 입은 상태였다.

하나 그렇다고 해서 자신이 유리한 것도 아니었다.

그는 혼자고 적은 셋. 지금 상태라면, 설사 세 명의 적을 모두 죽인다 해도 자신 역시 심각한 내상으로 당분간 움직일 수 없을지 몰랐다.

더구나 적이 얼마나 더 있는지도 정확히 모르는 상황.

'어쩔 수 없나?'

전무심은 되돌아온 지옥혈심표를 받아 들고는, 세 사람의 중심에 오롯이 서서 천천히 고개를 하늘로 쳐들었다.

그것이 모든 것을 체념한 것처럼 보인 듯했다.

"으드득! 때려죽일 애송이 놈! 이제 죽을 준비가 되었느냐?!"

녹왜랑이 이를 갈며 소리쳤다.

"모가지를 갈기갈기 찢어서 머리통을 떼어낼 것이다, 놈!"

구유가 여전히 전무심의 머리를 욕심내며 눈을 번들거렸다.

그러나 그런 두 사람과 달리 무독승은 입을 꾹 닫은 채 전무심을 뚫어지게 노려보았다.

왠지 모를 불안감 때문이었다. 아니, 어쩌면 자격지심 때문이었는지도 몰랐다.

치욕이라 말하기도 창피할 만큼 자신의 자존심을 형편없이 무너뜨린 전무심이다. 치가 떨리도록 지독한 공격을 퍼붓던 전무심이다.

아수라!

전무심은 그에게 아수라였다.

그런 전무심이 삶을 포기할 거라 생각하다니.

그렇게 생각한다는 자체가 한마디로 웃기는 이야기였다. 녹왜랑과 구유가 자신의 절친한 친구라 해도 그것만은 절대 인정할 수가 없었다.

'멍청한 것들! 저 아수라를 그렇게 쉽게 생각하다니…….'

한데 바로 그때였다. 전무심을 뚫어지게 노려보던 무독승의 눈이 격렬하게 흔들렸다.

문득 전무심의 가슴 부위 옷자락 안에서 회오리처럼 휘도는 검은 기류가 눈에 들어온 것이다. 약간 사선으로 비켜서지 않았다면 아마 보지 못했을지도 몰랐다.

'저, 저게 뭐지?'

뭔지는 몰랐다. 단지 보는 것만으로도 가슴이 떨렸다.

피 섞인 침이 목구멍을 타고 넘어가는데도, 그는 아무런 생각이 나지 않았다.

일순간 공포가 가슴을 적시고 뇌리를 하얗게 덮어버렸다.

바로 그때, 전무심이 하늘을 쳐다보며 입을 열었다.

"이런 일이 벌어지지 않기만을 바랐거늘, 이제 어쩔 수 없구나."

지옥유부에서 흘러나오는 듯한 무심한 목소리와 함께 전무심의 입에서 주르륵, 선혈이 흘러나왔다.

무독승은 부르르 몸을 떨고는, 뒤로 주춤주춤 물러서며 가까스로 입을 떼었다.

"무, 물러서. 어서!"

갑작스런 무독승의 행동에 녹왜랑과 구유가 눈살을 찌푸렸다.

함께 덤벼도 겨우 죽일 수 있을까 말까 한데, 겁에 질려 물러서는 무독승이 못마땅한 것이다.

"저 덩치만 큰 병신이!"

평소였다면 녹왜랑의 그 말에 불같이 화를 냈을 무독승이었다. 그러나 지금 이 시간만큼은 아니었다.

　그는 주춤거리며 조금씩 전무심과의 거리를 벌리는 것에 최
선을 다했다. 어깨에서 줄줄 흘러내리는 피는 신경도 쓰지 않
았다.

　녹왜랑과 구유는 환장할 지경이었다. 하필이면 승기를 잡을
수 있는 기회가 왔는데 무독승이 겁쟁이로 변해 버리다니.

　녹왜랑은 화가 치밀어 오르자 구유를 향해 소리쳤다.

　"구유! 저 병신새끼는 놔두고, 우리끼리 저놈을 죽이자!"

　구유가 눈을 부라리며 전무심을 노려보았다.

　"좋아! 내가 먼저 놈의 목을 뜯어내 버리겠다!"

　누가 먼저인지는 알 수 없었다. 녹왜랑과 구유가 동시에 신
형을 날렸다.

　다섯 자 길이의 시퍼런 도강이 춤을 추고, 두 자 길이로 뻗
은 조강이 뱀의 혓바닥처럼 꿈틀거렸다.

　전무심은 두 사람이 공격해 오는데도 하늘만 바라보았다.

　아찔하게 느껴지는 고통과 희열!

　심장을 중심으로 거대한 힘이 넓게 번져 간다.

　어둠보다 더 깊고 짙은 구천흑마령의 기운이 마침내 기지개
를 펴고 그의 전신을 치달린다.

　그러던 어느 순간!

　녹왜랑과 구유의 공격에 스스로 반응하는 구천흑마령이다.

　고오오오!

　몸속을 휘돌던 구천흑마령의 기운이 두 손으로 뻗친다.

'너의 주인은 나다, 구천마령이여!'

전무심은 흑마령의 기운을 강제로 억제했다. 그러고는 한줄기는 무정에, 다른 한 줄기는 좌수에 응집시켰다.

무정에서 주욱 뻗어나가는 강기가 전과 달리 붉지 않았다. 너무도 검어서, 마치 먹물이 무정에서 쭉 뿜어지는 것만 같았다.

녹왜랑과 구유는 이미 삼 장의 거리까지 쇄도한 상태. 공격하는 두 사람의 얼굴에 회심의 살소가 떠오른 것은 바로 그때였다.

"죽어라!"

"이놈!"

그와 동시! 무정에서 쭉 뻗은 시커먼 기운이 녹왜랑의 도를 휘어 감았다. 언뜻 보면 스스로 움직여 적을 막아가는 것처럼 보였다.

또한 좌수로 거머쥐고 있는 지옥혈심표가 검붉은 기운을 뿜어내더니 구유의 귀혼마조를 쓸어갔다.

퍼억!

도강과 검강이 부딪친 소리치고는 너무나 나직했다. 그러나 결과마저 그러한 것은 아니었다.

"으음……."

나직한 신음과 함께 녹왜랑의 몸이 주르륵 밀려났다.

가가가가각!

지옥혈심표와 부딪친 구유가 왼손을 거머쥐고 바닥을 굴렀다. 왼손의 손가락 하나가 덜렁거리는 것이 손가락뼈가 으스러진 듯했다. 벌떡 일어선 그의 입에서 짧은 신음이 흘러나왔다.

"크윽!"

번갯불이 번쩍이는 순간에 벌어진 일치고는 너무나 큰 손해다. 아연한 두 사람은 눈을 치켜뜨고 전무심을 바라보았다.

여전히 그 자리에서 한 걸음도 움직이지 않고 있는 전무심이다. 비등한 결과를 보이던 조금 전과는 판이한 상황.

한데 그의 몸이 괴이한 묵광으로 덮이고 있다. 괜지 불길한 느낌이 드는 묵광이다.

뭔가 심상치 않은 일이 벌어질 것만 같은 느낌에 두 사람은 주춤거리며 뒤로 물러섰다. 그렇다고 보고만 있을 수는 없는 일.

"이놈! 한 수가 남아 있었구나!"

한 소리 내지른 녹왜랑이 무독승을 향해 소리쳤다.

"무가야! 너도 덤벼! 저놈이 무슨 사악한 마공을 시전하려는 것 같다! 그전에 죽여야 돼!"

"셋이 덤벼야 놈을 죽일 수 있다! 아니면 우리가 죽는다! 뭐해!"

구유도 무독승을 다그치고 전신의 공력을 끌어올렸다.

그제야 칠팔 장 밖으로 물러서 있던 무독승이 일그러진 얼굴로 전무심을 향해 다가갔다.

전무심은 세 사람의 움직임을 바라보며 흑마령의 기운을 제어하는 데 온 힘을 다 기울였다.

흑마령의 기운이 움직이기 시작한 이상, 자신이 제어하지 못하면 구천마령의 기운에 먹혀 버릴지도 모르는 것이다.

그럴 수는 없었다. 아직 일곱의 기운이 남았거늘, 쉽게 굴복당해서야 어떻게 그 힘을 사용할 수 있단 말인가!

그때 녹왜랑과 구유가 자신을 향해 조심스럽게 다가오기 시작한다. 무독승만이 주춤거리고 있을 뿐.

일순간 전무심의 눈이 번쩍 빛을 발했다.

'꼭 내부에서만 다스릴 필요가 없을지도…….'

흑마령의 기운을 안팎으로 나누면 좀 더 다스리기가 쉬울지도 모를 일이었다.

전무심은 몸부림치는 흑마령의 기운 중 반을 몸 밖으로 흘려보냈다.

그의 몸을 감싸고 있던 묵광이 더욱 짙어지고, 그 범위를 넓혀갔다.

그것은 강기와는 또 다른, 구천마령만의 가공할 힘이었다. 세상의 그 무엇으로도 뚫을 수 없을 것 같은 아수라의 방패와도 같았다.

전무심이 그것을 깨닫는 데는 그리 오랜 시간도 필요없었다.

무정과 지옥혈심표를 움켜쥔 그가 녹왜랑과 구유의 공격이 가까워지기를 기다리고 있는데, 두 사람의 공격이 너무도 간단히 묵광에 막혀 버린 것이다.

쾅! 쩌저저적!

"뭐, 뭐야? 뭐 이런 게 있어? 설마 이게 호신강막ダ"

녹왜랑이 바락바락 소리치며 도를 휘두른다.

그걸 바라보며, 전무심의 무심한 눈빛이 깊게 가라앉았다.

뜻밖의 상황이지만 그리 나쁘지는 않았다. 비록 두 사람이 절대지경의 고수라 하지만, 묵광이 쉽게 뚫리지는 않을 듯했다.

'좋아! 그럼 그 시간에 흑마령의 기운을 눌러 버리자!'

그의 생각대로였다.

녹왜랑과 구유의 공세는 전무심의 몸에서 흘러나온 묵광에 막혀 더 이상 전진을 하지 못했다.

답답한 마음에 두 사람은 젖 먹던 힘까지 쏟아 부었다.

쾅! 쾅! 쾅!

묵광의 벽만 뚫을 수 있다면, 금방이라도 전무심을 난도질해서 죽여 버릴 수 있을 듯했다. 머리를 떼어내 자신의 애장품으로 만들 수 있을 것 같았다.

그러나 묵광의 벽은 좀처럼 뚫리지 않고, 무정에서 뻗친 먹물 같은 강기는 점점 더 짙어져만 갔다.

그렇게 십여 초가 순식간에 지나가고, 녹왜랑과 구유의 공세가 일 장 간격을 두고 답보 상태일 때다.

전무심의 가늘게 뜨여진 눈에서 은은한 묵기가 흘러나왔다.

순간이었다.

콰아아아아!

묵광 안에서 먹빛 구름 같은 기류가 회오리치며 전무심의 전신에서 쏟아졌다.

"저, 저건 뭐야?"

그제야 드는 불길한 느낌. 두 사람은 아연실색 눈을 부릅떴다. 와중에도 두 사람은 선천지기까지 모조리 끌어냈다.

죽이지 못하면 죽는다는, 절박한 본능이었다.

그와 동시였다. 묵광이 흐려지는가 싶더니,

후우우웅!

전무심이 무정을 휘둘러 녹왜랑의 도를 쳐 내고, 좌수를 쫙 펼쳐 구유의 귀혼마조공에 정면으로 마주 쳐갔다.

일순간 검은 광풍이 두 사람을 뒤덮었다.

밀려가는 흑마령의 기운은 모래성을 무너뜨리는 거센 파도와도 같았다.

절대지경에 달한 녹왜랑과 구유의 선천지기가 맥없이 스러졌다.

미처 물러설 틈도 없었다.

쩌저저적!

짧고 두터운 도가 흑마령의 기운을 이겨내지 못하고 금 간 도자기처럼 부서졌다.

"크어억!"

녹왜랑의 입에서 피분수가 솟구치고, 부서진 도의 파편이 비산하며 녹왜랑을 훑고 지나갔다.

콰광!

검은 구름에 휩싸였던 구유의 몸이 발작하듯이 펄쩍 뛰었다.

손가락이 묘한 각도로 꺾인 그는 악귀를 본 것처럼 정신없이 물러서며 신음을 토해냈다.

"끄으으으……"

전무심은 물러서는 두 사람을 향해 몸을 날렸다.

입가에 희미한 미소를 걸친 채!

"오, 오지 마!"

"아, 안 돼! 저리 가!"

하지만 전무심의 무정은 일말의 망설임도 없이 먹물 같은 시커먼 검강을 쏟아냈다.

너무나 강한 기운에 무정의 검첨이 세 치가량 가루로 변해버렸다.

순간 녹왜랑과 구유의 몸이 또다시 검은 구름에 뒤덮였다.

"끄아악!"

"케엑!!"

이어서 두 줄기 단말마에 먹빛 구름이 출렁이고, 두 사람의 머리가 먹빛 구름 속에서 튀어 올랐다.

"으아아아!"

그걸 본 무독승이 공포에 질린 비명을 지르며 뒤로 몸을 날렸다.

순간 붉은 핏줄기가 솟구치는 먹빛 구름 속에서 피보다 더 붉은 광채가 번쩍였다.

쐐에에에엑!

동시에 귀곡성과 함께 지옥혈심표가 허공을 가르며 무독승의 뒤를 쫓았다.

조금 전보다 더 빠르고, 훨씬 강력한 기세를 품고서!

서걱!

또 하나의 머리가 떨어지고, 세 번째 피분수가 절곡을 비릿하니 적셨다.

절대지경의 고수 셋이 한날한시에 한 사람에게 죽임을 당한 것이다.

천하가 경동할 일!

그러나 막상 그 주인공은 기쁨을 누릴 시간이 없었다.

전무심은 이를 악물고 발딱 고개를 치켜들었다.

처절한 사투는 아직 끝난 것이 아니었다. 녹왜랑과 구유보다도 더 두려운 적이 그를 기다리고 있었다.

다름이 아니었다. 구천흑마령!

제대로 제어되지 않은 그것이 마침내 최후의 발악을 하며 내면으로 파고들기 시작한 것이다!

고개를 쳐든 전무심의 목과 얼굴에서 굵은 핏줄기가 툭툭 불거졌다. 굵은 지렁이처럼 꿈틀거리는 핏줄이 마치 살아서 스스로 움직이는 듯했다.

너무도 가공할 기세에 온몸이 사시나무처럼 떨렸다.

천라혈왕공을 극성으로 끌어올렸는데도 떨림은 멈추지 않았다.

'질 수 없어! 내가 바로 혈사자 천유옥이다! 암천혈왕 전무심이란 말이다!'

아무리 강해질 수 있다 해도 흑마령의 기운이 머리까지 잠식하게 놔둘 수는 없었다. 그리되면 그는 전무심도, 천유옥도 아니게 되는 것이다.

"크으윽!"

싸울 때도 나오지 않았던 신음이 그의 목구멍을 울리며 흘러나왔다.

결코 고통 때문이 아니었다. 혼돈에 가까운 더러운 기분 때문이었다.

"구천마령이여! 너는 나를 이기지 못한다!"

전무심의 입에서 일갈이 터져 나왔다. 형체도 없는 흑마령에게 질 수 없다는 스스로에 대한 각오였다.

끝없이 천라혈왕공을 휘돌리는 전무심의 전신에서 붉고 검은 기운이 번갈아 흘러나왔다.

한데 어느 순간부턴지 전무심은 천라혈왕공뿐만이 아니라 구전암황기마저 휘돌리기 시작했다.

혹시나 같은 기질의 무공일지 몰라 망설였지만, 어차피 무너지면 모든 것이 끝장이었다.

흑마령의 기운, 천라혈왕공, 구전암황기.

세 가지 절대의 기운이 격렬한 기세 싸움을 벌이며 부딪치고, 밀어내고, 또다시 부딪쳤다.

"우욱! 흐읍!"

심장이 딸려 나올 것 같은 충격! 신음이 절로 나왔다.

폭주!

누가 묻는다면 그렇게밖에 설명할 수가 없었다.

천하에서 짝을 찾기 힘든 자신의 공력조차 흑마령의 기운에 비하면 대단할 것도 없었다. 두 가지 기운이 뒤섞이며 대항하고서야 겨우 흑마령의 기운에 대항할 수 있을 뿐이었다.

그러던 어느 순간이었다. 기세가 조금 누그러진 흑마령의 기운과 구전암황기가 동아줄처럼 꼬이기 시작했다.

전무심이 세 기운을 억지로 휘돌려 일주천할 때마다 마치 한 마리 광기 어린 흑룡이 그의 몸속에서 점점 커지는 것만 같았다.

그렇게 구전암황기가 아홉 번씩 아홉 번, 총 여든한 번을 돌았을 때다. 결국 거대한 흑룡도 지쳤는지, 더 이상 대항하지 않고 그의 심장에 똬리를 틀고 고요해졌다.

잠잠해진 흑마령의 기운, 그것은 그 자체로 아수라였다.

한데 마침내 아수라가 잠들었다.

구전암황기와 흑마령이 섞인 게 득일지 실일지는 모른다. 분명한 것은 그렇게 된 것만도 다행이라는 것이다.

대체 아수라의 능력을 품고 있는 구천마령침을 누가 만들었을까? 어떻게 만들어진 걸까?

전무심은 와중에도 궁금하지 않을 수가 없었다.

한편으로는 두려운 마음조차 들었다.

나머지 여덟 가지의 기운은 또 어떤 식으로 모습을 드러낼 것인가. 자신이 과연 감당할 수 있을까?

전무심은 입가의 선혈을 닦아내며 앙다문 턱에 이가 부서지도록 힘을 주었다.

어쨌든 중요한 것은, 그로 인해 승부가 빨리 마무리되었다는 것이었다. 자신은 살았고, 적은 죽었다는 것이었다.

나머지 일곱 마령의 거대하고도 사악한 능력에 대한 걱정은 나중 일이었다.

'설사 그것이 하늘의 힘을 지녔다 해도, 결코 나의 의지를 누를 수는 없을 것이다!'

전무심의 두 눈동자에 붉은 선이 떠올랐다.

천사지안(天死之眼)!

그는 하늘을 죽일 운명을 타고난 자였다!

'대형이 너무 늦는다.'

멀리서 들리던 굉음이 가라앉은 지 제법 시간이 지났다. 지금쯤은 뭔가 소식이 있어야 했다. 한데 아무도 오지 않는다. 대형도, 적들도.

설마 그럴 리는 없겠지, 하면서도 적의 치밀한 준비를 생각하면 불안한 마음을 어쩔 수가 없었다.

'그럴 리 없어! 누구도 대형을 죽일 수는 없어!'

사진옥은 도를 움켜쥔 손에 힘을 주고 이를 앙다물었다.

당장은 눈앞의 싸움을 먼저 걱정해야 했다.

싸움을 시작한 지 어느덧 일각째. 죽은 사람은 없었지만, 다

치지 않은 사람도 없었다. 심지어 일행 중 제일 강한 자신조차 적지 않은 부상을 입은 상태였다. 몸이 갈라지고 피가 빠져나가는 틈으로 바람이 새어 들어오는 것만 같았다.

문제는 놈들의 포위망은 시간이 갈수록 더 단단해지고, 숫자 역시 여전히 열두 명이라는 것이었다.

양편에서 한 사람도 죽지 않았다는 것은 그만큼 실력이 엇비슷하다는 말. 그런데도 사진옥은 지금 상황이 만족스럽지 못했다.

언제라도 마음만 먹으면 죽일 수 있다는 듯 여유있는 표정. 톱니바퀴처럼 맞물려 돌아가는 공세. 전후좌우, 어느 곳에서도 틈이 보이지 않는다.

"이런 개새끼들! 남자새끼들이 뭐 하는 짓이야! 덤비려면 화끈하게 덤벼!"

그것이 못마땅한지 상유상의 악쓰는 소리가 협곡을 울린다.

어쩌면 두려움 때문일지도 몰랐다.

물론 자신의 죽음에 대한 두려움은 아닐 것이다.

친구를 잃을지도 모른다는, 형제를 잃을지도 모른다는, 사랑하는 사람을 잃을지도 모른다는 그런 두려움일 터였다.

'뭔가 전기를 구해야 돼. 이러다가는 모두 죽는다.'

대형이 어떻게 되었는지도 모르는 상황. 어쩌면 대형이 오기 전에 모두 죽을지도 몰랐다.

마냥 대형만 기다리다 죽을 수는 없는 일. 이를 앙다문 사진옥은 뭔가를 결심한 듯 비장한 표정을 지었다.

그때였다. 잠깐 정신이 분산된 틈을 타 음마수가 검을 날렸다.

쩡!

사진옥은 머리 위로 날아오는 음마수의 공격을 쳐내고, 그를 향해 쇄도했다.

조금 전까지와는 전혀 다른 기세를 담아서!

사진옥이 득달같이 달려들자, 적당히 상대하려던 음마수는 킬킬거리며 훌쩍 뒤로 물러섰다.

"킬킬킬! 애송이가 미치기 일보직전이구나!"

순간이었다. 쇄도하는 사진옥의 도에서 갑자기 시퍼런 도강이 죽 뻗었다.

"오냐! 어디 미친개의 맛 좀 봐라, 쥐새끼!"

동시에 표향귀도의 모든 것이 담긴 일도가 펼쳐졌다!

파앗! 츠츠츠츠!!

일수유의 순간, 일도에 서른여섯 번의 변화가 일었다.

단순한 변화가 아니었다. 표향귀도의 후 삼식, 절명삼식이 모조리 녹아든 변화였다.

도강에 대기가 얇게 잘리더니, 켜켜이 쌓여 밀려가는 파도처럼 음마수를 향해 밀려갔다.

마주 검을 뻗으려던 음마수는 다시 한 번 더 물러섰다. 미친개는 마주치는 것보다 피하는 게 나았다. 더구나 자신 대신해 미친개를 상대할 수하도 있지 않은가 말이다.

그때다. 좌우에서 멸사단의 단원 중 두 사람이 사진옥을 향해 달려들었다.

조금 전에도 비슷한 상황이 있었다. 그때는 뒤로 물러섰었다.

음마수는 비릿한 조소를 머금고 상황을 지켜보았다.

그러나 이번에는 이전과 달랐다.

사진옥이 입술을 깨물고 그대로 음마수를 향해 튕기듯이 뛰쳐나갔다.

"어헛!"

미처 생각을 못한 듯 음마수가 대경하며 검을 휘둘렀다.

당황한 것은 그만이 아니었다.

"엇? 진옥! 조심해!"

멸사단원 둘과 눈싸움을 벌이고 있던 고후명이 깜짝 놀라 소리쳤다. 다른 사람들도 있는 힘을 다해 상대를 몰아치고는, 재빨리 한 걸음 물러서서 초조한 표정으로 사진옥을 바라보았다.

또한 사진옥의 좌우에서 달려들던 두 명의 멸사단원도 당황하며 멈칫했다.

한데 바로 그때였다.

사진옥이 갑자기 도세를 틀었다. 그러더니 우측의 멸사단원을 공격했다.

쉬이익!

석 자의 간격을 두고 새파란 도강이 허공을 반듯하게 잘라냈다.

"헉!"

땅!

사진옥의 도가 다급히 치켜든 멸사단원의 검을 중동에서 부러뜨렸다. 그러고는 뒤로 물러설 틈도 주지 않고, 당황한 멸사단원의 목을 그어버렸다.

목이 반쯤 잘리며 바람 소리와 함께 피가 튀었다.

"끄으윽!"

힘없이 꼬꾸라지는 멸사단원을 보고는, 뒤늦게 속았다는 것을 안 음마수가 분노를 터뜨렸다.

"네놈이 감히!"

이미 예상하고 있던 일. 사진옥은 혼신을 다해 음마수의 검에 마주쳐 갔다.

쩌저정!

두 사람의 도검이 세 번에 걸쳐 정면으로 부딪쳤다.

사진옥은 비칠거리며 물러서면서도 희미한 냉소를 머금었다.

"와하하하! 진옥, 잘했다!"

그때 상유상이 철곤을 휘두르며 대소를 터뜨렸다.

고후명도, 예종도, 황무곤도, 궁사한과 소미하란도 적의 죽음을 보자 얼굴이 밝아졌다.

비록 죽은 적은 하나지만, 진짜 싸움은 이제 시작이었다.

그러나 멸사단원들의 분노도 그들 못지않았다.

특히 음자수는 자신의 계획이 빗나가자 분노가 더리꼭대기까지 치솟았다.

쓸데없는 피해를 줄이기 위해 시간을 끌며 상대했다. 시간이 지나면 애송이들의 목을 따는 것쯤은 여반장이라 생각했다.

그리고 그렇게 되어가는 것 같았다. 애송이들이 자신들에 비해 훨씬 심한 부상을 당한 상태니까.

한데 한 사람이 죽었다. 지옥의 수렁에서 십 년 세월을 함께 보낸 형제가. 그리고 자신의 자존심이 상했다.

그는 서너 명의 형제들이 희생하는 한이 있어도 눈앞에 있는 애송이들을 세상에서 제일 처참하게 찢어 죽이고 싶었다.

"더 볼 것 없다! 모두 찢어 죽여라! 놈들의 피로 소삼의 혼을 위로할 것이다!"

음자수의 외침에 멸사단원들의 눈에서 진한 살기가 감돌았다.

"한 놈도 남기지 말고 모두 찢어 죽이자!"

누군가가 외쳤다. 동시에 음자수와 열 명의 멸사단원이 일제히 사진옥 등을 공격했다.

미처 생각지도 못한 상황이었지만, 어차피 각오한 터였다.

검진에 둘러싸여 시간을 끌다 죽느니, 언제 죽어도 혼전이 나았다.

사진옥이 냉랭히 소리쳤다.

"대형이 곧 오실 것이다! 모두 죽기를 각오하고 싸워라!"

그러고는 자신을 덮쳐 오는 음자수를 맞이해 갔다.

치열한 접전이 벌어진 지 반 각, 고후명의 단혈홍이 멸사단원의 목에 꽂혔다.

처음부터 눈싸움을 벌이던 자였다.

그러나 그 대가로 고후명의 얼굴에 기다란 상처가 났다. 제법 깊어서 광대뼈가 드러나 보이는 상처였다.

"흥! 남자는 얼굴에 상처가 좀 있어야 돼! 안 그래?"

고후명은 별것 아니라는 듯 큰 소리로 외쳤다.

그러더니 번쩍! 또 다른 자의 목을 향해 검을 뻗었다.

이미 고후명의 쾌검에 혼줄이 난 상대는 벌써 물러선 상태였다.

"제길, 너무 많이 보여줬나?"

고후명의 입에서 불만이 터져 나왔다.

문제는 문제였다. 처음에는 멋모르고 달려드는 자들의 어깨나 얼굴에 제법 깊은 상처를 줄 수 있었다.

그러나 그것도 두 사람이 당한 걸로 끝이었다. 이제는 검을 뻗기도 전에 거리를 둔다.

'절대 피하지 못할 검을 만들어야 돼!'

그렇게 고후명이 각오를 다지며 눈빛을 빛낼 때다. 갑자기 예종의 비명이 터져 나왔다.

"아악!"

당연히 상유상의 미친 곰이 울부짖는 소리도 들렸다.

"이 비겁한 개새끼들! 나도 아껴 만지는 가슴을 노리다니!"

"시끄러! 살짝 긁혔을 뿐이야!"

빽! 소리 지르고 돌아선 예종의 눈빛이 무시무시하게 빛났다.

"너! 이리 나와!"

예종의 가슴에 일검을 선사한 멸사단원이 움찔 물러선다. 순간 예종의 신형이 그를 향해 날아갔다.

찢겨진 옷 사이로 하얀 가슴이 보였지만 예종은 신경도 쓰지 않았다.

그때부터였다. 예종의 천궁마검이 끊임없이 멸사단원의 하체를 노렸다.

어이없는 상황인데도 누구 하나 웃는 사람은 없었다. 오히려 멸사단원들은 예종과의 거리를 벌렸다.

한데 그 바람에, 절곡 쪽에서 적과 치열한 싸움을 벌이던 황무곤과 궁사한과 소미하란에게 엉뚱한 불똥이 떨어졌다. 예종을 상대하던 멸사단원 중 한 사람이 그들의 싸움에 끼어든 것이다.

팽팽한 상황에서 한 사람의 가담은 치명적이었다. 순식간에 균형이 깨지고 궁사한과 소미하란마저 급격하게 몰리기 시작했다.

황무곤은 이미 전신의 여기저기가 피로 범벅이 된 상태.

그나마 소미하란이 조금 나았다.

궁사한의 희생 덕분이었다. 위기를 맞이할 때마다 궁사한이 부상을 무릅쓰고 그녀를 도와 위기를 벗어나게 해줬던 것이다.

소미하란은 차마 그러지 말라 말할 수도 없었다.

그런다고 자기 말을 들을 사형이 아니었다. 피로 물든 얼굴에 고통이 아닌, 사매를 위해 뭔가를 했다는 만족한 표정이 떠올라 있는데 뭐라 한단 말인가.

'바보! 사형은 바보야!'

그녀는 입을 열지는 못하고 입술만 깨물었다.

그러는 사이 상황은 점점 악화일로로 치달았다.

견디다 못한 궁사한이 소미하란에게 소리쳤다.

"어깨를 맞대고 싸우자, 사매!"

"그래요, 사형! 황 오라버니도 합세해요! 삼재를 이루면 좀 더 버틸 수 있을 테니까요!"

"알겠네!"

혼자서는 도저히 더 버틸 수가 없었던 황무곤이다. 그는 마다하지 않고 두 사람과 보조를 맞추었다.

하지만 그것도 잠시뿐이었다. 단지 한 사람이 더 가담했을 뿐인데도 적들의 공격이 배는 더 무서워졌다.

십여 초 만에 황무곤이 먼저 얼굴을 일그러뜨리며 가슴을 움켜쥐었다.

비명이나 신음은 나오지 않았다. 그러나 붉은 피가 덩어리져 흘러나오는 것이 상당히 깊은 상처인 듯했다.

"황 형!"

궁사한이 놀라 소리치며 도를 휘둘렀다.

은은히 도강이 서린 그의 도가 허공을 난자하자 두 명의 적이 재빨리 물러섰다.

순간 소미하란의 비도가 허공을 갈랐다.

쉬이익!

남은 비도는 세 개뿐. 그것마저 소비하면 빙혼비를 사용하는 수밖에 없다. 하지만 지금 상황에서는 어쩔 수 없었다.

그녀가 비도를 날리자 궁사한이 틈을 노려 황무곤의 앞을 가로막았다.

이 대 오. 더구나 중상을 입은 한 사람을 보호해야 하는 상태. 절망적이나 다름없는 상황이었다.

아니나 다를까, 적의 공격을 몇 수 막기도 전이었다.

궁사한의 어깨가 적의 검기에 갈라지더니, 팔을 움직일 때마다 시뻘건 피가 뿜어져 나왔다.

"사형!"

쉭!!

마침내 소미하란이 발작적으로 빙혼비를 하나 뿌렸다.

궁사한의 어깨에 일검을 내지른 멸사단원이 본능적인 움직임으로 검을 휘둘렀다.

땅!

겨우 이 장의 거리. 얼음처럼 하얀 빙혼비가 검을 휘두른 멸사단원의 어깨에 꽂혔다. 순간 궁사한의 도가 그의 가슴을 사선으로 갈랐다.

"크윽!"

그 바람에 궁사한의 옆구리가 또 다른 적에게 노출되었다.

결코 강기에 뒤지지 않는 시퍼런 검기가 궁사한의 옆구리를 훑고 지나갔다.

"크흡!"

궁사한의 입에서 거친 신음이 흘러나왔다.

"죽엇!"

동시에 소미하란의 마지막 빙혼비가 벼락처럼 상대의 목에 꽂혔다.

쐐엑!

"컥!"

남은 상대는 셋.

황무곤과 궁사한은 심각한 부상을 입은 데다, 소미하란도 단지 세 개의 비도만이 남았을 뿐이다.

소미하란은 피가 배이도록 입술을 깨물었다.

비도를 날려 상대를 죽이지 못하면 자신이 죽는다.

누구도 자신을 도와줄 수 없다.

몇 번이나 자신을 구해준 사형은 옆구리가 갈라진 채 도를 들기도 힘든 상태였고, 사진옥도, 고후명도, 상유상도, 예종도 모두가 자신들의 적을 맞이해 움직일 수가 없다.

세상에서 제일 믿음직했던 그는 언제 올지 모르는 상황.

이제 자신을 지킬 수 있는 사람은 오직 자신뿐이다.

그래서인지 궁사한의 부상이 더욱 가슴 아픈 그녀였다.

'사형, 정말 미안해요. 꼭 하고 싶은 말이 생겼는데, 못하고

죽게 생겼네요.'

미어질 것 같은 마음. 소미하란은 자신도 모르게 눈을 반쯤 감았다.

순간,

"계집! 죽어라!"

좌측에서 기회만 노리던 자가 득달같이 달려들었다.

거의 동시에 우측의 멸사단원도 그녀를 향해 길고 가느다란 칼을 휘둘렀다.

번쩍 눈을 뜬 소미하란의 두 손이 좌우로 벌어졌다. 손끝에 들린 두 자루 비도가 햇빛을 받아 번쩍였다.

순간, 전면에 있던 자가 폭이 좁은 협봉검을 그녀의 가슴을 향해 뻗었다.

소미하란은 코앞으로 날아오는 협봉검의 끝을 보며 조용히 웃었다. 죽는다는 생각을 하자 오히려 마음이 편해지는 것 같았다.

'마지막까지는 최선을 다해야겠지······.'

생각이 끝나기도 전, 두 자루의 비수가 그녀의 손끝을 떠났다.

성공하지 못하리라는 것쯤은 그녀도 짐작하고 있었다.

'이제 죽는 건가?'

가슴으로 다가오는 협봉검을 바라보며 그녀는 눈을 반쯤 감았다.

찰나였다!

쒜에에에엑!

갑자기 귀곡성이 울리더니 붉은 빛이 앞을 스쳤다.

소미하란은 자신도 모르게 반사적으로 한 걸음 둘러섰다.

동시에 그녀의 커진 눈이 파르르 떨렸다.

문득 전면에 서 있던 자의 머리가 옆으로 기울어지는 것처럼 느껴졌다.

곧이어 핏줄기가 허공으로 솟구치며 눈앞을 다시 붉게 물들였다.

한 걸음 물러섰는데도, 가슴 세 치 앞까지 다가온 협봉검이 서서히 밑으로 처진다. 왠지 그 모습이 비현실적으로 보이는 소미하란이었다.

'왔어. 그가…… 왔어.'

그녀는 갑자기 눈물이 쏟아질 것만 같았다.

"대형!"

상유상의 커다란 목소리가 귓속에서 웅웅거리며 가물가물하게 들렸다.

"케엑!"

"허억!"

적들의 숨넘어가는 신음 소리도 잘 들리지 않았다.

'고마워요, 전 공자…….'

그녀는 떨리는 손을 말아 쥐고 천천히 돌아섰다.

지옥혈심표가 선회하는 곳에서는 여지없이 피분수가 솟구치고 있었다. 전보다 더 무서워진 것처럼 느껴지는 지옥혈심표였다.

그리고 저편, 이십여 장 떨어진 곳에서 그가 쏘아진 살처럼 날아오고 있었다.

그녀는 쓴웃음을 지으며 고개를 떨구었다.

피가 쏟아지는 옆구리를 움켜쥔 궁사한이 자신을 바라보며 억지웃음을 짓고 있었다. 행여나 자신의 마음이 아플까 봐 그러는 듯하다.

"이제 살았어요, 사형."

"그래, 다행히 전 공자께서 돌아오셨구나. 그럼 그렇지, 전 공자가 어떤 사람인데!"

자신을 안심시키려는 듯 과장된 목소리다.

소미하란은 터져 나올 것 같은 울음을 참고 배시시 웃었다.

"다시는… 다시는 사형 가슴을 아프게 하지 않을게요."

"무슨……?"

"운남으로 돌아가서 흉보지만 않는다면 말이에요."

궁사한의 눈자위가 붉게 물들었다.

육신의 고통도 느껴지지 않았다.

"……사매."

"저도 이제 철이 좀 든 것 같아요."

끝내 눈물이 그녀의 볼을 타고 흘러내렸다.

궁사한은 멍하니 그녀를 바라보며 더듬더듬 말했다.

"그… 그래, 흉보지 않으마. 절대로……."

전무심이 전장으로 내려섬과 동시 두 줄기 비명이 터져 나왔다.

예종과 상유상에게 격살당하는 멸사단원의 비명이었다.

"마, 말도 안 돼……."

사진옥을 몰아붙이던 음자수는 손을 멈추고 더듬거리며 주춤주춤 물러섰다.

갑자기 날아든 지옥혈심표에 다섯 명의 멸사단원이 죽자 상황은 순식간에 역전되어 마무리 되었다.

남은 사람은 자신을 비롯해 오직 두 명뿐이다.

너무도 어이없으면 온몸의 힘이 빠진다더니 자신이 그 꼴이다.

음마수는 전무심을 바라보며 떨리는 목소리로 물었다.

"함께 갔던 세 분은……?"

그가 온 이상 결과는 뻔하다. 그런데 멍청하게도 묻지 않을 수 없었다.

전무심이 무심한 목소리로 나직이 대답했다.

"그들은 모두 죽었다. 머리가 육신에서 분리되었지."

그러고는 사시나무처럼 몸을 떨며 눈알을 굴리는 그에게 물었다.

"그대를 보낸 자는 누군가? 천왕인가? 아니면 벽리군악인가?"

대답은 사진옥이 했다.

"이자들은 우리가 알지 못하는 세력에서 보낸 자들입니다, 대형."

그 말에 전무심의 눈빛이 묘한 빛을 발했다.

언뜻 보면 검은 것 같기도 하고, 다시 보면 붉은 빛이 스며 나오는 것 같기도 했다.

전무심이 다시 물었다.

"그가 누구지?"

전무심의 눈빛과 마주친 음마수의 몸이 덜덜 떨렸다.

흐려진 눈빛은 마치 제정신이 아닌 듯했다.

"그는……. 그분은… 서……."

한데 바로 그때!

푹!

음마수의 심장을 뚫고 한 자루 장검이 튀어나왔다.

그의 뒤에 서 있던 자의 검이었다.

전무심이 일수에 그자의 머리를 부숴 버렸다. 하지만 이미 음마수의 뚫린 심장에서는 피분수가 바람 소리를 내며 솟구치고 있었다.

"내 복수는…… 그분이……."

심장이 뚫리는 충격에 정신이 들었는지, 음마수가 전무심을 노려보며 한 맺힌 목소리로 말했다.

그러나 전무심은 그의 말에 조금도 신경을 쓰지 않았다.

'그분'이 누군지는 몰라도, 자신이 먼저 그를 죽여 버리면 될 일이니까.

다만 그의 말을 끝까지 듣지 못했다는 것이 아쉬울 뿐이었다.

성이 '서' 로 시작되는 자라…….'

그렇다고 아무것도 얻지 못한 것 또한 아니었다.

모두가 심각한 부상을 입은 상태였다.

독종이라는 사진옥이 누가 말하기도 전에 바위이 기대앉을 정도였으니 더 말할 것도 없었다.

고후명은 다리를 다쳐 걸음을 옮기는 것조차 흔들어 보일 정도였고, 상유상과 예종은 죽은 적들의 옷을 찢어 상처를 싸맨 곳이 각자 다섯 곳 이상이었다.

그중에서도 궁사한과 황무곤의 부상이 가장 심각했다. 소미하란이 급히 지혈하고 상처를 돌보긴 했지만, 그 정도로는 일어서기도 힘들 정도였다.

그런데도 전무심은 그들을 둘러보며 내심 안도의 숨을 내쉬었다.

절곡을 나설 때만 해도, 솔직히 모두가 죽었을지 모른다 생각했었다. 아니라 해도 반 수 이상은 죽었을 거라 생각했다. 적들의 치밀한 계획을 떠올려 보면 당연한 생각이었다.

그러던 차에 들려온 격전음이 얼마나 반가웠는지, 그가 아니고는 아무도 모를 것이었다.

"모두 살아줘서 고맙군."

전무심의 말에, 바위에 기대 앉아 있던 사진옥이 피식 웃었다.

"저희가 할 말입니다. 대형이 살아와 줘서 얼마나 고마운지 모르겠습니다."

그가 오지 않았다면 거꾸로 자신들이 모두 죽었을 것이다. 분명한 사실이었다.

그때 궁사한의 상처를 돌보던 소미하란이 고개도 돌리지 않고 말했다.

"궁 사형이 많이 다쳤어요. 대형을 원망하는 것은 아니지만, 조금만 빨리 왔어도 이리 되지는 않았을 텐데……."

전무심은 소미하란과 궁사한을 바라보고는, 보일 듯 말듯 입꼬리를 말아 올렸다.

"글쎄, 그래도 궁 형은 절대 나를 원망하지 않을 거요. 아니, 어쩌면 고마워할지도 모르지."

"예? 그게 무슨 말입니까?"

고후명이 의아한 듯 물었다.

다른 사람들도 이해할 수 없다는 듯 전무심을 바라보았다.

소미하란과 궁사한만이 굳은 듯 그대로 있을 뿐이었다.

"아마 후명이 너도 좋아하는 여자가 생기면 내 말을 이해할 수 있을 것이다."

여전히 의아해하는 고후명이다.

한데 그 말에 창백하던 궁사한의 얼굴이 붉게 달아올랐다. 절대 몸이 좋아져서 그런 것은 아니었다.

"축하하오, 궁 형."

전무심의 난데없는 말에 궁사한이 기어들어 가는 목소리로
말했다.

　"예? 예. 고맙습니다, 전 대형."

第八章
내 동료에게
검을 들이대는 자는 죽는다!

死星
天血

1

 쾅! 와장창!

 탁자가 부서지고 그 위에 있던 주담자와 찻잔이 벽으로 날아가 박살이 났다.

 "모두 죽었다고? 한 사람도 살아나지 못하고 모두 죽어? 병신 같은 놈들!"

 처음으로 보는 분노한 외숙부의 모습이었다.

 백리군악은 조용히 그 모습을 지켜보며 차분히 입을 열었다.

 "삼십여 장이 폐허가 될 정도로 경천동지할 격전이 있었던 듯합니다."

 "그렇겠지. 절대지경에 달했다는 네 명의 고수가 싸웠으니,

산이 무너지지 않은 것만도 다행이라 할 수 있겠지.”

서문조휘는 최대한 자신의 감정을 억누르며 말을 이었다.

“끄응. 네가 적절한 정보를 얻어와 완승할 거라 생각했거늘, 거꾸로 완패를 당하다니.”

“제가 전무심의 능력을 잘못 평가한 듯합니다, 외숙부. 죄송합니다.”

서문조휘는 고개를 숙인 백리군악을 바라보았다.

절대지경의 고수 셋과 절정의 고수 열둘을 잃고 한다는 소리가, 놈에 대한 평가를 잘못한 것 같다고?

속이 끓었지만, 그렇다고 자신의 속내를 다 드러낼 수는 없었다.

“어찌해야 놈에게 당한 것을 만회할 수 있다고 생각하느냐?”

“외숙부, 전무심을 죽이는 것보다 더 중요한 일이 남아 있지 않습니까? 일단 그에 대한 직접 공격을 멈추고 천왕의 놈에 대한 움직임을 지켜보는 것이 좋을 것 같습니다. 잘하면 어부지리를 얻을 수도 모르니까 말입니다.”

“그건 그렇지. 한데 천왕을 지켜본다? 어부지리? 그가 전무심을 칠 거라 생각하느냐?”

조금은 차분해진 서문조휘의 말에 백리군악은 나직이 말했다.

“분명 그 역시 놈으로 인해 고민하고 있을 것입니다. 놈이 강호 진출의 걸림돌이 될지 모른다는 것쯤은 그도 알고 있을 테니 말입니다."

"그래, 설령 네 말대로 그렇게 된다 치자. 그러다 그가 먼저 놈을 죽이면 내 체면은 뭐가 되지?"

"천왕의 힘이 강하긴 하나, 그에겐 절대지경의 고수가 몇 되지 않습니다. 그들을 동원해 놈을 죽인다면, 그건 그것대로 저희에게 좋은 일입니다. 전무심의 능력을 생각하면, 그만큼 그들의 피해도 적지 않을 테니까요. 그러나 제 생각대로라면, 천왕은 결코 그들을 쉽게 내놓지 않을 것입니다."

"대신 대규모로 무사들을 움직인다면?"

"그럼 전무심도 돕고 천왕도 칠 겸, 정천무맹이 본격적으로 움직일 겁니다. 그것도 저희에겐 손해될 것이 없습니다. 그들의 시선은 천왕에게 집중될 테니까요."

"흠……."

서문조휘는 이마를 찡그리고는 백리군악을 바라보았다.

"이미 내보낸 천 명의 무사 대부분이 너를 따르는 사람이라 들었다. 정천무맹이 그들을 가만두지 않을 텐데, 자칫 거꾸로 천왕에게만 좋은 일을 해주는 것이 아닐지 모르겠구나."

"곧 이천의 무사가 곡을 나가게 될 터, 정천무맹으로선 앞서 나간 일천의 무사에 대해 신경 쓸 틈이 없게 될 겁니다. 너무 심려하지 마십시오, 외숙부."

"나야 너만 믿는다만… 천왕이 워낙 교활한 자다 보니……."

끝을 흐리는 서문조휘의 말에 백리군악의 눈 깊은 곳에서 이채가 번뜩였다.

"혹시 천왕에 대해 따로 알고 계시는 것이 있습니까?"

"알고 있다기보다, 그가 워낙 앞으로 나서지 않으니 그리 생각하는 것이다."

"이번에는 나서지 않을 수 없을 겁니다. 더 이상 모든 것을 저에게만 맡겨둘 수 없을 테니까요. 곧 결정적인 때가 올 것이니, 외숙부께선 그때를 준비하며 조용히 기다리십시오. 온갖 고난을 무릅쓰고 수십 년을 기다려 오셨는데, 숙원을 이뤄야 하지 않겠습니까?"

절절한 어조다. 한이 묻어 나오는 듯한 말투다.

서문조휘는 손을 뻗어 백리군악의 손을 맞잡고 천천히 고개를 끄덕였다.

"그래야겠지. 그래야……. 아무튼 나는 너만 믿고 맺힌 한을 풀 그때를 기다리겠다, 군악아."

"걱정 마십시오, 외숙부."

그러나 고개를 숙여 부서진 탁자를 바라보는 백리군악의 눈빛은 한 점 동요도 없이 차갑게 가라앉아 있었다.

2

태양이 중천에서 황금빛 햇살을 쏟아낼 즈음, 정천무맹 사백 명의 무사가 상주에 들어섰다.

때마침 순찰을 돌던 관병들은, 찢어지고 피 묻은 옷을 입은 그들을 보고도 못 본 척 고개를 돌려 버렸다. 그들도 소문을 들어 알고 있었다. 그들이 누군지. 왜 무리를 지어 상주로 왔는지.

정천무맹이 혈곡에 복수하기 위해 수백 명의 무사를 파견했다는 것은 이미 특별한 소식도 아니었다.

혈곡을 치려던 그들이 별 이득도 보지 못한 채 중간에서 방향을 돌려 상주로 몰려온다는 소식을 들은 것이 어제였다.

언뜻 들리는 소문으로는 이백 명의 적과 붙어 거꾸로 백수십 명의 사상자가 발생하고 퇴각했다는 말도 들렸다.

그 말이 사실인지 아닌지는 몰라도 상주에 들어선 자들의 표정에는 날이 서 있었다.

정천무맹의 무사들도 관병들에게는 시선도 주지 않고 어느 한곳을 향해 빠르게 걸음을 옮겼다.

그리고 반 시진 후. 제갈경과 양환, 단 두 사람만이 척우진의 방을 찾았다.

척우진은 마주 앉은 양환을 뚫어지게 쳐다보았다.

그가 자신을 찾아와 한 말은 자신의 가슴을 뜨겁게 달구기에 충분했다.

"무슨 소립니까, 양 선배? 거승과 홍곽열을 내놓으라니요?"

"정말 무슨 말인 줄 몰라 묻는 건가?"

"모르니까 묻는 거 아닙니까?"

신창 양환. 양가창을 이백 년 만에 극성으로 익혀냈다는 자.

전이었다면 한 수 양보했을지도 모를 정도의 고수였으며, 강호의 배분을 따져도 선배다. 하기에 부담이 가는 것도 사실이었다.

그러나 굽힐 수 없는 일도 있는 법. 더구나 거승과 홍곽열의 일은 자신이 왈가왈부할 수 있는 일이 아니었다.

자신을 다그치는 양환은 모를지 몰라도 말이다.

"그들은 명백히 혈곡의 사람들이네. 자네가 그들을 보호할 필요는 없을 것 같네만."

"하지만 지금의 혈곡을 다스리는 자와는 노선이 다른 사람들입니다. 오히려 그들과 싸우기 위해 나온 사람들이다, 이 말입니다."

"그것은 우리가 더 자세히 알아볼 것이네. 그러니 자네는 뒤로 물러서 있게."

척우진은 잔뜩 찌푸린 얼굴을 돌려 제갈경을 바라보았다.

"어떻게 된 겁니까? 그들에 대해 말씀드리지 않았습니까?"

제갈경이 착잡한 표정으로 말했다.

"내 어찌 말하지 않았겠나? 말을 했는데도, 진성자까지 나서서 말렸는데도 모두가 그 일을 자세히 따져 봐야 한다며 나서니……."

한마디로 자신의 말이 씨알도 안 먹혔다는 뜻이다. 진성자의 말이야 당연히 무시되었을 테고.

어쨌든 군사의 말이 통하지 않을 만큼 정천무맹이 혈곡에 이를 갈고 있다는 말이기도 했다.

척우진은 은근히 부아가 치밀었다.

"따져요? 뭘 말입니까? 어떻게 말입니까? 고문이라도 하겠다는 말입니까?"

"필요하다면."

양환이 짧게 말하고 척우진을 노려보았다.

척우진도 마주 노려보았다.

"정천무맹도 다 되었군요. 대군사의 의견을 무시하다니."

탕!

양환이 손바닥으로 탁자를 내려쳤다.

"말이 심하군!"

"양 선배라면! 자세한 상황을 알지도 못하는 사람들이 동료가 된 사람들을 내놓으라면 내놓겠습니까?"

"그는 우리의 친구가 아니네."

"양 선배의 동료는 아닐지 몰라도, 저의 동료임은 분명합니다."

"오해 살 말을 너무 쉽게 하는군."

"왜요? 이번에는 저희들까지 핍박할 생각입니까? 다른 곳에서 뺨 맞은 화풀이를 왜 우리들에게 하려는 겁니까?"

"모든 잘못은 입에서부터 시작되는 법이네. 좀 더 말을 가려서 하게."

"제가 하고 싶은 말이군요."

척우진의 비아냥거림에 양환의 눈썹이 꿈틀거렸다.

"이미 본 맹의 무사들이 이곳을 에워싸고 있네. 혈곡의 무리들은 단 한 걸음도 밖으로 도망갈 수 없네. 쓸데없이 억지를 쓰지 않았으면 싶군."

그 말에 척우진의 눈빛도 싸늘하게 가라앉았다.

그가 제갈경을 향해 물었다.

"제갈 군사께선 저들이 우리를 강압적으로 붙잡아둘 수 있다고 보십니까?"

제갈경이 침중한 표정으로 말했다.

"장로들만 이십여 명이네. 더구나 삼당의 무사들과 화산과 종남의 제자들까지 합하면 오백에 달하네. 자네들의 강함을 모르는 바는 아니지만, 빠져나가기가 쉽지 않을 것이네."

제갈경의 말에 놀란 것은 양환이었다.

절대 불가능하다는 말이 나와야 정상이었다. 한데 그저 쉽지 않다고 말한다. 그 말인즉 어렵긴 해도 가능하다는 말이 아닌가.

문제는 말을 한 사람이 정천무맹 제일의 지자라는 제갈경이라는 것이다.

양환은 믿을 수 없다는 듯 강하게 한마디 덧붙였다.

"자네라면 몰라도, 다른 사람들이 빠져나가는 것은 절대 불가능하네."

척우진이 씩, 차갑게 웃었다.

"글쎄요. 꼭 그렇지만도 않을 겁니다."

바로 그때였다.

"이게 무슨 짓이오?!"

밖에서 거승의 노한 목소리가 들려왔다.

뒤이어 누군가의 냉랭한 목소리가 이어졌다.

"거승, 그대는 그곳에 들어갈 필요가 없다!"

"무슨 말인가? 내가 왜 내 방에 들어가지 못한단 말인가?"

"우리와 함께 가야 하니 들어갈 필요가 없다는 말이다!"

척우진은 대충 상황을 짐작하고 양환을 노려보았다.

"내 뜻을 물은 것은 그저 명분이나 만들려고 한 것이었나 보구려, 양 선배."

"꼭 그런 것만은 아니었네. 하나 일이 이렇게 된 이상 어쩌겠는가? 자네가 양보하게."

척우진은 최대한 침착함을 찾기 위해 숨을 깊이 들이쉬었다.

제갈경의 말대로였다. 빠져나간다는 게 불가능하지는 않지만 쉽지도 않았다. 일단은 침착함을 찾아 적절한 대응책을 마련하는 것이 먼저였다.

그사이 밖에서는 점점 거칠어진 목소리가 오가고 있었다.

"나는 안으로 들어가야겠소. 비키시오."

개중에는 초중암의 목소리도 들렸다.

척우진이 말했다.

"저 사람은 혈곡의 사람이 아니오. 그러니 들여보내 주시오."

"그걸 어찌 아는가?"

"저 사람은 백은 장초량 어른의 제자외다. 왜? 그분께도 따질 것이 있소?"

양환의 눈에 언뜻 놀람이 스쳤다.

제갈경도 미처 모르고 있던 사실에 눈을 크게 떴다.

젊은 사람의 무공이 절정에 달해 있어 사문이 궁금하기는 했지만, 설마 백은 장초량의 제자일 줄은 생각도 못한 그였다.

"그럼… 초중암과 연비감이 이끄는 사람들도……?"

"그들은 장초량 어른이 키운 사람들이오."

"으음……."

제갈경이 침음성을 흘리자 척우진이 밖을 향해 소리쳤다.

"중암, 들어오게!"

할 수 없다 생각했는지 양환도 막지 않았다.

"입구를 열어줘라!"

덜컹!

문이 열리고 초중암이 들어섰다.

"어찌 된 일입니까, 척 대협!"

냉랭한 그의 말에 척우진이 턱으로 양환을 가리켰다.

"이분은 칠절 중 한 분이신 신창 양환이라는 분이시네. 혈곡의 사람들을 잡아가려 오셨다는군."

초중암이 놀란 표정을 지었다. 그러나 곧 싸늘하게 굳어졌다.

"그분들이 무슨 죄를 지어서 잡아간다는 겁니까?"

"그걸 나도 모르겠네."

"전 공자님도 아십니까?"

전 공자라는 말이 나오자 척우진의 입가에 싸늘한 냉소가 떠올랐다.

"당연히 전 공자는 모를 거네."

"그래요? 그럼 죽으려고 환장들 했군요."

갑작스런 초중암의 말에 양환이 분노한 표정을 지었다.

"말이 심하군! 장 노사의 제자라 해서 봐주었더니, 어디서 감히!"

하지만 초중암은 끄떡도 하지 않았다. 오히려 말투에 한기만 더해졌다.

"이제 보니 그분을 모르고 계시는군요. 하긴, 알면 함부로 누구를 잡아가겠다는 말을 하지 않았을 테니……."

양환이 당장 일어설 듯이 두 팔을 탁자 위에 얹고 소리쳤다.

탕!

"뭐가 어째?! 그대들이 아무리 제갈 군사를 구해주었다 해도, 정천무맹의 결정에 왈가왈부한다면 무사할 수 없을 것이네!"

"글쎄요, 그 말은 그분이 오시면 하시지요?"

"흥! 더 이야기 나누고 싶지 않군."

양환은 차갑게 코웃음 치고는, 자리에서 일어나 척우진을 바라보았다.

"나는 할 만큼 했다고 생각하네. 만일 혈곡의 잔당들을 잡으려는 우리를 계속 막는다면, 설사 자네라 해도 각오해야 할 거네."

"우리까지 죄인 취급하겠다는 말입니까?"

"적을 감싸주는 사람을 그냥 놔둘 수는 없잖은가?"

척우진은 천천히 일어서서 딱딱하게 굳은 표정으로 양환과 제갈경을 번갈아 보았다.

"군사께선 아실 것이오. 만일 우리에게 피해가 온다면, 전 공자가 어떻게 할지 말이오. 잘 생각해야 할 거요. 다 죽고 싶지 않다면."

제갈경이 한숨을 내쉬었다. 자신도 전무심이 얼마나 위험한 사람인지 입이 닳도록 설명했다.

그러나 사형제들의 죽음에 눈이 뒤집힌 사람들에겐 마이동 풍, 소 귀에 경 읽기일 따름이었다.

"그렇게 되지 않기만 바랄 뿐이네."

양환이 가볍게 냉소를 흘렸다.

"훗!"

그리고는 차마 제갈경에게 뭐라 하지는 못하고 척우진만 비 웃었다.

"전무심이라는 자가 강하다는 말은 들었지. 하나 그렇다고 해서 대천도라는 자네가 그렇게 절대적인 믿음을 줄 수 있을 정도인 줄은 몰랐군. 언제 한번 붙어봤으면 좋겠는데 기회가 올지 모르겠구면."

그때 척우진이 척 손을 들어 올리더니 손가락을 쫙 폈다.

눈살을 찌푸린 양환이 물었다.

"무슨 뜻인가?"

척우진이 비릿하게 웃으며 말했다.

"양 선배가 오초를 견디면, 내 스스로 이 손가락을 부러뜨리겠소."

＊　　　＊　　　＊

형제들의 치료를 위해 산양에 머무른 지 닷새, 전무심 일행은 자리를 털고 일어났다.

어차피 황무곤이나 궁사한의 부상은, 닷새가 아니라 적어도 한 달 이상 걸려야 나을 수 있을 정도로 깊었다.

게다가 소미하란과 예종을 제외하면, 다른 사람들도 당분간 조심해서 몸을 움직여야 할 정도였다.

그렇다면 좀 더 큰 성읍으로 가서 제대로 된 치료를 받는 게 나을 일이었다. 생각 같아서는 장안으로 돌아가 황경에게 가는 게 최선일지도 몰랐다.

그러나 당장 그곳으로 가기에는 상주의 일이 마음에 걸렸다.

전무심은 일단 황무곤과 궁사한이라도 황경에기 보내려 했다. 그러나 두 사람이 막무가내로 거부했다.

"이 정도도 참지 못하면서 어찌 강호를 횡행하겠소?"

황무곤은 끄떡없다는 듯 펄쩍 뛰며 고개를 저었다. 그 바람에 거의 아물어가던 옆구리가 터지기도 했다.

그리고 궁사한은 당연하다는 듯 소미하란 핑계를 댔다.

"내 어찌 소 사매만 전장으로 보내고 나만 편히 치료를 받을 수 있겠소?"

마치 남편을 전장으로 떠나보내는 아낙네 같은 표정으로.

전무심은 두 번 더 물어보지 않고 그들을 데려가기로 했다. 그럴 수밖에 없었다. 강제로 가라 해도 보나마나 몰래 뒤따라올 사람들이 분명해 보였으니까.

그렇게 산양을 출발한 일행이 상주를 팔십 리 정도 남겨둔 사가하에 도착해 객잔에서 점심을 먹을 때였다. 떠돌이 상인들로 보이는 자들이 앉은 자리에서 이런저런 이야기들이 들려왔다.

최근 강호를 흔드는 소문들이 대부분이었다.

정천무맹이 혈곡을 공격했다는 소문. 백여 명의 사상자만 발생했을 뿐 별다른 이득을 보지 못한 채 물러났다는 소문. 거기에 더해 그들이 지금쯤 상주에 들어섰을 거라는 말도 들려왔다.

정천무맹이 혈곡을 공격했다는 말은 산양에서 개방의 제자들에게 들었던 터였다. 또한 그들이 상주로 오리란 것도 짐작한 터였다.

'제갈경을 데려가기 위해 오는 거겠지.'

그러나 그가 깜박 잊고 있는 것이 있었다.

'아차! 그들이 거기 있었지?'

거승과 홍곽열, 혈곡 출신인 그들이 상주에 있는 것이다.

뒤늦게 그들에게 생각이 미친 전무심은 차갑게 굳은 표정으로 식사 중인 일행들을 바라보았다.

"최대한 빨리 상주로 가야 할 것 같군. 대충 허기를 채웠으면 그만 일어나지."

미처 의문을 물어볼 틈도 없었다.

전무심이 일어나자, 일행들은 입 안 가득 찬 양고기를 다 씹지도 않고 꿀꺽 삼킨 채 자리를 박차고 일어섰다.

양환이 이끄는 정천무맹의 무사들이 상주로 들어서던 그 시각이었다.

전무심은 부상이 심한 궁사한과 황무곤을 소미타란에게 맡기고, 네 명의 형제와 함께 먼저 상주로 향했다.

그렇게 반 시진이 조금 넘게 달리자 저 멀리 상주가 보였다.

한데 그때부터였다. 전무심의 걸음이 빨라졌다. 무심한 얼굴에서는 한기가 흘러나오는 듯했다.

덩달아 뒤따라가는 사람들의 표정도 굳어졌다. 전무심이 서두른다는 말은 뭔가 일이 터졌다는 말과도 같았다.

사진옥은 전무심의 뒤에 바짝 붙어가며 입술을 깨물었다.

'젠장! 정말 그 일이 터진 것 아냐?'

오면서 그가 물었다.

"대형, 무슨 걱정이라도 있으십니까?"

그러자 전무심이 무심한 목소리로 자신의 생각을 말했다.

"상주에 있는 우리 사람들 중에는 거승과 홍곽열이 이끄는 혈곡의 사람들도 섞여 있다. 혈곡에 사형제들을 잃은 정천무맹의 사람들이 그들을 어떻게 대할지 그것이 걱정이다."

"진성자나 제갈 군사가 사정을 알고 있는데, 정천무맹이 그들을 건드리겠습니까?"

고후명의 설마 하는 표정에 전무심이 고개를 저었다.

"아마 다수가 원한다면, 진성자나 제갈경이라 해도 그들을 막을 수 없을 것이다."

그때 사진옥이 물었다.

"만일 그런 일이 벌어진다면, 대형은 어떻게 하시겠습니까?"

언뜻 생각해도 애매한 상황, 진퇴양난이었다.

거승과 홍곽열의 편을 들자니 정천무맹과의 정면격돌도 각오해야 할 판이다. 그리되면 천왕곡과 정천무맹, 강호 최강의 세력 두 곳을 적으로 둘지도 모르는 일이다. 그렇다고 그들을 넘겨주자니 신의를 저버리는 꼴이 아닌가.

하지만 전무심은 깊게 생각하지 않았다.

"거승과 홍곽열은 나를 믿고 왔다. 나는 그들을 저버릴 만큼 독한 놈이 못 된다."

독하지 않다고?

그 말을 믿는 사람은 한 사람도 없었다.

형제들의 얼굴에 희미한 웃음이 떠올랐다. 전무심의 거짓말 아닌 거짓말 때문이 아니었다.

사진옥이 씩 웃으며 차갑게 말했다.

"만일 정천무맹이 대형을 적으로 돌린다면, 그들은 곧 땅을 치고 후회하게 될 겁니다."

그런데 아무래도 그 일이 현실이 되어 눈앞에 들이닥친 것
같은 것이다.

'미친놈들!'

*　　　*　　　*

상황은 제갈경의 말대로 흘렀다.

일 대 일의 싸움이라면 밀릴 것이 없었다.

설령 양환이 직접 나선다 해도 자신이 상대하면 톡 터였다.

전이었다면 조금 밀렸을지 모르지만, 이제 그는 예전의 그
가 아니었으니까.

아니, 하다못해 상대를 무작정 죽이고 빠져나갈 생각만 했
다면 조금 더 편했을지 몰랐다.

문제는 화가 난다고 해서 다짜고짜 그렇게 할 수 없다는 것
이었다. 아무리 도검이 난무하며 피를 뿌리는 싸움이 일각째
이어지고 있지만, 상대는 정천무맹의 무사들이 아니던가.

심지어 거승과 홍곽열을 비롯한 혈곡의 사람들마저 상대의
목숨을 빼앗는 것만큼은 최대한 조심하고 있는 상황이었다.

자신들의 몸에 상처를 입으면서도 말이다.

그거야말로 진짜 빌어먹을 일이었다.

마도의 무리라는 그들조차 행여나 자신들을 구해준 전무심

과 천가장이 곤란해질까 봐 손속에 사정을 두는데, 정파의 지주라는 정천무맹의 무사라는 놈들은 죄도 없는 사람들을 향해 인정사정없이 검을 휘두르고 있지 않은가!

화가 난 척우진이 여섯 자 길이의 창을 쥐고 서 있는 양환을 향해 소리쳤다.

"정말 한번 해보자는 거요!"

"혈곡의 무리들만 내놓는다면 우리도 물러설 것이다, 척우진!"

양환이 여전히 분노가 가시지 않는 표정으로 대꾸했다.

"우하하하하!"

거승이 갑자기 대소를 터뜨렸다.

화산의 장로인 운진자와의 싸움으로 인해 여기저기 잔 상처를 입은 상태였지만, 그의 기세는 조금 전과 하등 다르지 않았다.

"정천무맹이라 해서 대단한 줄 알았더니, 시시비비도 가리지 못하는 못난이들만 모였나 보구나!"

"그대가 감히!"

명진자가 다시 검을 치켜들고 그를 공격했다.

쩌저정!

어지간해선 직접 부딪치지 않는다는 고수들의 도검이 서너 번 연속 부딪쳤다.

이번에는 두 사람이 동시에 서너 걸음씩 물러섰다.

비등한 결과에 명진자의 얼굴이 수치로 붉게 물들었다.

거승이 그를 향해 소리쳤다.

"우리가 힘이 없어서 방어만 하고 있는 줄 아느냐, 말코!"

"흥! 무슨 뚱딴지같은 소리냐, 거승!"

"전 공자의 은혜를 생각하지 않았다면 죽기 살기로 싸웠을 것이다. 물론 우리는 여기서 다 죽겠지. 하지만 너희들 역시 우리 숫자만큼은 죽을 것이다."

사실이었다. 하기에 운진자는 곧바로 대답을 못했다.

거승이 말을 이었다.

"우리로 인해 전 공자가 곤란해지는 것을 바라지 않는다 이 말이다, 말코야!"

"그럼 순순히 칼을 내리고 우리 말을 들으면 될 기 아니겠느냐?"

거승이 커다란 칼을 쓱 들어 올리며 씩 웃었다.

"그러기에는 너무 억울하거든. 죽을 때 죽더라도, 싸워보고나 죽어야지. 안 그런가?"

초중암과 연비감이 이끄는 촉산의 형제들이 아니었다면, 혈곡의 무사들 중 태반은 벌써 죽었을 게 분명했다.

거승도 알고 홍곽열도 아는 사실이었다.

그러나 그것도 한계가 있을 수밖에 없었다.

정천무맹에는 이십 명에 달하는 장로 급 고수들이 있었다.

그들의 무위는 평균을 따져도 촉산의 형제들에 비해 떨어지지 않았고, 숫자 또한 비슷했다.

게다가 그들에 비해 크게 떨어지지 않는 자들 또한 수십 명이 넘었고, 정예제자들이 수백이었다.

물론 도망가고자 한다면, 몇 명은 도망갈 수 있을지 몰랐다. 하지만 그렇게 도망가고 싶지는 않았다.

뒤를 보이고 도망간 것은 한 번이면 되었다.

혈도옹 거승, 그는 그 이름답게 싸우다 죽고 싶었다.

"척 대협! 그동안 고마웠소!"

거승이 척우진을 향해 소리쳤다.

그러더니 갑자기 운진자를 향해 쇄도했다.

그것이 시작이었다. 홍곽열이 붉게 물든 손을 들어 올렸다.

"그래, 거승! 우리 멋지게 죽어보자!"

동시에 그들의 수하들도 일제히 정천무맹의 무사들을 향해 쇄도했다.

순식간에 난전이 벌어졌다.

미처 척우진과 촉산의 형제들이 손을 쓸 새도 없이 벌어진 일이었다.

설마 거승과 홍곽열이 죽음을 무릅쓰고 달려들 줄은 몰랐던지 정천무맹의 무사들이 일시지간 흔들렸다.

그러나 그것도 잠시뿐이었다.

"창궁무원진을 펼쳐라!"

양환의 명령이 떨어지자 백여 명의 무사가 재빨리 그들을 에워쌌다.

그러고는 거승과 홍곽열을 비롯한 혈곡의 무사들을 척우진 등으로부터 분리시켰다.

"죽이지는 말고 무공을 폐지시켜라!"

동시에 양환의 악독한 명령이 이어졌다.

척우진은 더 이상 참지 못하고 양환을 향해 몸을 날렸다.

"양환! 정파의 탈을 쓴 악독한 놈! 내 너를 용서치 않겠다!"

"건방진 놈! 눈에 뵈는 게 없는 모양이구나!"

찰나였다!

척우진의 도와 양환의 창이 허공에서 격돌했다.

콰과광!

거센 충돌의 여파는 반경 오 장에 미쳤다.

미처 피하지 못한 십여 명이 그 여파에 휩쓸려 비명을 지르
며 튕겨졌다.

대부분이 정천무맹의 일반 무사들이었다.

순식간에 두 사람을 중심으로 십 장 반경의 공터가 만들어
졌다.

절대지경에 근접한 두 사람의 싸움은 그 자체로 엄청났다.

누구도 두 사람의 싸움에는 끼어들지 못했다.

정천무맹의 장로들은 물론이고, 그들과 치열한 접전을 벌이
던 촉산의 형제들조차 두 사람의 근처로는 접근을 하지 못했다.

"으헉!"

"끄으윽!"

그사이 혈곡의 무사들 중 대여섯 명이 억눌린 비명을 터뜨
리며 쓰러졌다.

거승과 홍곽열이 혼신을 다해 버텨보지만, 자신들조차 얼마

나 견딜 수 있을지 알 수 없는 상황. 수하들을 돕는다는 것은 생각도 할 수 없었다.

"크하하하하! 어디 죽여봐라! 위선자들아!"

거승이 발악하듯 도를 휘두르며 천궁무원진 중 가장 강한 건방(乾方)으로 달려들었다.

그러자 홍곽열도 곤방(坤方)으로 달려들며 미친 듯이 소리쳤다.

"같이 죽자, 개새끼들아!"

두 사람이 마지막 발악을 하자 천궁무원진을 지휘하던 공동의 상원자가 이를 악물고 외쳤다.

"놈들을 모두 죽여라! 회(廻)!"

그와 동시였다. 천궁무원진세가 갑자기 빠르게 휘돌았다.

방어의 진세가 공격의 진세로 바뀐 것이다.

바로 그때였다.

콰아앙!

난데없이 천지가 떠나갈 듯한 굉음이 울렸다.

순간이었다. 굉음이 터진 천궁무원진의 한가운데에서 붉고 검은 기운이 회오리치며 일갈이 터져 나왔다.

"모두 멈춰라!!"

웅웅웅웅!

항거할 수 없는 가공할 기세가 담긴 목소리였다.

심지어 누구도 감히 접근할 수 없는 공간을 만들고 그들만의 접전을 벌이던 척우진과 양환마저 비틀거리며 물러설 정도였다.

그때 또다시 무심한 목소리가 붉고 검은 회오리 속에서 흘러나왔다.

"누구든! 이 시간 이후로 내 동료에게 검을 들이대는 자는 죽는다!"

그리 크지 않은 목소리였다.

하지만 그 목소리를 듣는 순간 사람들은 모골이 송연한 느낌에 움직일 수가 없었다.

그때 점창의 장로이며 백검당의 당주인 오경인이 인상을 쓰며 입을 열었다.

"건방진 놈! 네놈은 누구냐? 누군데 본 맹의……."

그는 검을 들어 올려 붉고 검은 회오리를 가리켰다.

순간! 번쩍!

붉은 구슬 하나가 회오리 속에서 튀어나왔다.

"헉!"

헛바람을 집어삼킨 오경인은 검을 쓸어내며 구슬을 쳐내려 했다.

하지만 그가 쳐내기도 전에 구슬이 먼저 그의 이마를 뚫고 지나갔다.

퍽!

벼락이라도 맞은 듯 오경인의 몸이 부르르 떨리더니 그 자리에서 무너졌다.

"검을 들이대는 자는 죽는다 했다."

또다시 울리는 지옥사자의 음성.

양환이 노성을 내질렀다.

"감히 본 맹의 당주를 죽이다니! 본 맹이 두렵지 않다면 이름을 밝혀라!"

그 말이 떨어진 순간, 혈곡의 무사들을 보호하고 있던 붉고 검은 회오리가 서서히 거두어지며 전무심의 모습이 드러났다.

"내가 바로 전무심이다, 신창 양환!"

찰나였다. 전무심의 신형이 죽 늘어나는가 싶더니 허공에서 사라졌다.

양환은 전무심이 사라짐과 동시 허공에서 거대한 힘이 짓눌러오자 대경하며 창을 들어 올렸다.

그의 창에서 찬란한 청광이 번뜩이고, 순간적으로 셀 수 없는 창 그림자가 허공을 가득 메웠다.

신창이라는 별호가 무색하지 않은 일기만첨의 일식이었다.

"이놈!"

양환의 입에서 자신만만한 일성이 토해졌다.

한데 바로 그때였다.

그가 강기 서린 창으로 펼친 창영이 좍 갈라지며 거대한 검이 그의 머리 위로 떨어져 내렸다.

무정의 길이는 전보다 세 치가 작았다. 그러나 그 위세만큼은 훨씬 강맹해진 단심절천세였다!

쿠구구궁!

양환은 빠르게 창을 휘돌리며 전무심의 검을 휘어 감으려

했다.

하지만 그러기에는 떨어져 내리는 검의 위세가 너무나 거셌다.

콰과광!

연속된 굉음! 바닥이 길게 파이며 양환의 몸이 뒤로 죽 밀려났다.

"크윽!"

신음을 토하며 삼 장이나 밀려난 양환은 정신이 없었다.

믿기지가 않았다. 전무심의 일검을 막기 위해 비룡이십사수 중 다섯 초식을 쓰고도 형편없이 밀리다니.

더구나 그의 자랑이던 비룡신창은 이미 창두가 달아난 상태가 아닌가.

한데 그것이 끝이 아니었다. 허공에 한 자 정도 뜬 상태로 전무심이 다가오고 있었다.

그때 현호자가 나서며 소리쳤다.

"전 도우는 정천무맹과 적이 될 생각인가?!"

전무심이 멈추지 않고 말했다.

"그대들이 먼저 시작했다! 그렇지 않은가?!"

삼 장의 거리는 그리 먼 거리가 아니었다. 단 한 걸음에 양환과의 거리가 지척이 되었다.

순간 언제 들렸는지, 전무심의 무정이 벼락처럼 떨어져 내렸다.

쾅!

"크흡!"

마치 의도하기라도 한 듯, 전무심은 양환이 엉겁결에 들어 올린 창을 반 토막 내버렸다.

또다시 삼 장을 튕겨진 양환이 비틀거리며 일어선다.

"내 동료들을 공격하고, 그들을 죽인 것은 그대들이다! 안 그런가?!"

냉랭히 소리친 전무심이 좌수를 앞으로 뻗었다.

천강벽월의 기운이 삼 장의 거리를 두고 양환에게 쏘아졌다.

"막아! 단주를 구하라!"

주위에 있던 서너 명의 무사가 대경해 소리치며 재빨리 양환의 앞을 가로막았다.

퍼버벅!

"커억!"

"으헉!"

단 일수에 피를 토하며 튕겨지는 무사들이다.

만부막적(萬夫莫敵)의 기세!

비칠거리며 물러서는 양환의 얼굴이 누렇게 떴다.

『천사혈성』 제7권 끝

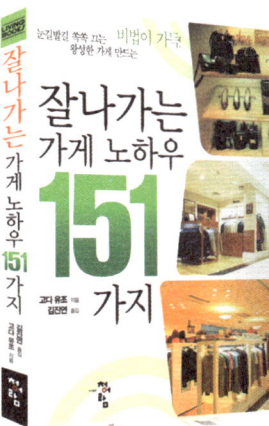

눈길발길 쏙쏙 끄는   **비법이 가득!**
왕성한 가게 만드는

잘나가는
가게 노하우
151 가지

고다 유조 지음
김진연 옮김
가격 9,800원

물건이 팔리지 않는 시대!
왕성한 가게 만드는 비법이 가득!

가게 안에 웅덩이를 만들어라
조명만 조금 바꿔도 매출이 팍 늘어난다
보기 쉽고, 집기 쉬운 가게 배치는 '경기장 형'이 최고 등등
가게에 실제로 적용했을 때 매출이 오른 노하우만 알차게 수록
외관, 입구, 배치, 내장, 조명, 디스플레이에서 사원교육까지

도움이 되는 '발견'이 가득가득.
당신 가게를 회생시키기 위한 소중한 책!

 유행이 아닌 자유추구 –
www.chungeoram.com